高山上的小邮局

El invierno que tomamos cartas en el asunto

Ángeles Doñate

[西班牙] 安赫莱斯·多尼亚特 著
蔡学娣 译

上海人民出版社

文
景

Horizon

社科新知　文艺新潮

所有的情书都是可笑的，

如果不可笑，它们就不是情书了。

我也曾写过情书，

和其他情书一样可笑的情书。

真正有爱的情书，

必然是可笑的。

但是，归根结底，只有那些

从未写过情书的人

才是真的可笑。

没有人能让我回到

在不知不觉中写着可笑情书的那段时光。

说真的，如今我对那些情书的回忆

才是真的可笑。

（所有重音落在倒数第三个音节的单词，

如同那些捉摸不定的感情一样，

自然都是可笑的。）

费尔南多·佩索阿

目 录

纸上的回忆

阅读旧书信的快乐之一是知道它们已经无须回复。

拜伦勋爵

“在一个已经没人写信的地方，谁还需要邮差呢？”萨拉的语调因为失落而格外沉重。

她声音中的悲伤开始弥漫。浓重的寂静侵入了每一个角落。

她的邻居罗莎感觉冬天在那一刻来到了村庄，也来到了她的心里。她看了看厨房墙壁上已经有些斑驳的瓷砖，又看了看存放锅碗瓢盆的小柜，然后把目光投向了储藏室，那里面有萨拉帮她装满的东西。她已经八十岁了，有时连这样的日常小事都力不从心了。

老太太摩挲着戴在她左手上的两枚结婚戒指。每当她有不好的预感时，她就会握紧她的结婚戒指寻求安宁。她相信无论她在哪里，她的阿韦尔都会陪在她身边，给予她力量。

“可是，萨拉……”罗莎低声说，“你确定吗？”

她因为害怕答案而不敢提出那个问题，可是她还是听到了答案。

“波韦尼尔的邮局将被关闭。他们还说圣诞节一过，就把我派去首府。他们说这是资源再利用，可以减少开支，我也说不清楚……总局发给我的电子邮件中差不多就是这么说的。”

还有两个月，老太太心想。

“我都四十五岁了，还带着三个孩子，这真是作弄人，”更年轻的这位女人又说，“我在这个村子长大，我的孩子也都出生在这里。这个村子就像一个大家庭。如果我被调走，一切就都变了。”

罗莎看了看床头柜上的钟，将近半夜十二点了。萨拉回家后，罗莎的心像被撕裂了一般。她的太阳穴跳个不停，让她无法入眠。

睡前她给自己沏了两杯浓浓的椴树花茶。遵照医嘱，晚饭她只喝了点清淡的汤。然后她洗好盘子，把第二天要用的兵豆泡上，把洗净的衣服叠好。

然而，这些事情都没能把那个坏消息从她的脑海中抹去：她的邻居要被调走了！她无论如何都想象不出萨拉在其他地方生活的情形。“这个村子没有什么特别的地方，既没有前罗马时期的教堂，也没有为独立而战的英雄，但是它是属于我们的。”罗莎一边在柜子里找她的针线包一边想。

波韦尼尔像是一座石头迷宫，村民不足千人，此外，在周边的牧场上还零零星星住着十几户人家。就在不久前，周围新建的一圈现代化居民区开始让所有的村民感到窒息。对于罗莎而言，那些新来的人都是陌生人，他们只是带来高速列车和房地产买卖的匆匆过客。

“萨拉，我的萨拉姑娘，怎么能比他们离开得还早呢？”她心想。

于是她想起了萨拉出生的那一天。那天大雪纷飞。

突然有人敲她的门，是楼上的邻居，脸色煞白。他刚搬来当邮差没几个月。他绝望地告诉罗莎，他的妻子已经开始分娩了，但是医生无法及时赶到。罗莎看了看自己的手，她知道自己别无选择。

“我和你母亲把你带到了这个世界，”萨拉小的时候，罗莎总爱这么对她说，“你父亲一看到血就晕了过去。医生赶到的时候，我们已经把你弄干净了。”

对于没有生育能力的她来说，那是她离孕育生命最近的一刻。

罗莎感到一阵恐惧。她在客厅的扶手椅上坐下，抱紧双臂。如果萨拉被调走，那么那栋房子里就只剩下她一个人了。

一想到这里，她战栗起来。

她第一次在那栋房子里睡觉，是她和阿韦尔举行婚礼的那天晚上。

那是一栋朴实无华、坚固结实的褐石宅子。唯一体现建造者匠心的是一个铁制的猫头鹰风向标。“代表智慧的动物。”她总爱对丈夫这么说。

房子的底层是车库，二楼住着她和丈夫，三楼住着她的公公婆婆。公公婆婆去世后，她的丈夫继承了这栋房子。在得知他们永远不可能有孩子后，他们决定把空着的那层租出去。没过几个月萨拉就在那里出生了。

回忆起往事的时候，太阳穴突突直跳的感觉几乎消失了。小女孩在两层楼之间的楼梯上跑来跑去，她们周六一起打打牌，在屋顶平台上一边晾床单一边闲聊，夏天一起去郊外采桑葚。然后是萨拉的婚礼，再然后是第一个、第二个、第三个孩子出生。

但是有一天，黑暗毫无征兆地降临了。

阿韦尔在一场车祸中丧生。

不久之后，萨拉的丈夫失踪了，丢下她和三个孩子以及一堆待付的账单。萨拉的父母对女儿的不幸无能为力，最终病倒了。罗莎常说："萨拉，我帮助你出生，而这也加快了你母亲的去世。"

渐渐地，三个小男孩的快乐填补了其他人留下的空白。萨拉和罗莎已经习惯了亲人的离去，她们甚至已经获得了一种安宁，但是这种安宁却即将被发自首府的一封电子邮件打破。

两个小时过后，她仍然躺在那里盯着钟表的指针，内心无法平静。她的生活仿佛是一个线团，一条思绪牵出另一条思绪。很快，时间开始倒转，她看到了年轻时的自己。

若是在年轻时，她早就知道该怎么做了。那时她是一个大胆的、安静不下来的姑娘，不是在帮女老师管教那些捣蛋的孩子，就是在跟外婆学织毛活儿，或者在她家的食品店里陪父亲。阿韦尔因此爱上了她。"没有你的希望无法跨越的高墙。"在婚礼上他对她说。

她许多年不曾提起过的一个名字出现在她的嘴边：路易莎。

"昔日也沉睡着痛苦的回忆。当你在回忆的小径上漫步时，会有唤醒它们的危险。”她心想，一边拭去了一滴悄悄落下的眼泪。

她和路易莎从上学的第一天起就总在一起，形影不离。路易莎住在最偏远的一栋房子里，在本村和另外一个村子的交界处，她腼腆、温柔、安静，与好动的罗莎恰好互补。无论冬夏，她俩从礼拜一到礼拜天都在一起玩。岁月慢慢流逝，她俩先是一起学语文、数学，后来又结伴去上缝纫和家务课。

她们长大了，把洋娃娃扔在一边，开始骑自行车。一天下午，她们在郊游时，在离村子几公里的地方突然赶上了大雨，于是她们便向路旁的罗梅罗圣母教堂跑去。

那是一栋近似方形的石头建筑，房顶的木头已经开始朽烂了。门环的形状是一个斜眼天使的脑袋，传说这是一位铁匠实施报复的结果。这位铁匠二婚娶了一个农村寡妇。寡妇带着一个小男孩，小男孩像个魔鬼，让铁匠的日子没法过。一天，在铁铺里，气急败坏的铁匠以长着一对斜眼的继子的脸为原型，打造了门环的形状。他郑重其事地盯着门环说：“以后你该挨的打都逃不过，不过打你的不是我，因为我怕你母亲生气。”

两个好朋友笑着按照惯例敲打了几下门环。推开门后，她俩吃了一惊。地上坐着一个比她俩略为年长的男孩，旁边放着一件橄榄绿色的行李。他冲着她俩微笑，那双深色的眸子在教堂的暗影中熠熠生辉，让两个好朋友放下心来。她们认识他，不过谁都说不好是怎么认识的。

她俩在他旁边坐下，等阵雨过去。他告诉她们，那天他刚刚服完了兵役，正在回村的路上。他那双有力的大手晃来晃去，连碰都没碰罗莎一下就吸引了她。

时间过得飞快。暴雨减弱后，那个士兵几乎连句告别的话都没说就跑出了教堂，迫不及待地招呼朋友去了。他没有告诉她们自己的名字，不过也没有必要。当天晚上她俩都知道了他的名字：阿韦尔。

在接下来的几周里，两个好朋友几乎没再提起过那个小伙子，但是对他的回忆却在两人的心中悄然滋长。

她们再次见到他是在夏末舞会上。那天晚上，路易莎格外漂亮，在所有的女孩中，阿韦尔和她跳舞的次数最多。罗莎认为自己没有任何机会，于是决定把自己刚冒出来的感情都隐藏起来。

那天晚上之后，路易莎就不好意思再跟阿韦尔说话了。她太腼腆了。每次在街上看到他，她就会跑去躲在某个门洞里。若是在某家商店偶遇，她就会低下头，直到确定他离开了才会再抬起头来。她已经爱到了骨子里，至少她是这么认为的。她开始茶饭不思，忘记了一切。

罗莎惊慌起来，建议她的朋友好好考虑一下这件事。她们密谋了一个计划，这个计划起初很完美：罗莎负责先赢得小伙子的信任，然后把路易莎对他的感情告诉他，看看他是否也喜欢她。罗莎将成为他们的红娘。这个主意让路易莎的心踏实下来，也在某种程度上让罗莎的心踏实下来。

“河流刚开始奔流时，它的力量很难控制。”罗莎心想。事实就是这样：她对阿韦尔一见钟情，并且感情与日俱增。理智上她想帮助路易莎，但是在感情上她做不到。

他也一样。他对舞会上那个温柔的女孩虽有印象，但是与罗莎手指的触碰相比却黯然失色。除了他们三个，村里所有的人都知道是怎么回事。那些长舌妇们经常唠叨：“两人成对，三人不欢。”

“最终，该发生的事情还是发生了。”罗莎叹道。一天晚上，阿韦尔跟她表白了，而她无法对他说不。不到三个月他俩就结婚了。

他俩无法面对他们的朋友，避开了所有可能面对她的机会。无论是罗莎还是阿韦尔都没有给路易莎一个解释。婚礼那天之后，他俩就再也没有见过她。

六十年之后，这天晚上，已经成为寡妇的罗莎想起了她的朋友。那天路易莎穿着一身黑衣，站在教堂的尽头。当神父说“您可以亲吻新娘”时，路易莎打开大门走了出去，永远消失了。

一开始，罗莎并不想她，因为她正沉浸在幸福里。几周后她尝试见到路易莎：她去了路易莎家，但是她的父母告诉她，路易莎已经离开了村子。她一直都不知道她去了哪里。

“你的消失让我们的生活空缺了一大块……”伴着摇曳的记忆老太太喃喃道，尽管她和丈夫从未怀疑过他们当初的选择。他们始终如一地爱着对方，唯一的遗憾就是没有儿女。

“那些不曾说出口的话像是船锚，将我们拖到水底。”罗莎常常这么想。那天晚上她发现，她在婚礼前没有对路易莎说的那些话，依然压在自己的心上。

这可能是她唯一欠下的债。现在清偿是否太晚了？

老太太打开床头柜的抽屉，拿出一张泛黄的阿韦尔的照片，那是在他们婚后的第一个圣诞节拍的。照片上的阿韦尔正在开怀大笑，这是罗莎最喜欢的一张照片。

“阿韦尔，你总说事情的发生都是有原因的，对吗？不是因为他们真的想调走萨拉，关闭我们村的邮局。她把这件事告诉我这个心脏像拖拉机的老太婆，也并非偶然。”

她轻吻照片，露出了微笑。

“就在萨拉告诉我这件事的当天晚上，我想起了路易莎，也并非偶然。”

她沉默了片刻。

“有人在期待我做点什么，阿韦尔！也许是萨拉，也许是你，也许是路易莎……你们都疯了，才会认为我无所不能。之所以这样，是因为我一辈子都这么果断又固执……可是我得提醒你，我已经不是二十岁的时候喽。”

她若有所思地又去看那张照片。

“尽管这样，所有经历过二十岁的人都会记住那段时光。”她狡黠地笑了，“也许，仅仅是也许……我会找到办法为萨拉和村子做点什么，甚至还能偿清我的债。”

她将照片放在胸口，闭上了眼睛。

就在她完全睡熟之前，她梦见自己慢慢向邮局走去。然后她走进邮局，在柜台前停下。她将一只手伸到衬衫下面寻找什么，就在布料摩擦着心脏的那个地方。

罗莎

波韦尼尔，11 月 9 日

亲爱的路易莎：

求你，不要撕掉这封信。暂时不要。

给我和这封信一个机会。借助这些话，这几段文字，并利用你的宽容大度，我斗胆请求你先看看这几页纸，然后再决定我们的命运。

我敢肯定你已经认出了我的笔迹，就像不管过去多少年我也能认出你的笔迹一样。你知道我是谁。我写的 *l* 已经没有以前笔直，我写的 *f* 线条也不像英格丽德老师在书法课上所教的那么优雅。即使如此，你怎么可能忘记我的笔迹呢？我可从未忘记你为了不让字母 *i* 受凉而在它们上面画的那些可爱的贝雷帽。

原谅我，我把话题扯远了……我这个毛病越老越严重了。现在不仅在说话的时候，而且在祈祷或者想事情的时候，我也会迷迷糊糊。

我知道，六十多年过去了，我现在没有权力打破你家庭生活的平静。相信我，如果不是极为必要，我是不会这么做的。我也知道这封信应该在许多年前就寄到你手里。如果你知道实际上这封信我很久以前就写好了，可能会让你略感安慰。你现在看到的不过是一封写了六十年的信的第N个版本。

有一次我甚至把它放在我的手袋里随身带了六个多月，在那期间我一直在寻找把它寄给你所需的勇气。但是每当我走近邮筒的时候，我的手就开始颤抖，于是我就一次次地放弃了……最后，那封信皱得连你的地址都看不清了。

生活就这样慢慢继续着。

直到有一天，曾经像空气一样必不可少的东西虽然仍是必需，但是不再刻不容缓。再往后，就只是重要而已了，再然后就变成我每年一月一日所列的诸多愿望之一了。

我们年轻的时候，你对我的新年愿望嘲笑得可凶了！有一年圣诞节，我姑妈玛加丽塔送给我那个画着仙女的木匣，我就是从那时开始写新年愿望的。12月31日，在上床睡觉之前，我们俩一起写下了我的第一个愿望，并把它保存在木匣里。你还记得吗？天晓得可怜的她去哪儿了……我指的不是我的姑妈玛加丽塔，她在2011F号墓穴，在我父母的2011E和专卖店店主埃米尼亚的2011G之间。

我在想我的新年愿望匣子去哪儿了……

我的愿望有时是粉刷房子，有时是多去看看姐姐，健身或者报一个烹饪班。给你写信一直都在列表上。然而，直到今年我才终于给你写信了，虽然今年我第一次没有写新年愿望。

现在你或许会问，在写了一辈子新年愿望后，为什么今年一月我没有这么做。老实说，那会儿我以为自己活不到下一个圣诞节了。十一个月以前我得知我的心脏很虚弱。几周之前我又去找医生了解情况，他对我说，如果说年老有什么好处的话，那就是让不好的事情放慢了脚步，这是他的原话。所以我还在这里活着。

现在圣诞节马上要到了，我又挨过了一年。和那时一样，和最初一样，给你写信的念头又开始反复萦绕在我的脑海里。

你是我未竟的愿望。

在这六十年里，我粉刷了四遍厨房，我曾报名园艺班但是又退了课，我成了有名的厨师，我最拿手的是苹果派，是我跟一个电视系列节目学会的一种美式点心。

你的信，还有你，都是我欠下的债。

为什么我恰恰在今天决定给你写信呢？我不想骗你。是因为我很疼爱的一个好姑娘萨拉遇到了麻烦。她是波韦尼尔的邮差，也是我的邻居。你肯定会问我这跟你有什么关系。这跟你有关系，而且关系很大。

他们要把她调到城里去，然后关闭村里的邮局。那样我们就没有邮差了。你也知道年轻人什么都通过电脑发送，因此，对于剩下的我们几个老人来说，一辆邮政车一周来两三次就足够了。

我想做点事情帮助萨拉，帮助波韦尼尔，偿清我欠你的债。

解决办法来自我做的一个梦：我在村邮局里从衬衫里掏出一个

信封，上面以我的笔迹写着你的名字。萨拉需要一封可以投递的信，而我需要告诉你一些事情。

所以我现在给你写信了，告诉你当年我没有勇气告诉你的事情：我爱上了阿韦尔，现在我仍然爱他，尽管他已去世快三十年了。可是又有什么关系呢？我仍然感觉他就在我身边。

阿韦尔死于一场车祸。尽管我在墓地没有看见你，但是你大概已经知道了。我们没有生孩子。这是上帝唯一没有给予我们的幸福。

我知道，我和他相爱并非我和你制订的计划，甚至也不是我的意图。可是事情发生了，就是这样。

你不知道有多少次，我的思绪又回到了我们出去郊游的那个雨天。当我们俩躲进罗梅罗圣母教堂的时候，我们并不知道在那里等待我们的是什么：爱与不爱。那是一枚叫作阿韦尔的硬币的两面。我们在那里第一次见到了他，你还记得吗？

随着岁月的流逝，从那个教堂旁经过，对我而言已经变成了一种折磨。我已经有五十年没有靠近过那个地方了。你回去过吗？那些木梁还挺立在那里吗？那个斜眼天使门环还在吗？如果还在那里，应该已经锈迹斑斑了……

我并不想要你原谅我，因为我也不会后悔。我不是在跟你解释。我背叛了你。有人可能会认为我背叛了你是因为我爱上了阿韦尔，或者说我让阿韦尔爱上了我。但是并非如此。我觉得我背叛了你是指，我没有告诉你这件事，是指我放任这件事把我们分开，甚至都没有向你伸出手。我很幸福，对你却不够大度。我们的生活中有容纳你的空间，可是我们却没有给你。

假如把我自言自语“如果我能把这一切告诉路易莎……”的次数排成一排的话，那么会比中国的长城还要长！当然，我又有了别的朋友。你肯定也一样。但是我更愿意认为，就算你恨了我这么多年，你后来的那些朋友也没有谁能填补我留下的空白。

而你在我心中留下的空白一直都没有人可以填补。

一想起你，我就有一大堆问题。最重要的是：你幸福吗？要是我能听到你说“是”，该有多好！你结婚了吗？有孩子了吗？你工作过吗？你如你梦想的那般去过巴黎吗？你最终去学探戈了吗？

路易莎，你躲到哪里去了？起初，我以为你藏在了你们乡下的房子里，没有离开村子。但是一年后我相信了你父母最初告诉我的话：你已经离开波韦尼尔了。

你父母在世的时候，我满怀着你迟早会回来的希望。他们去世后，你的弟弟还在。他很少来这儿。我猜他如果有什么需要，更愿意去首府解决。我听说他很晚才结婚，然后和妻子决定移民德国了。他不像你父母，他从来都不喜欢照料牲畜。

那时距离你离开已经二十多年了。我认为我再也见不到你了，而你家的房子也将破败不堪。我生命的一部分，我的童年，将湮没在瓦砾之下。我感到莫大的痛苦。然而，事实并非如此。你家的房子上了锁，但是有人在照看。有人在清除门口的杂草。

这让我鼓起勇气给你写这封信。可能是你，也可能是帮你照看房子的人会收下它。我知道，你迟早会读到这些文字。我有预感，你在期待它们。

路易莎，我依然很想你，每天睡觉前一闭上眼睛，我就想起我和你一起跑去学校的日子。我希望你也在想念罗莎，那个带给你无数麻烦的小恶魔。她消失在了道路的拐弯处。我想念的那个路易莎也是这样吗？

如果那个不忍心看苍蝇受罪的小姑娘还保留了一点原来的影子的话，那么我现在就是在给她写信。

我知道太晚了。我不期望你答复我。我甚至连我的姓名和地址都没写。

我只想求你一件事。

萨拉的生活马上就被打破了。你或者我原本也可能成为这样的女人。或许你曾经遇到过她：她是在我们的石板街上长大的。她有三个毛孩子，也在这附近跑来跑去。尽管她的生活不容易，但是她对所有需要她的人都笑脸相迎。她的上司给她发了一封电子邮件告诉她，要把她调到离家很远的地方。

波韦尼尔的邮局在存在了一百多年后，即将没有邮差了。首府那边说我们不喜欢寄信也不喜欢收信。他们怎么敢这么说！如果不是因为你能帮助萨拉和我们村子，我是不会告诉你这些的。你怎么做呢？很简单，像我这样：写一封信。信的长短、写得好坏都不重要。然后你把信寄给村里另外一个女人，因为她肯定会理解背井离乡抚养几个孩子会有多么艰难。即使你不认识她，也要和她分享一下你生活中的点滴。我们大家一起创建一个文字接龙，让它长达首府，坚固得让那里无人能够切断。

亲爱的路易莎，等我看到萨拉的邮袋开始变得沉甸甸的，我就知道你看了我的信，知道你还在那里。不胜感激！

再见！

爱你

罗莎

又及：我记得你最喜欢的花是薰衣草。所以我在信上洒了几滴香水。希望它的香味能帮助你原谅我，并赋予你陪我完成这项使命的勇气。

过去的声音

> 我亲爱的善良的恩人，您的来信像一道闪电击中了我。它打动了我，我差点都哭了。此刻我认为您对我的灵魂产生了深刻的影响。……我身边所有的人都很蔑视我的作家行为，不停地友好地劝我不要放弃目前的职业转行当作家。
>
> 安东·契诃夫写给德米特里·V. 格里戈罗维奇[1]的信

阿尔玛惊奇地看着那封尚未打开的信。

她双手抓着那封信，仿佛生怕它会飞走似的，又或许她是担心它在指间灰飞烟灭。信纸似乎很脆弱，组成收信人名字的那些手写字母写得歪歪扭扭、挨挨挤挤。

信封上没写寄信人。

她晃了晃还未打开的信，好像能让它开口讲话似的。一种甜腻的香味在罩着泛黄旧床单的家具上方弥漫开来。她努力从记忆中搜索那种香水的名字。她将鼻子贴近信纸。

[1] 格里戈罗维奇（Dmitry Vasilyevich Grigorovich，1822—1900），俄国作家。——译者注，下同

“薰衣草！”她幸福地喊道，发现熟悉的东西似乎令她感到安心。

几小时之前她醒来时，全身肌肉痉挛。她的心情没有明显好转。每次她一换床睡觉，起床时就会四肢麻木。若是再加上一床几十年没人睡过的羊毛褥子，有这种感觉就再正常不过了。

她选了三楼最大的房间睡觉。她喜欢那个房间天蓝色的墙壁和摆放在床对面、柜门上装有镜子的大衣柜。她清晰地记得，自己小时候曾经不止一次地藏在里面，藏在那些旧衣服和樟脑球中间。

阿尔玛斜靠着铁艺床头，照了照镜子。她向上吹了口气，吹开了垂在前额的栗色刘海。她母亲说服她把头发剪得像个男孩。她不明白母亲为什么连这个都要管，但是剪发后的样子她可是一点都不喜欢。而那个早晨，她对自己外貌不满意的地方不止这一处。因为最近几个月发生的事情，她那双蜜色的眼睛下方出现了黑眼圈，而脸上其他部分看上去则比平时更加苍白。她不清楚原因，这种对比让她感到不安。

她觉得最好冲个热水澡，好让自己振作起来，去应付把她带到这个隐秘地方的那项任务。

她打开了卫生间的窗户。她任由水流轻轻抚过她的身体，想要眺望一下牧场，放松心情。隐居自有其妙处。“没有邻居看得见你。”她心想，同时莞尔，这是她到波韦尼尔之后第一次对自己笑。

命运好像故意要跟她作对似的，刚想到这里，她就看到一辆小型厢式货车正行驶在乡间小路上。刺眼的黄色让人远远就能看见它：

是一辆邮政车。她没有在意。

那栋大房子已经二十年没有人住了。

突然她听到一道尖厉的声音，那辆邮政车在她的房子前面停了下来。从车上下来一个穿着邮差制服的人：黄色的衬衫，海蓝色的裤子。阿尔玛看不清她的容貌，只能看到她红色的头发。刚刚下车的女人步行走完了最后一段路。

阿尔玛从她走路的方式看出她是一个女人。她体形微胖，走路轻柔。

女人在白色木栅栏前逗留了很长时间。她的惊讶程度不亚于阿尔玛。她朝花园两边看了看，拿不定主意是否穿过花园走进去。然后她抬起头，像是在寻找某种信号。

阿尔玛屏住了呼吸。

出于一种下意识的条件反射，她离开窗边，走出了浴室。她不希望任何人看见她在那里。暂时还不想。她应该先给自己提出几个问题，然后如果运气好的话，在那些墙壁之间找到些许答案。

她沿着直通客厅的石砌楼梯悄悄地下了楼，静立在已被熏黑的老旧的壁炉旁。在墙上的搁板上，有人似乎遗落了几张照片，相框倒在那里，无声地见证了主人的离去。

她看了看四周。在那个房间里，时间似乎停滞了。灰尘肆意驻足，只有两样东西显得格格不入：她的绿色背包和一只手袋。它们都被随意丢在了壁炉对面的沙发上。

前一天晚上，出租车把她送到这里的时候已经很晚了，她什么都没碰就睡下了。她确信第二天上午再处理会容易很多。然而，她没有料到一大早就有人来。

外层窗户仍然关着，因此她觉得自己是安全的。

脚步声穿过花园由远及近。她惊讶地看到下面的门缝里慢慢露出一角纸片。几秒钟后，一个有些磨损的紫红色信封占满了客厅的半块瓷砖。她那双蜜色的眼睛马上被那封信吸引了，却不知道一旦她打开它，一切将会变得不同。

水电公司从来不会使用紫红色的信封。“应该是一封私人信件，”她想，“肯定是投错了。”谁会给一栋这么久无人居住的房子写信呢？

捡起信后，她却发现她想错了：信上的地址正确无误。然而，最让她吃惊的是收信人的名字：路易莎·梅亚斯。

十五分钟后，她仍然穿着浴衣站在客厅中央看着那个信封。她不知道该拿它怎么办。打开？收起来？销毁？“不管我要怎么处理这封信，最好先穿上衣服再说。”她想。

她把信放在壁炉的搁板上，然后拿起她的背包回到蓝色房间。进去之后，她收拾了一下自己带来的几件衣服、一双运动鞋和一双短靴。

她还依稀记得村子周围的森林和牧场。她想去走走，将回忆同现实做个对比。小的时候她觉得它们辽阔而神秘。她相信，随着时间的流逝它们会恢复准确的尺寸。

她打开柜门，两只栗色的蝴蝶笨拙地飞了出来，似乎期待自由已久。想到它们在那个半空的木制监狱里多么无聊，她笑了：衣柜里只有几个被遗忘的衣架、一条旧男裤，以及她印象中不曾见过的一条用边角料做的毯子。

她把自己带来的那点东西放好，然后敞着门，好散散房间里的霉味。

毫无疑问，如果她不想像那两只可怜的蝴蝶一样沾满灰尘和霉味，她在这座房子里最好敞开门窗。

她打开她睡觉的那个房间的窗户，然后把三楼其他房间的窗户也都打开了。总共有五个卧室，两个卫生间。她还一度想拿掉罩着家具的那些床单，就像在她的卧室那样，但是她又觉得就那么几天，没必要折腾。

她惊讶于一切都那么井然有序。她一直以为无人居住的房子会堆满被遗忘的、无用的物件。但是那个房子里似乎没有什么是多余的。一切都各就各位，似乎在等待着随时有人再来居住。

“阁楼肯定没有这么规整。”她心想。这种想法让她放弃了去阁楼的打算。她下到二楼继续她的通风工作。她拿起手袋，里面有她的手提电脑、一个笔记本、几条谷物饼干和几个茶包。

她很小心，仅仅打开了客厅正面的一扇外窗。然后她走向厨房，厨房的窗户是朝后面开的。

她费力地打开一扇小木门。上午的阳光有点刺眼。她走了几步，感到了一种久违的舒心。她弯下腰来，将手插到干燥的土里，试图拔出来点什么。她闭上了眼睛。

最后一次在夏天来这栋大房子时，她大约五岁。那时她穿着一双硕大的雨靴，笨拙地走在点缀着绿叶的深色田垄间。每遇到一个水坑，她都要踢踏一番。在她身后有一个温柔的声音笑道：“哇，女士们，先生们，穿靴子的猫来了！”

对那个声音的回忆让她重新想起了那封信，她决定去找它。

她坐在一棵李树下，轻轻地抚摩着那封信。那棵李树是菜园里剩下的唯一有生命的东西。

阿尔玛不相信巧合。

二十四小时之前她刚刚合上她的背包。她没有仔细考虑自己在做什么，就把她去波韦尼尔冒险要带的几样东西装进了背包。

在她准备行李的时候，她的母亲在走廊里追着她大喊。她不明白她为什么突然要去旅行。母亲威胁说要给她父亲打电话，阿尔玛关阁楼门的时候，似乎听到了拨电话的声音。

她的二十三岁就这样揭开了序幕。

她没有告诉任何人就去了车站，上了火车。她没流一滴眼泪，一边向水泥丛林和工厂告别，一边重新阅读她生日那天收到的那封挂号信。

我们通过此函和您取得联系以便通知您，遵照前业主的愿望，即日起您将成为位于波韦尼尔地区的梅亚斯祖宅及其所属的数公顷土地的唯一主人，即刻起您可以接管它们，决定它们的未来。

她已经是第十次看那份已经公证盖章的文件了，她一边看，一边握紧了她在那封加了内衬的信封中发现的两把钥匙。她感觉到那些尖利的小齿扎进了她的掌心。

刺痛迫使她张开了手，同时也条件反射般地打开了她的思绪。她是主人？为什么？这是什么玩笑？可是她对那栋房子和那个村子几乎都一无所知啊！她记得自己曾经直接摘树上的李子吃，还记得有一个小菜园、一个蓝色的房间和一个带镜子的大衣柜，仅此而已。

当她努力想要回忆起更多的东西时，脑子里的一切却变得模糊起来。

“决定把遗产留给我的人并不怎么了解我。”阿尔玛心想。透过车窗，她可以看到火车经过了一站又一站。除了能够选择自己的未来，她怎么能决定任何东西的未来呢？哪怕它只是一栋石头房子。

她回想起了自两年前她大学毕业后与父母发生的所有争吵。她以优异成绩取得了语言文学学位。父母希望她参加中学教师资格考试。“你需要一份稳定的工作。”母亲劝她说。父亲则告诉她，如果她想做研究，他会给她介绍几位在大学工作的朋友。他会帮她获得启动论文的奖学金，完成论文后，就是常规的职位资格考试了。

令父母不高兴的是，阿尔玛自己在一个服装店找了份工作。她跟他们保证，那只是她思考自己这辈子想干什么期间的一份临时工作。她只知道她的未来不能这样度过：为了月底一份体面的薪水而整天关在办公室里面对一堆议程。

在内心深处她非常清楚自己想做什么，但是她不敢大声承认。在女童童装部，她一边给毛衣贴标签，一边小声地背诵巴勃罗·聂鲁达的诗。在接待顾客的间隙，她回想加夫列拉·米斯特拉尔的诗。午餐期间，她待在仓库里捧着一本拜伦看。晚上，她在一张张纸上涂涂写写，写下各种形象和比喻。一旦作品成形，她就寄去参加比赛或者寄给出版社，而她得到的答复尽管措辞不同，但内容永远都是相同的：不行。

她想成为诗人。但是，谁能以此为生呢?

十二个小时后她快到波韦尼尔了。半夜时分，她坐上了唯一一辆在那个被人遗忘的车站里候客的出租车。

当她把钥匙插入房锁时，她在内心重复道："顷刻之间，一切都会改变。"她想起了这次全新的冒险开启的那一刻。

在她的二十三岁生日会上，面对蛋糕上的蜡烛，她已经准备向家庭压力屈服。她正要说让他们别再担心了。她不会虚度最美好的年华。她会做有益的事情，比如参加《欧盟公报》编辑资格考试。而诗歌，她心想，将会一直陪伴她。她没有理由拒绝。诗歌将成为她的爱好。她可以去听诗歌讲座，报名参加写作班，当然，她的手袋里仍然会装着拜伦诗集。

她吹灭蜡烛后，就像被施了魔法似的，一切都变了。父亲递给女儿一个硕大的信封，无论对于他还是他的女儿来说，信的内容都非常神秘。阿尔玛在看到里面的一沓法律文件后差点晕倒。

文件附带了一封简短的信笺：

亲爱的阿尔玛，如果你正在读这些文字，那就说明我已经无法参加你的二十三岁生日会了。你不知道我多想聆听你的梦想，分享你的计划！但是人算不如天算。

不可能了。等我不在了，一位公证人将会把我的礼物——我家的祖宅——交给你。

我本想亲自把这些钥匙交给你，并陪你进行这次旅行，把每一个角落指给你看，给你讲述我遗忘在那里的每一个回忆，看看时光在它们身上留下了怎样的印记。我本想和你一起再次回到那里，让我的过去归于平静。

你替我做这件事吧。你一个人做。你必须自己做出决定。无论你的决定是什么，它都将是正确的。爱你。

那个阳光明媚的早晨，在李树下，阿尔玛感觉她与父母的那些争吵、她的生日会、阁楼、他们街区的沥青以及那家服装店，都与自己相隔了数光年。未来毫无眉目，而她必须马上做出的第一个决定就是那封紫红色的信。

她用食指摩挲着收信人的名字，路易莎·梅亚斯，这栋大房子的旧主人。

路易莎·梅亚斯是她的祖母。

谁会这么精心地给一个十五年前就已去世的人写信呢？

无法偿清的债

电子邮件永远不会沾上泪水。

若泽·萨拉马戈

“你的信，还有你，都是我欠下的债。”阿尔玛又出声地念了一遍。

她觉察到了那句修改了几次的话语中所隐藏的绝望。组成单词“债”的几个字母互相挤压着，仿佛感到难为情似的，都在尽可能地少占空间。

“这封信对于写它的人来说像是生死攸关的事情。”女孩心想，一边抬头看向天空。

阳光透过李树的枝丫洒下来，在她修长的腿上留下斑驳的影子。“你的腿很漂亮，你应该好好利用。”母亲常常对她说。但是阿尔玛更喜欢把它们藏在破旧的牛仔裤里或者长及脚踝的裙子下面。

她已经一目十行地匆匆看完了那封信。看完之后，她产生了一堆问题。

信是谁写的？隐藏在签名“罗莎”背后的人是谁？

她从未听说过罗梅罗圣母教堂，也没听说过什么阿韦尔。信里讲述的故事对她而言很陌生，甚至很奇怪，给人一种陈年旧事的感觉。读这个故事就像是打开了一本黑白相册。她很难想象祖母还是小女孩时跑向学校的样子。她曾是一个腼腆、温柔的姑娘吗？

阿尔玛一直没有忘记路易莎，祖母去世时她还不到十岁。在她的记忆里，路易莎是一个坚强、大度的女人，和信里描述的那个难以琢磨的、脆弱的人毫不相干。

她从未见过路易莎哭，也没见她抱怨过什么。阿尔玛的父亲说她就像是一座山：坚强，并且隐藏着秘密。那封信里讲的故事或许是其中的一个？这个罗莎似乎很了解阿尔玛所不知道的路易莎的过去：年轻时，她深深地爱上了一个没能成为阿尔玛祖父的男人。很久以前，罗莎似乎很爱她的祖母。然而，她们竟然六十年没有见面了！令人心痛的是，这封信来晚了。

阿尔玛试着去想象罗莎在这六十年里会是什么样子。和祖母一样，生活也让她改变了很多吗？她生活的地方离她的城市远吗？她有其他朋友吗？

“我有一大堆问题。最重要的是：你幸福吗？要是我能听到你说‘是’，该有多好！”她又看了一遍。

她热泪盈眶：要是她也能向她的祖母问这个问题该有多好。直到几天前，阿尔玛都相信她的祖母一直很幸福。而现在，阿尔玛得知祖母最好的朋友曾经背叛了她，她隐藏了自己失败的初恋，永远离开了自己的家……她已经不再那么肯定了。

“要是能拨个电话同她讲话，让我做什么都行！”她想。

有那么一瞬间，她觉得自己和那位陌生的写信者有着同样的痛苦，但是阿尔玛有胜过她的地方，因为她知道她的祖母结了婚，还生了一个儿子。而且这个儿子给她生了个孙女，就是阿尔玛·梅亚斯。

在读到关于巴黎和探戈的问题时，她笑了。她的脑海里浮现出她以为自己已经忘记的一些片段形象。她发现，在罗莎的记忆开始中断的地方，自己的记忆却很牢固，这让她感到安心。她知道路易莎二十岁以后做过什么，在哪里生活，从事过什么工作。她只回过村子一次。她也大概知道是谁在照看房子以及为什么。

她想起了在她的生日会上父亲那张惊讶的脸，因为他得知他们家族的房子和土地没有留给他，而是留给了他二十三岁的女儿，并且一句解释也没有。阿尔玛替父亲感到难过。他一定感觉路易莎的灵魂背叛了他。

当她的目光再次扫过信尾的一段话时，她觉察到了祖母的气息：“这让我鼓起勇气给你写这封信。可能是你，也可能是帮你照看房子的人会收下它。我知道，你迟早会读到这些文字。我有预感，你在期待它们。”

阿尔玛想，假如所有的事情都不会无缘无故地发生，那么或许她就是某个事件的参与者。也许是命运希望她收到那封信。

她摇了摇头：像往常一样，她的想象又在捉弄她。“你不是诗才，而是诗盲。”父亲常常嘲笑她，以此来影射她认不清现实的本来面目。无论命运是否真的开始为她作证，她手中那封散发着薰衣草芳香的书信却在要求她行动起来。

罗莎并不期望得到回复。这使得阿尔玛摆脱了一个重负，因为或许她无法回信给她。罗莎也没有请求原谅。这样更好，因为“爱情之罪没有法律期限”，少女对着空气喃喃道。

不过仔细一想，她不知道自己应该为此生气还是应该感谢罗莎。因为假如她的祖母没有离开波韦尼尔，假如她嫁给了那个阿韦尔……那么就不会有她了！

然而祖母的这位老朋友向她提出了一个非常具体的请求：写一封信来“救救”萨拉，一个即将被调到远离家乡的地方的好女人。她说的是自己从卫生间窗户看到的那个红发女邮差吗？在那样一个村子只可能有一个小邮局，并且至多有一两名员工。“应该就是她。”阿尔玛心想。

被这一想法所吸引，她再次感到自己成了那个奇怪故事的一部分，尽管她并不清楚自己是怎么卷入的。

对她来说，那个女邮差已经不只是一位普通的好人了。

像是在剥雏菊的花瓣一般，她反复考虑是否要应罗莎的请求写信。她想到了两个反对的理由。

第一个理由是寄信人对她祖母的所作所为，尽管六十年来她一直背负忏悔。“她失去了自己最好的朋友，无论我还是其他任何人都无法再还给她。”她喃喃自语道。但是不写信只会伤害萨拉，而她那天一看到萨拉轻柔地走在她家的花园里，便已对她产生了好感。

第二个反对的理由，她觉得更有分量。波韦尼尔于她而言只是一个临时逗留的地方，她去那里暂住几乎纯属偶然。那里只是一个逃避百无聊赖的现在和不怎么令人鼓舞的未来的好地方。她踏上那列火车是为了找寻一个可以获得足够力量来对抗她的家庭的地方。她的想法是在那里待上一周，最多两周。假如她打算像来时那样匆匆离开，那么她有权利参与并且干预这个村子的生活吗？毕竟，那封信落入她的手中纯属偶然。

最可能的情况是她在离开之前卖掉那栋房子。

“最好顺其自然。”阿尔玛心想。她不是路易莎·梅亚斯，因此，她本不应该打开那封信。她折好信纸，在把它存入信封时，她又想到了其中的一句话：“首府那边说我们不喜欢寄信也不喜欢收信。他们怎么敢这么说！”

“没错，他们怎么敢这么说！”阿尔玛感觉自己受到了指责，于是大声重复道。

她是喜欢写信的，因此也喜欢别人给她写信，尽管这种事情不太常发生。

她在语言文学系上过一门有关书信文学的选修课，只是为了凑足课表。但是很快她就发现命运给了她一个大大的惊喜。

那位似乎带有长寿基因的老教授告诉他们，书信和书写的历史一样悠久。人们已经证实，在两河流域文明时期和古埃及就已经有书信了。在古典时期，政治家、商人或者哲学家之间的通信发挥了重要作用，圣保罗曾写信解释耶稣的福音。在一个学期的时间里，阿尔玛和她的同学们读了亚里士多德、西塞罗、彼特拉克、克维多和圣特蕾莎的书信。

她永远不会忘记，教授激情洋溢地强调，由于平民百姓的贡献，书信自十六世纪开始达到鼎盛时期。“生与死，恋爱与分手，买与卖……诸位，书信是生活的片段！你们要尊重它们。”他一再重复。

正是像萨拉、罗莎或者她自己这样的平民百姓曾经让书信免于消亡。而这一经历了迫害和审查之后幸存下来的老祖先的习惯……会因为数字通讯而面临消亡吗？

阿尔玛一边把紫红色的信装进信封，一边向自己提出了许多这样那样的问题。“我想写这封信。我今天就要写这封信。我甚至都知道我想写给谁了。”她一边回屋一边想。

关上通往菜园的门后，她忍不住看了看那棵李树，她刚才就坐在它的下面。她耸了耸肩膀，注意到了门玻璃中映出的自己：“阿尔玛·梅亚斯，寄那封信并不意味着你已经决定了如何处理这份地产。”

那天，给自己指定了一个任务，让她的心情好了起来。至少在她背着空空的背包轻快地走在路上时，她觉得自己心情很好。她不想在隐居的那几天里饿肚子。她打算一箭三雕：买吃的，写信，把信投入邮筒。她一边气喘吁吁地走一段长长的坡路，一边做出了这样的决定。

她选了前一天晚上出租车载她来时走的那条狭窄的土路。在短短的路程中，她感到陪伴她的除了几株松树，还有一种她不太习惯但令人安心的静谧。城里她所住的街道在交通高峰时段简直就是地狱。“这就是住在市中心的坏处。”她的母亲每每头疼时就会感叹。

小路的尽头与两条岔道相交：一条通往波韦尼尔，另一条通往一个更大的村子马斯坦。阿尔玛住的房子位于两个村子的交界点上，在它们中间。

阿尔玛犹豫了一下往哪个方向走。她再次遵循了不被别人发现的愿望。她向马斯坦走去，穿过在她看来像是一片小森林的地方，小道变成了沥青路。

在公路的右侧，突然露出一小片空地。阿尔玛不由得停下了脚步。她不敢相信眼前所见。

她的呼吸急促起来。连接两个村子的公路旁能有几座教堂呢？命运再一次掷出色子，传递给她一个信息。站在一个小土丘上，她依稀看见一座屋顶铺着瓦片的方形石头建筑。她估计只需下主路走几分钟，就可以证实它是不是罗莎在信中提到的那个罗梅罗圣母教堂。

她的脚不知不觉地向那个方向走去。

那个斜眼天使依然还在门上，就像罗莎在信中所回忆的那样。

阿尔玛闭上眼睛，试着想象自己穿越时空回到了六十年前。她仿佛听到了雨点敲打瓦片的声音。两个女孩的笑声越来越近，夹杂着门轴的嘎吱声。

如同那两个好朋友常做的那样，她伸出手摸索天使的头来敲门。

她的喊叫声打破了那个地方的宁静。

阿尔玛原以为手会感受到金属的冰凉，但是她却碰到了一个温热的东西。

她猛地睁开眼，目光碰到了另一道同样受惊的目光。一道绿色的光顿时俘获了她。一个比她大不了多少的金发男孩，眼睛瞪得像盘子一样大。她刚刚碰到的是他的额头。

她还没从惊吓中回过神来，那个男孩就像被魔鬼追着似的跑开了，然后钻进了教堂后的树林。在他匆忙逃走的时候，阿尔玛看到有个东西从他的背包里掉了出来。

她在后面追着他跑，想要提醒他，但是几秒钟的工夫，那个男孩已经消失在了树林里。

《阳光之下：布鲁斯·查特文书信集》，阿尔玛念道。

她决定等几分钟，期望那本口袋书的主人回来拿它。与此同时，她忍不住翻了一下那本书。

几年前她曾读过这位作家的《巴塔哥尼亚高原上》，与其说她被作品本身吸引，不如说是被围绕写作发生的故事所吸引。七十年代初，查特文在九十三岁的建筑师、设计师艾琳·格瑞位于巴黎的工作室里采访了她。他在那里发现了她自己绘制的一幅精美的巴塔哥尼亚地图。他向她坦承自己一直想去那里。老人告诉他，她也一直想去，并且向他提出了一个古怪的请求：

“你替我去那里吧。”

于是这位二十世纪最优秀、最受争议的旅行作家果断地向南美洲出发了。他给他的上司们发了一封简短的电报辞行：“我去巴塔哥尼亚了。”他在那里生活了将近六个月，并将他在那片遥远土地上的奇遇写成了一本书。几年后，那个地区的一些居民否认了查特文书中的部分内容，说是他编造的。

阿尔玛打开书的前言，赫然映入眼帘的是作者的妻子伊丽莎白的宣言：“没有比书信更直接的写作。”再往下看，一位编辑承认“书信中的布鲁斯·查特文对自己少了些肯定，显得比较敏感，但是更有人情味”。

“人们在写信时都是这样吗？”阿尔玛思索着，一边用那双蜜色的眼睛打量着支撑教堂屋顶的房梁。

正从学校往外走的一群孩子发出笑声，提醒阿尔玛不知不觉已经到了下午。她已经等了那个绿眼睛男孩许久。等她认定那片树林已经将他吞没，不打算把他还回来后，她就重新上路了。

一到马斯坦，她就直接去专卖店买了信纸、信封和邮票。然后她去了超市。

背包里装满食品后，她在村子里四处徘徊，想找到一处特别的地方来完成当天的最后一项任务。她打算写的那种信需要一个合适的环境。

透过玻璃可以看到孩子们奔跑的那家咖啡馆似乎正是为此而设。大理石面的桌子，桌腿是锻铁打制的，图案是几个顽皮的仙女正在百合花丛中嬉戏。

不过，缪斯女神们似乎并没有被那家老咖啡馆吸引。无论阿尔玛怎么召唤她们，她们都不出现。

阿尔玛重新把注意力集中在桌上的信纸上。她用笔尖轻抚它，像是试图唤醒在白纸下沉睡的词语。

写一封匿名信怎么会这么难呢？

阿尔玛

马斯坦，波韦尼尔附近，11 月 12 日

尊敬的玛拉·波斯基：

您相信巧合吗？我不相信。

因此，因为我不相信，所以我正在这里给您写信。

我一直想给您写信。我曾想象过很多次，想象我把我的痛苦告诉您，请求您给我宝贵的忠告，或者对您取得的成就表示祝贺。有一次我甚至梦见自己把一次考试的题目传给您，好让您把答案透露给我！我知道，我这样做很没脸……

但是直到今天，我小小的宇宙才把这些碎片拼合起来，把那个渴望变成了现实。正如莎士比亚所言，“出牌的是我们，而洗牌的是命运”。几小时前，我通过邮局收到了一张 A，于是我决定向您投下这个赌注。

写信的这位玩家是谁呢？是阿尔玛·梅亚斯。按照我身份证上的信息，我是一个刚刚二十三岁零四十八小时的女孩。按照简历，

我曾在一家服装店当收银员，也是语言文学学士。按照我父母的说法，我是一个无缘无故离家出走的忘恩负义的女孩。按照我的内心来说，我是一个诗歌梦想家，不过跟您说这种话挺难为情的。

因为您，玛拉·波斯基，是我最喜欢的诗人。是最伟大的诗人。

我从懂事起就喜爱诗歌。

我偷偷地、如饥似渴地阅读我在家里能够找到的所有的书。我承认家里的书并不太多。或者更确切地说，值得一读的书并不太多。不过，饥不择食嘛。我的父亲是律师，一年三百六十五天，一天二十四小时都是。他思考、讲话和行事都是律师风格。他的书都是法律书、社会学方面的著作，作为小嗜好，他的书架上也有一两本黑色小说，不过也总是和判决、审理有关。他很喜欢引用圣多马[1]的话，“我只相信我看到的”。

跟他谈灵感、缪斯、激情或者绝望毫无意义，比跟一面墙谈还要糟糕！因为面对一面墙，如果你对它用力大喊，你还能期望最终让它出现裂缝。这在我父亲那里是不可能的，因为他那颗被权利和义务轰炸过的心寸草不生。

每次我跟他说我想成为诗人时，他都回答说：“有什么用呢？”玛拉·波斯基，有一次我试图用兰波的那句话来回答他：“为了改变生活。”他的回答让我无言以对：“事物只在我们不抱任何幻想地去

[1] 耶稣十二门徒之一。他一开始并不相信耶稣已经复活，只有亲眼见到并用手触摸耶稣身上的伤痕之后，才相信了这件事。

改变它们时才会改变。”对他来说，讨论已经结束了：我可以读我喜欢的诗，但是我必须寻找一种实用的谋生手段。“做点有用的事情。”如果是一份稳定的高薪工作，那就再好不过了。

他容忍我学习语言文学是因为我的母亲说服了他，她说等我毕业后，就可以参加教师资格考试了。那将是份稳定的工作。

玛拉·波斯基，您丝毫不要以为我的母亲是为我求情，并且支持我对文学的热爱。每当我想起她时，我的脑海中就会出现阿方西娜·斯托尼[1]的几句诗，“有时，母亲流露出/释放自己的念头，但是一种深深的痛苦/涌上她的眼睛，于是她开始默默地哭泣”。我不知道她的秘密是什么，但是我愿意认为她曾有一个秘密。是一次令她痛苦的抛弃，或者是一种她不愿意让我知道的莫大的痛苦。但是也许是舒适、良好的举止……或者更糟，是嫉妒我有这么伟大的梦想。

我知道您觉得我的话太夸张了。但是我敢肯定您能理解我。否则，谁能理解我呢？我一直都是理解您的。或许我不理解您的文字，因为我们之间的年龄差距很大，而且相隔数千公里！但是我确实读懂了令那些文字充满绝望或者快乐的情感。

正如我告诉您的，我一开始只是阅读。起初，这就足够了，但是仅限于起初。很快我就开始在纸上信笔写一些蹩脚的诗句。里面甚至还有拼写错误！我避免不了。我觉得我周围的一切都隐含着诗

[1] 阿方西娜·斯托尼（Alfonsina Storni，1892—1938），阿根廷女诗人。

和韵律，而我把所有这些形象都糅在一起，便产生了一首诗。

鼓足勇气之后，我便拿着我的第一批诗稿出现在了我们系的诗歌社团。我遇到了其他像我一样的梦想家。我们慢慢地互相熏染着。我的胆子大了起来，在赢得了学校的几次比赛后，我认为自己很优秀。我开始偷偷把我的作品寄去参加比赛，寄给出版社和专刊。但是，从大学毕业之后，我从老师和同学那里收到的所有溢美之词都悄然无声了。

没有任何人回复我。

您可能会想：难道你写作是为了出版？为了赚钱？为了出名？不，不，不！

我写诗是因为醒着的时候我梦见词语，睡着的时候我又在狂热地写诗。您知道孔查·门德斯[1]的那句诗吗？或许不知道，因为您来自那么遥远的地方……“我希望，但是我不能！像那些生活在世界上被称作人类的人一样：唇上总挂着吻，用来掩盖事实，最终……如此平静地洗净双手。”

我写过诗，现在还在写，但是……我将来还会写吗？

两天前我满二十三岁了。我想这点年纪对于像您这样六十岁的老人来说，不算什么。玛拉·波斯基，我请您尽力回忆一下您在吹二十三支蜡烛的时候是什么感觉。我在您的一篇访谈中看到，您在会写姓名之前就已经写过一首诗了。那位记者对您说这个比喻好极

[1] 孔查·门德斯（Concha Méndez，1898—1986），西班牙诗人、剧作家。

了。您回答他说，这不是比喻，而是事实。我相信您的话。如果说您三岁就已经写诗了，那么您从什么岁数开始知道，写诗是您想要做的事呢？从什么岁数开始知道您能做到呢？您何时知道您这一做就是一辈子呢？

很久以前我就发现自己想要成为诗人。生日那天，我差点就要告诉自己说我做不到了。但是就在那时，一封来自公证处的挂号信给了我一个时间暂停的机会，让我可以更好地思考这个问题。我的祖母，愿她安息，送给我一份非常特殊的礼物：将她的祖宅留给了我，包括一栋房子、一个小菜园和周围的牧场。对我来说这是一个偏僻的地方。

我同父母争吵过无数次，他们无论如何都不希望我从事写作。说不清楚为什么，我踏上了火车。我来到这里是为了思考我这辈子要做什么：我可以生活在诗歌之外吗？我不确定。但是我同时也得考虑我要怎么处理这所房子。

这些是我到波韦尼尔时的计划，但是似乎被人推迟了。

一周之前我对我落脚的波韦尼尔只了解三件事。第一，我的祖母出生在这里，但是她年轻时就移居外地了。在她父母去世、兄弟（没有儿女）离开后，房子就没人住了。

第二，这栋房子有一个菜园和一个蓝色的房间。在我不到五岁的时候，夏天我曾在这里待过几天。我是和祖母一起来的。只有我们俩。我对那次旅行几乎没有什么记忆了，但是有些情景却不唤自现，直到我收到那封带有祖母遗嘱的信我才重新想起它们。

我知道的第三件事是，一位在我们国家不被人熟知的伟大人物玛拉·波斯基在此定居了。

在我读大学二年级的时候，一位美国学生来我们学校参加交流项目。我俩恰巧同桌。有一天她黑着眼圈来上课。她向我坦言她一夜未眠，因为她被一些诗迷得几乎无法呼吸。像是递给我一包被严禁的毒品似的，她给了我一本用报纸包着的书。她建议我，如果想感觉到自己活着，就读读这本书吧。那是在他们国家已经声名显赫的一位女作家的第一本诗集，而且是一个非常老的版本:《灵魂的隐秘》，作者是玛拉·波斯基。那是一本三手或者四手书，但是这让我更是喜欢：每一页都有不同的香水、饮料和手指的痕迹。我被迷住了。从那以后，一切都不一样了，甚至在别人跟我说话的时候我都会听到您的声音。

几个月前，我的一位老同学给我写了一封电子邮件，告诉我玛拉·波斯基已经离开美国，在我们国家的一个小村庄隐居，您能想象我有多么惊讶吗？而当我看到村庄的名字如此熟悉时我就更惊讶了。您的同胞埃米尔甚至知道您住在哪个小区。她在一家非常有名的文学杂志副刊工作，谁都逃不过她的眼睛。

玛拉·波斯基曾经在这里生活，近在咫尺，却又如此遥远。

若不是今天早上我收到那封紫红色的信，这件事不过就是可以跟朋友讲讲的奇特巧合罢了。那封紫红色的信开启了整个过程。在沉默了六十年之后，有人决定给我祖母写信。在房子闲置二十年之后，有人在那栋被遗弃的房子里醒来，是为了收到今天送到的那封信吗？不早也不迟。

我已经看了那封信，在许多不相关的事情之外，写信者向读信的人提出了一个明确的请求。

我感觉自己成了这个故事的一部分，成了比我自己重要得多的一个接龙的一个环节，我满足了这个请求。我把它与您分享一下：

“萨拉的生活马上就被打破了。你或者我原本也可能成为这样的女人。或许你曾经遇到过她：她是在我们的石板街上长大的。她有三个毛孩子，也在这附近跑来跑去。尽管她的生活不容易，但是她对所有需要她的人都笑脸相迎。她的上司给她发了一封电子邮件告诉她，要把她调到离家很远的地方。波韦尼尔的邮局存在了一百多年后，即将没有邮差了。首府那边说我们不喜欢寄信也不喜欢收信。他们怎么敢这么说！如果不是因为你能帮助萨拉和我们村子，我是不会告诉你这些的。你怎么做呢？很简单，像我这样：写一封信。信的长短、写得好坏都不重要。然后你把信寄给村里另外一个人。即使你不认识他 / 她，也要和他 / 她分享一下你生活中的点滴。我们大家一起创建一个文字接龙，让它长达首府，坚固得让那里无人能够切断。”

除了您我还能给谁写信呢？我马上便有了答案。再也没有其他人可以倾听我的心事。我不期望您给我忠告，也不期望您的回复。尽管我非常希望收到，但是这是协议的一部分：不注明寄信人。这个接龙始终向前。求您不要让它断掉。

您不曾想过吗？从某种意义上来说，您对我们所有读您的作品、仰慕您、爱您的人都欠下了债。请您为了萨拉写下哪怕一行字，以此偿还您欠我这个无条件读者的那一点债。我请您偿还的数量无疑远远大于您所欠下的债，但是您的良心和慷慨也与此相称。

坐在这里和您笔谈的这几个小时，是我很长时间以来所度过的最美好的时光。这对我的心事是一种安慰。谢谢。

在告别之前，我想向您坦白一件事：您知道我为什么喜欢您的声音吗？因为您的呐喊高亢、有力、清晰。您不否认任何事，包括您的恐惧。

但愿某一天我也能像女诗人贝伦·雷耶斯[1]那样呐喊“我就是你们读的诗，这种讨厌的诗/一支笔杆是我支撑恐惧的地方”。

您的

阿尔玛

又及：您不必担心，我不会告诉任何人您隐藏在这里。您的秘密在我这里是安全的。

[1] 贝伦·雷耶斯（Belén Reyes，1964— ），西班牙女诗人。

啄痕

在书信中，人们可以畅所欲言。

恩斯特·云格尔[1]

纳粹占领下的巴黎的书信审查官

“不，不，不！”身着黑衣的女人连连说道，她的语气那么强烈，把一只在花园里啄东西吃的麻雀吓飞了。

萨拉愕然地看着她。空空的邮袋开始变得沉甸甸的，在那个早上之前一直都很宽松的衬衫衣领，现在似乎像绞刑架上的绳索一样勒着她的脖颈。在位于波韦尼尔郊区的“风中玫瑰”小区唯一一栋有人居住的房子门口，她已经争论了二十多分钟。她很少遇见这种事。

那天早上，当那封信送到邮局的时候，她以为送错了。现在不是季节，那些小区连一个人影儿都没有。她的邻居罗莎总说，在她小的时候，人们看到樱桃树开花就知道春天已经来了，而现在，因

[1] 恩斯特·云格尔（Ernst Jünger，1895—1998），德国作家，曾任纳粹军官。“二战”期间，他来到巴黎，负责审查这个城市的知识分子和大众的信件及言论。

为气候变化的缘故，人们判断春天的依据成了周五下午在通往城郊小区的坡路上排满的汽车。

现在是十一月，什么风把这种怪鸟给吹到森林里来了？萨拉想。

“可是……您是玛拉·波斯基吗？”她缓缓问道，似乎还存在着一丝可能。

“我刚刚已经跟您说‘是’了。”她不情愿地回答道，“或者您认为一个人一转眼就会变成另外一个人？如果您知道怎么做，我把灵魂卖给您，您告诉我这个诀窍……”

“所以，这封信是给您的……”邮差小心翼翼地说。

“可以这么说。”她答道，露出一个半嘲讽半厌烦的表情，“因为上面写着我的姓名。顺便说一下，有一个拼写错误。但是，总之，您的判断有道理……在这么一个偏僻的地方我们不能苛求。”

“那么，您应该收下它。”

萨拉伸胳膊的力度太大，差点把信封的一角塞到对方的鼻孔里。

她不好意思地低下了头。在她的职业生涯中从未遇到过这样的情况。如果不是那个女人有一头及腰的白发，并且嘴角有皱纹，她会以为她是个孩子。尽管她会说西班牙语，但是她的口音显示她不是本地人。她身上层层叠叠的深色衣服毫无美感可言。她光着脚，脚踝上系着一对让女邮差目眩的铃铛。

“女士，在这一点上我们有分歧。我不应该收下它。您知道‘应该’是什么意思吗？”她带着探询的目光问道，甚至在提出问题之前她就已经确定答案了。

萨拉耸了耸肩膀。她只想摆脱在她手里开始发烫的那封信。如果为此她必须听听词典的解释，那她就听吧。她无法理解那个外国女人脑子里到底在想什么鬼！那封信又不会咬她，萨拉想。

“应该：由于天律、自然法或者成文法的规定而必须做某事。”对方用傲慢的语调背诵道，“您是神父或者法官吗？这不是我说的，是西班牙皇家语言学院说的。”

“西班牙皇家语言学院？”女邮差脱口而出。

玛拉·波斯基的脸色向她表明，她最好保持沉默。

“如果你们作为当地人都不知道那是谁或者是什么的话，我一个外乡人怎么办呢？”她用表演音乐剧般的语调继续她的长篇大论，“可怜的诗人和作家们！在这片不毛之地……”

突然，一个荒唐无比的嗝儿打断了玛拉·波斯基的演讲。这让她有些措手不及。她倚在门框上，歇了口气，并不打算让任何人、任何事打断自认为精彩的辩解。

“洁净、持久、闪亮。让您想到什么了吗？”她挑衅地看着萨拉，不过另一拨嗝儿两次打断了她的话，“别告诉我您的想法是一种地板清洁产品的宣传语，或者一位时装模特在一则染发剂电视广告中不断重复的话。”

她突然又打了个嗝儿，结果脑袋撞在了她倚靠的木头门框上。玛拉·波斯基用左手使劲揉着被撞的地方。

萨拉注意到了她的手：她的指间渗出了鲜红的血迹。

萨拉吓了一跳。她刚想说点什么，却感到那个女人冰冷的目光让自己的话卡在了喉咙里。

某种奇怪的、阴暗的东西凝滞在了空气中。

玛拉·波斯基转过身，跨过了门。她没有随手关门，但是女邮差不敢离开门口。刚才从远处看的时候，她觉得这是一栋现代、雅致、舒适的住宅，不像是某个女巫的家。

她听到里面一个声音对她喊道：

“您随便吧。如果您愿意，把那封讨厌的信放在那儿，或者把它烧了，或者……您走吧，忘记我。特别是要忘记我。我不在这里，听见了吗？您没见过我。不要因为发现我在这儿，就搓着手跑去告诉您那些爱嚼舌根的女邻居，说玛拉·波斯基藏在这个小村子里。”

萨拉听到屋里传来一声闷响。

她跑了进去。一种浓重的霉味扑面而来。外面天气很美好：太阳在湛蓝的天空闪耀，万里无云。屋内却是一片阴暗和狼藉。

她沿着一条过道走了几步。左边出现了一个客厅，尽头有宽大的楼梯，楼梯后面似乎还是过道。那个外国女人正跪在第一级台阶上，头耷拉在胸前。

一向果断自信的萨拉很长时间以来第一次不知所措：是走过去看看她怎样了，扶她站起来，还是只是按照她刚才的指示把信放在那里然后消失？

在她左思右想的时候，玛拉·波斯基似乎恢复了力气。她伸长手臂，双手抓住扶手想要站起来。她的动作很笨拙。她甚至头都没回就开始往楼上走去。从她爬楼梯的样子来看，萨拉觉得，在她面前的不是一段不足三十级台阶的楼梯，而是喜马拉雅山。

玛拉·波斯基继续喃喃自语。直到她消失在三楼，脚上的铃铛一直叮当作响，似乎十分认可她说的话。她身后只留下一丝令萨拉感到熟悉的痕迹：在村里年代最久的“社团”酒吧里，醉鬼们身上散发的那种威士忌酒味。

这一切像一个古怪的梦，萨拉从梦中醒来后，听到远处传来玛拉·波斯基的叫喊：

“正如乌纳穆诺[1]所言，你们将取得胜利，但是不会赢得人心！你是商人，靠他人的文字为生，你知道文字的实际价值吗？对你来说，它们只是你盘子里的鹰嘴豆，仅此而已。”

突然萨拉听到了鼾声。玛拉·波斯基的睡意比怒火和酒精加起来都要来得强烈。房子陷入一种令人生疑的、摇摇晃晃的宁静。

萨拉认定这是离开的好时机。她不想成为以身殉职的英雄。她根本不知道玛拉·波斯基是谁，也很怀疑自己的朋友知道。但是她非常确定的是，那个醉醺醺的女人疯疯癫癫的。

如果那个外国女人不想要这封信，她会把它寄回原地。只有这时，当萨拉翻转信封，她才确认了信封上没写寄信人。她应该把它放在邮局。

真是奇怪，她想。毋庸置疑，信纸是仔细挑选过的：纸质厚实，夹杂着花卉枝叶的碎片。地址是一个有学问的人用漂亮的字体写上

[1] 乌纳穆诺（Miguel de Unamuno y Jugo，1864—1936），西班牙散文家、小说家、哲学家。

的，她得意地猜测。这么注意细节的一个人怎么会忘记写自己的名字呢？

那个长发女人以为自己是谁呢！她想。她不是一个普通的文字商人：她能区分几十种信纸，甚至可以估出它们的克重，误差极小。根据已干墨水的颜色，她能推测出写信时间的长短。她甚至能看出寄信人是男性还是女性，有没有学问，年长还是年轻……那个外国女巫有这一半的知识吗？难道也能像自己一样，凭借这些以及许多其他知识，在乡村邮差竞赛中获奖？

“酒鬼的言行是无法预测的。”她咕哝道，却并不气恼。然后她向仍然半掩着的大门走去，想尽早离开那里。但是在经过客厅附近的时候，她改变了主意。在横七竖八的沙发靠垫中间，有个小东西似乎在蠕动。可能是只老鼠，萨拉想，并不吃惊。

她走了过去，绕开了木地板上的空酒瓶、涂满字迹的纸张和扔在地上的书。

“天哪！”她惊叹道，“你看谁在这里？”她又温柔地说。

听到这个热情的声音，一只雏雀朝空中张开小嘴，叽叽叫着。萨拉伸出食指抚摸它光秃秃的小脑袋。

“你好小哦。连眼睛都没睁开……”

小麻雀感受到抚摸之后似乎安心了，蓬开了羽毛。它被放在一个鞋盒里，身上裹满了奢华的布料。为了让这个小动物活下来，女房客花费了不少心思。“嘿，”女邮差自言自语道，“我们碰上了一个有同情心的女巫。”

看到小鸟旁边有一个盛满水的小瓶盖和一些面包渣，萨拉笑了。她侧着头对它低声道：

“小家伙，一个很懂文学但不怎么了解小动物的人收养了你。”

萨拉自己家的房子很小，很容易看出每个房间的位置，但是那个地方像个迷宫，因此她转了好几圈才找到一个卫生间。

一碰到湿润的棉絮，小麻雀拼命地伸长了小脖子。它应该有好多个小时滴水未进了，萨拉心想，一边直接把水仔细地喂到它的嘴里。

“别着急，会呛着的！来，现在我要给你喂吃的了。可是真正的食物哦，一只美味的小虫，我在花园里找到的。看起来好吃极了。”

小鸟狼吞虎咽地吃下了它，似乎证实了萨拉的说法。

女邮差又去抚摸它。她为它感到难过，她知道它活下来的可能性很小。小时候，她曾经在校园里捡到一只从树上掉下来的小鸟，她费了很大的劲儿爬到树上把它放回空巢。那天晚上，想着自己救了小鸟的命，她睡得很开心，却没有料到第二天会发现它死在树底下。它的小脸被啄变了形，一只眼睛没了，翅膀也断了一只。

她手里捧着小鸟的尸体，哭着去找科学老师给她解释一下。是因为从山上飞来了一只鹰吗？或许是一只因为孩子们喂给麻雀的面包屑更多而愤怒的鸽子？

就像她现在抚摸着小鸟一样，老师摸了摸她的头。无论过去多少年，她都不会忘记老师的话。

“鸟妈妈察觉到了你的气味，人类的气味，所以就不要它了。它不喜欢我们。”

萨拉难过了好几天。假如她之前把它带回家的话，也许能救它的命。她把这个想法告诉老师，老师回答说，即便如此，它存活的可能性也很小。老师和蔼地告诉她，它能否活下来不取决于她，而是取决于小鸟自己的翅膀。

“所以你都知道了，等你更强壮些了，你能否飞走，取决于你的翅膀！”

临走前，萨拉又瞥了一眼客厅。

那封信正挨着鞋盒躺在沙发上。那个外国女人对麻雀的呵护打动了她。她打算再给她一次机会。既然有人悉心挑选了这么漂亮的信封，用这么精致的字体写信，那么这封信里只会包含温柔亲切的话语。很明显，这正是这个隐居女人所缺乏的。为了打消顾虑，她告诉自己：总之，如果外国女人不想看那封信，她可以不打开，直接扔到垃圾堆里。

小鸟正安详地睡着。在它旁边，女邮差留下了一套它的生活必需品，包括一条浸在水里的棉絮、一个盛着几条新鲜虫子的小火柴盒，还有一张简短的便条：“它也可以吃捣碎的谷物。它需要附近有一个亮着的灯泡来取暖。”

萨拉心想，出于某种奇怪的原因，玛拉·波斯基厌恶女邮差，但是喜爱麻雀。在萨拉看来，尽管这听起来很奇怪，它都让玛拉·波斯基变得富有人情味。这是她的救赎。

回到邮局之后，她开始给总局填表。她讨厌这项工作。她做邮差，是因为她喜欢上街跟人们打招呼，不是为了在电脑前一坐好几个小时。然而，她的上司们坚信，实施绝对控制有好处，而实现这种绝对控制的唯一途径，就是了解她每天每小时在做什么。

她打开电脑。就在此时，她收到了一个聊天申请。

就像每天中午十二点一样，她不用看就知道是谁写的。

CASTAWAY 65[1]：出太阳了吗？

萨拉：天气好极了！阳光灿烂。天边没有一丝云彩。

CASTAWAY 65：唉！这是在让一个生活在黑暗中的可怜居民嫉妒啊……

萨拉：怎么会呢！我描述出来是为了跟你分享。对了，请慢用。

CASTAWAY 65：谢谢。你知道的，最近三个月，午餐时间成了我的最爱。

萨拉：为什么？

CASTAWAY 65：当然是因为“监狱”里的伙食改善了。从三个月前开始，我偶尔能在汤或者米饭里发现一块鸡肉。陆地！那只是海市蜃楼而已。第二天，又是鱼了。

萨拉：真让我难过……您不喜欢挪威三文鱼刺身吗？我们这里连圣诞节都尝不到呢……只要能尝到它，我愿意付出任何代价！

[1] 此处保留原文，“CASTAWAY”为英文，有“漂泊者”的意思。

CASTAWAY 65：你的愿望就是命令，公主。我请你吃晚饭。你说时间吧。

萨拉：☺

CASTAWAY 65：我那征服者的骄傲再一次被一个普通的表情符号打了一记耳光。

萨拉：如果我对你说好，你会带我去哪里?

CASTAWAY 65：世界上最好的三文鱼餐馆。

萨拉：是什么样子的?

CASTAWAY 65：很小，只有五张桌子。隐藏在一个湖边的树林里。有很多小情侣去那里，最适合浪漫的晚间聚会。

萨拉：不要这么急。这里没人说什么约会。只是一个晚餐邀请。

CASTAWAY 65：啊！那么你付钱？太好了。咱们去一家五星级酒店的餐厅……

萨拉：你真讨厌。☺

CASTAWAY 65：小时候我母亲也这么说我。所以她把我发配到这个偏僻的地方，让我好好反思自己的所作所为。

萨拉：……

CASTAWAY 65：所以我还在这里，接受惩罚。

萨拉：你为什么把这当作是一种惩罚呢？我觉得在海上石油平台上生活让人很兴奋。

CASTAWAY 65：这只是你的想法……其实这种生活很无聊。我已经坐在这里盯着海平面看了六个小时……在完全的黑暗中。吃完午饭后，我要再盯三个小时。还有明天，后天……

萨拉：要是每天能看一会儿大海，让我干什么都行！

CASTAWAY 65：面对大海或者在纽约市中心，萨拉，对我来说都一样。有六个月的时间我们完全都在黑夜中。这就是挪威的冬天。这就是平台上的日子。我知道这对你来说很难想象。

萨拉：我突然想起一件小事要告诉你……

CASTAWAY 65：全速前进，见习水手！我两分钟后又要回去工作了。

萨拉：你还记得，因为我这里没有人寄信，他们要把我调走的事情吗？

CASTAWAY 65：记得，你跟我提过顶头上司发的一封电子邮件。

萨拉：你都不会相信，我本来只能接受命令，但是……信却开始多了起来。

CASTAWAY 65：你说什么！

萨拉：如你所见，今天我送出了第二封信。很奇怪……

CASTAWAY 65：为什么？

萨拉：这两封信都没写寄信人，但似乎是很特别的信。有人悉心挑选了信纸，字体也很精致……

CASTAWAY 65：会是同一个人吗？

萨拉：不是。笔迹不一样。

CASTAWAY 65：姑娘，休息时间结束了。头头叫我呢。

萨拉：你明天找我聊天吗？

CASTAWAY 65：怀疑会伤人的。

屏幕上不再出现文字，但是萨拉继续盯着屏幕看了好一会儿。她已经认识费尔南多二十年了。他在邻村的一家供暖公司工作。在五年时间里，他去了她工作的波韦尼尔邮局无数次，因为邮局的暖气片总坏。

那段时间，她还是已婚身份，还在憧憬着完美的家庭生活。他们很快成了朋友。他是一个积极乐观的小伙子，爱说恭维话。一个晴朗的日子，他告诉她，他觉得自己被困在了那里，被困在了大山里。在挪威一个石油钻井平台工作的表兄已经给他找了一份几个月的短期工作。

原本几个月的时间变成了十年有余。在这期间，她有了孩子，与丈夫分开，回到父母的房子居住……但是她一直在邮局工作。

他们有一段时间失去了联系，直到三个月前，萨拉收到了一封电子邮件。

费尔南多需要办一个手续，于是想起了她。也许她可以帮他：村里的邮局弄丢了他的出生证明复印件，他需要拿这份证明更换居留证，她能帮他找回来吗？

萨拉没有犹豫。那段时间她几乎没有活儿干，而且她对他保留着一份美好的回忆。

一件事情引出了另一件事情。她给他重寄了一份复印件后，他写信给她表达了谢意。他们从一封极其正式的电子邮件转入了网聊。

他们又开始笑起来，尽管是通过表情符号。好像两人都好多年没有笑过似的。刚开始，他们两到三天聊一次。从一个半月前开始，他们每天都会聊一会儿。

萨拉感到小小的邮局飘满了一种大海的味道。一阵温柔的风轻拂过她的心。

玛拉·波斯基

波韦尼尔，11 月 19 日

致某位陌生人：

我不知道你是谁。我不知道你做什么工作。而且，如果要我说实话的话，这些对我都无关紧要。

今天，我几乎都不知道我是谁。

我叫玛拉·波斯基。或者更确切地说，别人叫我玛拉·波斯基。我已经半个多世纪没叫过自己了。在我很小的时候，我和老人们一起躲在一个防空洞里，我自言自语打发时间。“一切都会好起来的，玛丽塔[1]。”我对自己说。我自己给自己唱歌，哄自己睡觉，跟自己拌嘴……这些都是我母亲告诉我的。

这就说明我是玛拉·波斯基吗？或者玛丽塔？或者生活在她们之间的成千上万人中的一个？我不敢确定。我们是某个名字的标签

[1] 在西班牙语中，Marita 是 Mara 的指小词，表示亲昵。

吗，还是无法定义或者命名的其他东西？

出生时，我的祖父母想给我取名萨拉、露丝或者朱迪斯。他们总说，要起一个名副其实的犹太女人的名字。我对我的祖父母没有记忆，因为在我三岁时，父母逃离了处处充满敌视的德国，他们当初去德国是为了逃避大饥荒。我是犹太女人吗？我也不敢确定。我这么说，不是因为我那心惊胆战的母亲努力隐瞒任何透露我名字的线索，好像这样就可以抹去整个家谱似的。她说我的名字就叫玛拉，而我的父亲不敢反对。我不是犹太女人，因为除了名字，我的言行举止也从来不像犹太女人，我也从来没感觉自己是犹太女人。

请允许我借用你们国家一位诗人的诗句来表达我的想法："褪去你的外套，/ 标记，画像；/ 我不喜欢这样的你，/ 伪装成他人，/ 永远都是女儿的身份。/ 我喜欢你纯洁、自由，/ 不可征服：你。/ 我知道当我 / 在众人之中 / 呼唤你，/ 只有你才会是你。/ 等你问我 / 是谁在呼唤你，/ 是谁想拥有你时，/ 我将埋葬那些名字，/ 标签，历史。/ 我将慢慢打碎一切 / 从我出生之前 / 就加在我头上的一切。/ 我已经回到裸体、石头、世界 / 永恒的匿名状态，/ 我会对你说：/ '我爱你，是我。'"

萨利纳斯[1]说得多么有道理！你不这么认为吗？

我的父母非常善良，但是目光短浅。他们决定逃往自由的法国，但是法国只坚持了短短几个月就被纳粹占领，成立了维希政府。当

[1] 佩德罗·萨利纳斯（Pedro Salinas，1891—1951），西班牙诗人、学者。

局者迷，因此他们没有发觉那里反犹太人的毒瘤也在不断滋长。炮弹再次封锁了我们，直到一艘船把我们从我们熟悉的大陆救出，带到了新大陆。

我现在能够在波韦尼尔隐居，要追溯到那个时候。你想象一下这有多么久远！

在船上，我父母认识了一位曾经在这片山区任教的共和派教师拉蒙。如果你在本地出生的话，也许你知道我说的是谁。他也在逃亡。他们建立了非常牢固的友谊，甚至将这种友谊传给了他们的下一代。

许多年后，拉蒙成了一位富有的企业家。他积累的财富越多，就越怀念这里的森林。临终时，他让儿女们承诺在这里买一栋房子，并且不时来这里看看。儿女们严格地履行了第一条承诺，第二条则马马虎虎了。我没有兄弟姐妹，而玛丽莎和小拉蒙就如同我的兄弟姐妹一样。他们为我的状况担忧，主动提出让我来他们还未住过的房子居住。我还记得几周前她说的最后一句话："如果天堂存在的话，它就在波韦尼尔。这是我父亲记忆中的波韦尼尔，你知道他不是一个夸大其词的人。在那里你会恢复过来的。"

在海上航行的那几个星期里，不仅拉蒙，还有我家人，都在内心酝酿着一个转变，这个转变在抵达美洲一个缤纷亮丽的海湾港口后完成了。我们上船时还是毛毛虫，下船时却已破茧成蝶。我们之前是逃亡者，现在成了移民。我母亲却被困在了茧里，她的内心从未离开那艘船。她觉得墨西哥很恐怖，而我的父亲又一次无法拒绝她，于是决定继续向一个叫作明尼苏达的小城航行，那里有我们的远房亲戚。这个故事和很多人的故事无异。或许，甚至和你某位亲戚的故事一样。

我是移民吗？我表示怀疑。我的母亲一直都是一个逃亡者。我的父亲、我父母的兄弟姐妹以及他们的孩子……直到去世之前，他们都觉得自己是移民，渴望回到一个只存在于他们想象之中、不可能回去的国家。我记得他们总是尽力不张扬。他们在自己的街区默默无闻地生活，仿佛是请求别人允许他们住在那里。我却从未有过这种感觉。

我把祖国装在我的心里。在我脚下的只是一块土地。为了工作和生活，我经常旅行，只有在过海关时我才记起我是美国人，或者说我的护照表明我是美国人。给我盖章时有的人好奇，有的人羡慕，也有的人带着仇恨。不是我自己，而是他们和证件把我定义成这样。

亚历克斯，你有一个女性的名字。我在本区电话簿里随机找到了你。

这就表示你是女人吗？我自己是女人吗？根据我们如何定义女人，我可能是女人，也可能不是。我像女孩那样成长，然后长成了女人。那时我二十五岁，期望着完美的生活。我曾在一座小城的一所普通大学学习语言文学专业，很快我就脱颖而出。

今天，当我重读有关我生平的章节时，我认为我能脱颖而出，与其说是由于我的成就，不如说是由于其他人的逊色。但是那时我觉得自己很特别：我获得了美国文学助理教授的职位。这超出了我父母或者祖父母对我的期望。如果我不在办公室或者教室，我就在做苹果派，给小区的老人读故事，或者在冬夜依偎着母亲绣花。我开始写论文、讲课，甚至还出版了第一本诗集。

我不记得诗集的名字了，但是即使记得也找不到它了。我希望它已经在某个仓库里无聊而死，仓库里充斥着诗中歌唱的鸟儿、落日和手牵手的情侣。俗不可耐的出版物。

这就是当我沉浸在玫瑰色幸福中，我所感觉到的。甚至，我还差点和你能想象到的最帅的小伙子结婚。他确实很帅。我有一张照片可以证明。我差点和他组成了电影中的那种家庭。

你或许在问“但是”在哪里，对吗？一个有这么多幸福可能的人，怎么会最终隐居在一个小山村的一栋没人住过的房子里，暴躁而且酗酒？因为这就是我现在的状态：暴躁、酗酒，并且空虚。最近十天和现在都是这样，或许更严重。从我所处的位置看过去，连日历都是模糊的。

那个“但是”是一份病情报告及随后进行的手术。你们是怎么说的来着？把我掏空了？我觉得跟这差不多……我在二十七岁时被摘除了子宫，被剥夺了做母亲的可能。我不能生育了。我重新把自己封闭在茧里，再次从里面出来时我又变了。这一次我“上岸”的地方是纽约，我远离了我的家人，远离了一个迟早会跑掉的未婚夫，远离了我从未奢望成为的模范女教师。

那么在余下的将近四十年的生命里我又是怎样的呢？我成了诗人。

是的。直到几个月前，那一直是我唯一愿意接受的定义。那个女人是谁？一位诗人。她叫什么名字？那有什么关系！她是一个与诗歌生死相依的人。这就是我的感觉，也是其他人的感觉，这些人包括批评家、大奖评委、出版社负责人、文化记者，还有男性或女性读者。在提到他或者她时，我喜欢用单数。我的读者从来都不是羊群里的小羊羔。甚至在我当前这种绝望的状态下，他们仍然值得我绝对尊重。我们都无条件地热爱诗歌。

如果你看到了这里，如果你坚持看完了一个老太婆醉醺醺时写下的这篇独白，那么你就有资格知道真相。

很可能你一点儿也不在乎，也没有意识到我正在你眼前脱去自己的衣服。也许一位只看服装杂志的家庭主妇将要掌握现代文学的一个大秘密，有的文化杂志可是宁愿为此购买独家版权呢。

玛拉·波斯基对诗歌已经没有感觉了。诺贝尔奖提名候选人、《纽约时报》封面人物、在五大洲拥有十个名誉博士头衔的人……已经不写作了。她写不了了。不会写了。她忘记怎么写了。她才华尽失。

我又被掏空了。

因此我来到了这里。我独自一人在黑暗中无声无息地来到了这里。按照基督徒朋友们的说法，我在赎我不记得的罪。我一直按照自己的喜好生活：没有节制。但是我怀疑，我连一个敌人或者被我伤害过的人都没有。除了我自己，我从未伤害过任何人。那么现在是我在惩罚我自己吗？

也许，这是一个新的茧，从中会出来另外一个玛拉·波斯基。我曾是犹太人、经历过战乱的女孩、逃亡者、移民、幸福的未婚妻、老师……我还应该说我过去曾是诗人吗？

只有在写作时，我才感觉自己活着。我生命的最后二十年注定要像一个幽灵一样游荡吗？

我继续生活在黑暗中，无声无息。

但是我不再是独自一人。

现在有你在那里，无论你是谁，无论你做什么，无论别人怎么称呼你。

还有阿尔玛，一个想到我并且能够在我的茧里找到我的小姑娘。她给我写了一封信，让我想起了很久以前我认识的一个人。她是一座小城里一所普通大学的女大学生，她舞文弄墨，写着关于小鸟和落日的诗，一边写，一边梦想着某一天有人会出版她的那些诗，却没有认真考虑过它们的好坏，经纪人是否能卖掉它们，出版商是否会买下它们，她能否凭借它们再次获奖……

阿尔玛二十三岁。她的生活即将改变，而她很可能还不知道，就像我在她那个年纪时一样。她向往诗歌。她的信我开读之后怎么能停得下来呢？

还有那个几天前惹恼我的讨厌的红发女邮差。也许她是你的朋友，在这种小地方一切都有可能！她胖乎乎的，脸上长满了雀斑，好像很脏似的。我给你写这封信正是因为她。而这是我很长时间以来第一次写东西，尽管不是诗。

我应该感谢那位爱管闲事的女邮差吗？

我说写下这些文字是因为她，有好几个理由。

首先，因为她来到这所无人居住的房子，固执地敲门。邮局收到一封名字如此奇怪、地址无人居住的信后，正常的做法不应该是把它退回去吗？上面确实没写寄信人，但是……没有类似公共墓穴的专用布袋吗？我的意思是，那种收纳无人认领的僵尸信，直到它们变成灰烬或者被剪刀剪碎的布袋。

如果没有的话，那么应该发明一个。

总之，女邮差来敲门了。在大清早！我正在睡觉，因为我喜欢这样。我晚上活动，白天睡觉。那又如何？为此要逮捕我吗？可是，西班牙公务人员没有受过礼仪教育吗？

我被她吵醒了。她像着了魔一样非得让我接受那封信。真是讨厌！我不远万里而来，就是为了不跟那些认识我的人讲话，现在却要我跟陌生人说话？只有两个对我来说很重要的人知道我在这里，玛丽莎和小拉蒙。而你们是谁，有资格不请自来？

一想到那个女邮差我就生气。

我没有接那封信。对此我非常确定。但是，当我半夜起来吃东西，给我捡的麻雀喂牛奶泡饼干时……那个讨厌的印花信封竟然躺在那里！

这么看来，最终它被塞进家里了！虽然我觉得应该去告发此事，但是我不记得这是怎么发生的了，所以还是把它扔在那里比较好。此外，毫无疑问，红发女人救了那只小鸟，甚至还在一张纸上给我留下了提示。应该说是两条提示。她还留下了一套为小鸟准备的生活用具。光是看在这一点上，我也不会告发她的。

我并不喜欢小动物，不过……几天前我看见它了，怎么能任由它在外面发抖呢？

问题是和女邮差争执了那么久，我的头剧痛无比。我记得我又去躺着了，不再理会邮差的神圣职责。

盛怒之下，我决定不打开那封信。那个红发女人和那个未经我允许就敢在信封上写我名字的人，他们以为自己是谁！但是我也决定不把信扔掉。我就让它待在邮差放它的地方，就在我为麻雀做的窝旁边。它就像一个凯旋门：一封写完、被投递却无人阅读的书信有什么意义呢？没有任何意义。最终是我赢了。

但是我有一个或者说很多缺点。不过此刻我只承认一个：我很好奇。与其说我容易记恨、顽固不化，不如说我非常好奇。从孩童时代开始，我就是这样。

两个晚上过去了。今天，我起床后，那个信封已不再是一个凯旋门，而是勾起了我的好奇。我没能抵制住这种好奇。我对自己说，玛拉·波斯基，如果她们不知道你看了信，那么在某种意义上，你仍然是赢家。

我给你写信的这会儿接近凌晨五点。我在九点左右喝着我的第一杯葡萄酒读了阿尔玛的信。我的威士忌已经喝光了，所以我只好将就喝点酒神巴克斯的葡萄酒了，这就是为什么我喝了一整瓶之后，还能保持清醒的头脑和比较稳定的脉搏给你写信。我已经习惯了烈酒，得喝很多葡萄酒才会倒下。

我因为萨拉（那个红发女邮差的名字）才给你写信，还有最后一个理由。这是阿尔玛告诉我的，我一开始不认识她，而现在已经在某种程度上开始接受她了。以下是她写给我的：

“萨拉的生活马上就被打破了。你或者我原本也可能成为这样的女人。或许你曾经遇到过她：她是在我们的石板街上长大的。尽管她的生活不容易，但是她对所有需要她的人都笑脸相迎。她的上司给她发了一封电子邮件告诉她，要把她调到离家很远的地方。波韦尼尔的邮局存在了一百多年后，即将没有邮差了。首府那边说我们不喜欢寄信也不喜欢收信。他们怎么敢这么说！如果不是因为你能帮助萨拉和我们村子，我是不会告诉你这些的。你怎么做呢？很简单，像我这样：写一封信。信的长短、写得好坏都不重要。然后你把信寄给村里另外一个人。即使你不认识他/她，也要和他/她分享一下你生活中的点滴。我们大家一起创建一个文字接龙，让它长达首府，坚固得让那里无人能够切断。”

你可能会问，是什么促使一个空虚、酗酒、暴躁、持美国护照的曾经的诗人加入这种荒唐的事情。我不能容忍欠债。我不知道这是另一个缺点还是一种美德，你自己判断吧。

显然，我不是欠萨拉的债，对于她，我只欠感谢，感谢她让我的头剧痛，尽管我承认酒精也发挥了作用。

阿尔玛在信里问我，我是否曾经想过，“从某种意义上来说，您对我们所有读您的作品、仰慕您、爱您的人都欠下了债。请您为了萨拉写下哪怕一行字，以此偿还您欠我这个无条件读者的那一点债”。

在这封信的开头我已经跟你解释过，我对我的每个读者都有一种近乎崇敬的尊重，他们就像这个女孩给自己定义的那样，或者不止于此，假如他们看过我的作品《灵魂的隐秘》的话。这本书虽然缺点很多，但是我自认为这是我的第一部作品。

欠下的一个债？我不想欠债。我像躲避瘟疫一样躲避它们。一个声称热爱诗歌的女读者的愿望？那么我接受。

事实上，傍晚时分，当我端着一杯葡萄酒、挨着麻雀坐在沙发上时，我只想给你写三句话：

致一位陌生女人：

我不知道你是谁，我不知道你做什么工作，而且，如果要我说实话的话，这些对我都无关紧要。

我想偿还一个债，这封只有三句话的信就是我偿还的东西。

但是我的笔没有写第三句话，而是获得了自己的生命。

如果你喜欢写信的话，你大概有过类似的经历，除非你写的是圣诞卡。手指不再听你的使唤，而是听笔的使唤了。它们轻快地奔跑，而你只是一个观众，一点点阅读它们在纸上留下的痕迹。

那种已经很久没有发生在我身上的小小的奇迹，却在今晚发生了。因此，你是幸运的，无论你叫什么名字、在哪里、做什么工作。谢谢你又让我经历了一次奇迹，即使是最后一次。

在我的笔而不是我本人的召唤下，我的童年、青年和中年又在纸上显形了。从那时到现在，如果你有什么感兴趣的地方，你可以在图书馆或者谷歌上查到。直到几周前，没有任何事情躲得开公众的视线。只有这几周，我得以隐藏在这所借来的房子里，连同我的爱、恨、去、来、胜、败。

现在，我的秘密和你住在一起。我试着想象你会让它睡在哪里：在某个床头柜的抽屉里？夹在某本罗曼蒂克小说里？某个放满了老照片和明信片的盒子里？

无论你把它放在哪里，你都不可以出卖我。不应该让其他人知道我已经无法写作了。这只是你我的秘密，不能有其他人知道。我不认识你，但是我把此事托付给你，并且天真地笃信你会这么做的。

不过你别忘了，此事既不是由我而起，也不是由你而起，而是因为萨拉和一条无人能够切断的坚固的文字接龙。你把它继续下去吧。

玛拉·波斯基

绿洲

善行无辙迹。

老子

“我出门了！”

门猛地关上了，证明了他的宣告。

亚历克斯的声音还留在走廊里，而他本人已经奔跑在小巷里了。

他踩到了教堂钟楼从斜坡尽头投射过来的影子，然后从邻居门口种的三株天竺葵上跳了过去。他一边跳，一边伸长右臂，试图去够挂在二楼晾衣绳上的长筒袜。结果他失去了平衡，胳膊肘碰到了神父家房子正面已经磨损的石墙。他来不及体会火辣辣的疼痛，因为他已经看到了眼前的几辆汽车。

在转过街角拐入波韦尼尔的中央大街之前，他幸运地避开了一只正舔着身子晒太阳的脏兮兮的流浪猫。那只猫委屈地长喵了一声，以示抗议。

他继续在人行道上跑着，避开了几个买面包回来的女人，冲卖报纸的点头打招呼，并且下意识地看了一眼自己映在五金店橱窗上的影子。

一道光从他绿色的眼眸里闪过。他粲然一笑。

他收到了一封信。一封信！

他一边跑，一边听到自己牛仔裤后兜里的纸簌簌作响。这个声音似乎是一种暗示。

他的大脑像他的双腿一样飞转。会是谁给他写的信呢？为什么？会是他的某位老同学吗？

他已经很多年没有跟他们联系了，这是他们开始陆续离开村子时，他自己做出的决定。但是也许有人有重要的事情要告诉他，需要找到他。也许是旅行者俱乐部的某个会员。他们通常用电子邮件联系，但是也许他们之中的某个人决定进入有形世界。

又或者是他生活在首府的哥哥寄来的？迄今为止，哥哥从未给他写过信，但是这封信为什么不能成为第一次呢？

因为没写寄信人的名字，所以他在脑中进行了各种猜测。一封神秘的来信打断了他枯燥乏味的日常生活。无论这封信是谁写的，他都心怀感激。

他回想了一下到达目的地所余下的路程。首先他必须绕过一片中间只有一条车道的、杂乱的矮小民居和商铺。在下一个街角，不知名的牧羊人和他的狗的青铜雕像在那里站岗。雕像脚下睡着几只真猫，仿佛想要挑衅他们似的。

再往前走一个街区，他将穿过斑马线，沿着有药店和诊所的那条步行街往下走。诊所冬季每周只开两次。接下来他将右转，从带有猫头鹰风向标的房子，也就是罗莎的房子旁边经过。再走大约两百米，他将走出石头迷宫。他终于要走出村子的老区了。

邮局位于波韦尼尔老区和新区的分界线上，这会儿正得意扬扬地挂着“我们正在送信”的告示牌。一座桥将两个城区连接起来。更远处是另外一方小天地的景色：混凝土的世界，后面是磨损的方石、屋顶和雨水管。

他从村子里为数不多的几栋现代建筑前经过，建筑的正面光滑平整，挂着霓虹灯广告牌。其中有几栋居民楼、一家越野车专卖店、一家超市，还有三家房地产公司，它们一点一点地卖掉了波韦尼尔周边的土地。

在这段路程尽头等待他的是第一个城市居民小区。

亚历克斯觉得这些建筑没什么，但是他的父亲在头脑清醒的最后几年曾经反对那些“建筑罪行”。有一天，有人看见他高举拳头，站在风中玫瑰小区入口对面。他向几位诧异的路人大喊令人费解的口号。那个举动是第一个报警信号，那时，疾病像只该死的蛀虫，只是在啃噬他大脑的外围；亚历克斯的母亲还在世，哥哥还没有去首府求学。

亚历克斯加快了步伐，似乎这样就可以把过去和现在的痛苦都抛在后面。

他选择了通往马斯坦的大路，再走几米就会到达他的秘密基地，那里最适合踏踏实实地看信。他非常喜欢那个几乎被所有人遗忘的教堂里昏暗、潮湿的气味和安静的氛围。

教堂里面朝北的墙上，有一扇小小的窗户，上面有一个两拳大的洞。坐在对面，可以看见周围森林里树木摇曳。他常去那里看书、想事情，或者只是待着。

“这里好多年都没什么人来了，这个地方几乎可以说是属于我的。”他心想。

他突然想起了一件事，那几天它一直隐藏在他脑子里。他被这件事困住了。上次他去罗梅罗圣母教堂时碰到了一个闯入者：一个蜜色眼睛的女孩，她的眼睛里透着惊吓，一双柔软的手碰到了他。说不清为什么，他战栗了一下。

他气喘吁吁地停下了脚步。为了抹去刚才的想法，他搜寻着自己关于那个地方的回忆。

在记起童年的某个时刻时，他感到一阵头晕。那是夏末时节。村里的守护神[1]节的第一天，所有的居民都拿着鲜花，准备给他们的守护神编织一件披饰。节日的最后一天半夜时，所有的人又举着蜡烛再次去教堂，用歌和诗跟守护神告别，期待第二年再见。亚历克斯模糊地记得蜡烛的火光投下的影子，以及鲜花在那个教堂里闷了七天后散发出的浓浓腐臭味，还混杂着村子里上了岁数的女人身上浓烈的香水味。

他的回忆又跳跃到了一天下午，那时候他已经长大了。那天他

[1] 波韦尼尔的守护神是罗梅罗圣母。

一个人难过地回到了老教堂。罗梅罗圣母像在许多年前就已经迁到村子中心的教堂了，神父说，那里的保存条件更好。几乎没有人糊里糊涂地去那个老教堂了。它既没有艺术价值也没有历史价值，因此渐渐地就被人遗忘了。只有门环上的斜眼天使似乎不肯离开。

亚历克斯那天是偶然来到了那里，又或许是被已经去世的母亲那双无形的手带到了那里。为什么不可以呢？他只是想要逃避几个月来一直折磨着他，并且可能成为事实的一个词：阿尔茨海默病。那天下午，医生已经确认他父亲患病，当时他刚刚十六岁，他的哥哥三十岁，他的父亲六十多岁。他跑出了诊所，一直跑到那座老教堂才停下，它收留了他，什么都没有问。他在那里待了好几个小时，直到他能够重新回到自己的生活并面对它。

他决定留在村子里陪父亲。他放弃了上大学学习地理。他凑合着找了几份临时工，跟他的同龄朋友一个一个地说再见。他们都陆续离开了。

起初，他们每年夏天回村子。在那一个月的时间里，亚历克斯觉得自己又有了活力。但是渐渐地，他们都不回来了。他们更喜欢出国旅游、实习或者准备职位资格考试。

不知不觉间，他慢慢地被孤立了。他躲在他那些旅行书里，遨游在书本地图之间。他失去了和陌生人打交道的习惯，甚至把与熟人的接触也减到最少。

“亚历克斯既不是性格乖戾，也不是令人反感。他只是不习惯。”他哥哥常常说。

“对于这么年轻的肩膀来说，阿尔茨海默病是一个非常沉重的词语。”哥哥想。但是即便如此，五年之后，亚历克斯还在这里支撑着。

亚历克斯沉浸在这些思绪中，不知不觉地走到了门前，令他惊讶的是，门竟然开着。

怎么会有一本书在他的专属教堂地上？

他诧异了几分钟，没敢进去。

谁侵犯了他的领地？

亚历克斯毫不怀疑那年的11月21日将成为非常特别的一天。刚刚来临的冬天为他带来了两件礼物：一封信和一本书。他一手拿着一个，犹豫着，不知先打开哪个。

犹豫的心理再次让他停滞不前，这次他停在了他的秘密小基地的中央。最终，那本封面破旧的书赢得了优先权。

“一切事物都不是像人们要我们相信的那样可理解而又说得出的；大多数的事件是不可言传的，它们完全在一个语言从未达到过的空间”[1]，他念道。在波韦尼尔出生并长大的亚历克斯·马斯很长时间以来第一次觉得有人在跟他讲话。讲话的时间是1900年初，而这个人竟是莱纳·玛丽亚·里尔克。

[1] 此处及下文所引用的里尔克文字，采用冯至译文，见《冯至全集》第十一卷，河北教育出版社，1999年。

再往下几段之后，有人细心地画线标出了一句话：“没有人能给你出主意，没有人能够帮助你。只有一个唯一的方法。请你走向内心。探索那叫你写的缘由。”

他在教堂冰凉的地上坐下。背靠北墙，借着从窗口透进来的光，他想知道把书落在那里的那个人还关注什么。他觉得下一处标出的观点也很适合他，尽管他从未有过写作的愿望：“如果你觉得你的日常生活很贫乏，你不要抱怨它；还是怨你自己吧，怨你还不够做一个诗人来呼唤生活的宝藏；因为对于创造者没有贫乏，……即使你自己是在一座监狱里，狱墙使人世间的喧嚣和你的官感隔离——你不还永远据有你的童年吗，这贵重的富丽的宝藏，回忆的宝库？”

一种奇特的欣喜涌上他的心头。他用力合上书，就在这时，一张纸片从书中露了出来。他把纸片抽了出来。

以眼还眼，以牙还牙，以书还书。我留下了查特文的书信……至少会留一段时间。但是作为交换，我把里尔克的书留给你……至少同样长的时间。逃走的男孩，前几天我们见过。

他不用多想就知道是谁借给他那本《给一个青年诗人的十封信》了：那个蜜色眼睛的女孩。亚历克斯的脸上露出了一抹极浅的微笑。他把书放在地上：在归还之前他还有时间看……如果他归还的话。送出去的东西就不能要回来喽，他在心里说，脸上依然挂着笑容。

他果断地撕开信封，抽出潦草的信纸。

他花了半个小时试图看出信里写的是什么。

一开始，他无法看懂那种杂乱无章的笔迹。行与行都混在了一起，读信变成了一项艰难的考古工作。信写到一半时，写信者本人，一个叫玛拉·波斯基的女人，坦白了她把信写得那么乱的原因：她喝醉了。

看完了前两页后，亚历克斯停下来歇了口气。他感觉自己像个偷窥狂：一个他完全不认识的人正在他面前褪去衣服，展示自己血淋淋的伤口和不幸。她在一堆杂乱的内脏和过去的、现在的痛苦中把它们一一剖开。

但是有件事令他感觉更糟：毫无疑问，这封信不是写给他，而是写给一个女人的。他已经进入了一片他从出生起就因身为男性而被禁止进入的领域。

即便如此，在他恢复了力气后，他发现自己对这封信的阅读欲罢不能。那些字母就像是被装在瓶子里扔进大海的一张求救纸条。绝望的写信者用自己的胡言乱语困住了亚历克斯，她说出的话击中了他的心扉，引发了他的好奇心。

“玛拉·波斯基，这也是我的缺点。我很好奇。”他喃喃道。

他发现了熟悉的名字，它们就像是混沌的海面上被遗弃的小岛，让他可以在岛上呼吸几秒钟。他曾去过风中玫瑰小区。他认识那个红发女邮差，玛拉·波斯基说她又胖又烦人让他很生气。他和萨拉一样知道怎么喂养麻雀。她怎么会想出给一只雏鸟喂牛奶泡饼干这种主意呢？他愤愤地想。

信读到一半时，令他感到宽慰的是他发现这封信确实是写给他的。是命运和电话簿选择了他。如果玛拉·波斯基误以为“亚历克斯”是一个女人的名字，那就是她的过失了。

倘若她发现某个每天早上刮胡子的家伙正在读到她的秘密，那个古怪的女人脸上会有怎样的表情？想到这里他笑了。她会生气吗，还是无动于衷？男孩想，很显然，那个女人是难以预测的，至少像他这样的人无法预测。有那么一会儿，他试图想象她的样子。她的皮肤是黑还是白？她的头发很可能已经白了。她会染发吗？既然她敢批评萨拉的体形，那么她应该很瘦，而且很高——她高吗？他听说经历过战争的孩子个子偏矮。

心地纯净的亚历克斯没有嘲讽她，反而很是同情。

过了一会儿，他感觉阅读变得流畅起来。他开始整句整句地看。有的东西似乎击中了他的心事，他开始对那位美国女诗人的绝望感同身受。或者说是曾经的诗人，犹太女人，或者不论她是谁。

“玛拉·波斯基，我也变得像你一样有点疯疯癫癫了吗？”他惶恐地想。

他突然很嫉妒她。没有恶意的嫉妒。

透过这封信，这个只满足于看旅游指南的男孩隐约看到了玛拉·波斯基曾经亲历而他自己已经错过的大千世界。她年幼时去过德国、法国、墨西哥或者美国，长大后去过日本、智利……天晓得她的书和美元都带她到过哪些地方！

他把信折好，重新装入信封，然后把信封夹在了书里。亚历克斯有些伤心地猜想，这封信本应送给那个蜜色眼睛的女孩，那个阅读里尔克给青年诗人建议的女孩，或者给信中提到的那个梦想成为诗人的、叫阿尔玛的女孩那类人，而不是给他，一个梦想多过学历的可怜的男孩。

尽管如此，玛拉·波斯基的手指和眼睛却在波韦尼尔村所有的名字中选择了他。他阴差阳错地加入了书信接龙，但是他不能因此而拒绝充当其中的一环。既然像阿尔玛和玛拉·波斯基这样的陌生人都能为了拯救萨拉而写信，从小就认识萨拉的他怎能不写呢？

“玛拉·波斯基，你的秘密在我这里很安全。我是一个守信的人。”他对着地平线喊道。他正沿着大路往家跑，感觉自己成了那首未完的疯狂的诗中的又一个角色。

他跑得太急了，差点撞到萨拉，她正匆匆忙忙地回邮局。已经十二点了，她的视频约会要迟到了。

CASTAWAY 65：有人在吗？

萨拉：嗯，我在这儿呢。你好。

CASTAWAY 65：我还以为你放我鸽子了。你觉得好玩吗？

萨拉：对不起。我刚才在马斯坦……

CASTAWAY 65：☺嗨，我开玩笑呢。

萨拉：为了赶来，我从公路上跑过来的。

CASTAWAY 65：跟我说说你都看到什么了。

萨拉：什么我看到什么了？在哪儿？

CASTAWAY 65：在公路上。

萨拉：在公路上？树和沥青。

CASTAWAY 65：树……多美啊！

萨拉：普普通通的树。

CASTAWAY 65：那就更美了。又出现没写寄信人的信了吗？

萨拉：没有。今天没有。这样最好。好让我从上次的送信遭遇中平复下来。

CASTAWAY 65：发生什么事了？一条大狗攻击你了？一条大型丹麦犬，一条斗牛犬……

萨拉吃惊地看着屏幕。一条大狗？她很喜欢狗的。波韦尼尔有很多狗，她从未和它们发生过冲突。一个脚踝上系着铃铛、喝醉了的外国女人才是她数年来遇到过的最危险的动物。

萨拉：没有什么狗追我。第一封信被我送到村外一所多年无人居住的大房子里了。

CASTAWAY 65：可能是财政部寄的信……那些人追你能追到北海的钻井平台。我知道我在说什么。

萨拉：才不是呢！那是寄给老房主的女儿的一封私信。要知道她许多年前就离开村子了，我从不认识她。

CASTAWAY 65：但是，房子还是她的吗？

萨拉：据我所知是的。或者是她哥哥的，我从小就认识他。不过，他几十年前就移民阿根廷了。

CASTAWAY 65：你是怎么处理那封信的？

萨拉：我犹豫了一会儿，最终把它从下面的门缝里塞进去了。房子很整洁，所以应该是有人去那里。

CASTAWAY 65：自从我离开后，村子变得非常非常有趣。真遗憾！

萨拉：没错。聚集了很多人……

CASTAWAY 65：聚集了很多人？

萨拉：甚至有一个美国女诗人藏在这里！

一回到办公室，女邮差就在谷歌上输入了玛拉·波斯基的名字。

CASTAWAY 65：她应该是一个非常有趣的女人。

萨拉：我把她归入女巫一类，而不是有趣的人。

CASTAWAY 65：因为？

萨拉：她是我送的第二封信的收信人。

CASTAWAY 65：还有呢？

萨拉：古里古怪，没有教养，咄咄逼人，邋里邋遢。我跟你保证她绝对不会成为我的朋友。

CASTAWAY 65：永远不要把话说绝……我离开村子的时候说了很多坏话，你看现在我又渴望回去了。

萨拉：真的吗？

写最后这句话的时候，萨拉的脉搏颤抖了一下。

CASTAWAY 65：邮差，我的蔬菜泥和鳕鱼吃完了。我得走了。希望很快你又有信送。一定要讲给我听哦。

“嘿，”她心想，“还没回答我他就逃跑了。”

亚历克斯

波韦尼尔，11 月 26 日

希帕蒂娅，你好：

你知道你的名字是一位希腊女哲学家、天文学家和数学家的名字吗？

我猜你知道，可能在我之前已经有人告诉过你了。

你不知道我是谁，但是我却知道你是谁。

这是这个游戏的规则。这是一个匿名书信接龙游戏，目的是不让我们的邮差萨拉失去工作，不让我们村子失去存在了一百多年的邮局。她并不知情。你不可以告诉她。我们必须写信，让她的上司知道我们村子的人喜欢寄信和收信，这样他们就不会把她调去首府了。

没人问我是否愿意加入这个游戏，我也不问你这个问题。在你看完这封信后，你可以决定是否加入这个游戏。不过，希帕蒂娅，我希望你明白，如果你决定放弃接龙，一切就都结束了。你好好考虑一下。

你只需要随便写点什么：一句话也好，一段话也好。你的字体漂不漂亮、拼写正不正确都没关系。你可以想写什么就写什么，想写给谁就写给谁，即使你不认识他/她。

我不太喜欢写信。要解释我看到了什么、发生了什么事情，对我来说很难。解释发生在我自己身上的事情就更难了。

我真正喜欢的是阅读。我从小就喜欢阅读。报纸、历史书或者侦探小说，随便什么我都可以连续看上很多小时。我认为无论什么都能教给你知识，或者让你得到消遣——这有时更为重要。至少对我来说是这样。

对了，你等一下再继续往下看，我有一件重要的事情忘了告诉你：这封信的内容是秘密。你不能把看到的内容讲出去。这是所有参加接龙的人之间的一个约定。

在我伤心的时候，那些书陪伴着我。

我把自己关在房间里。抚摸着纸，我就感觉好多了。有些夜晚，如果我很忧虑或者害怕发生什么事情，我就在睡觉时把我正在看的书放在枕头上。知道自己可以随时打开灯，然后第一眼看到的会是马可·波罗或者儒勒·凡尔纳，我就安心了。我可以翻开书，和他们一起旅行到远方。

我最喜欢的书是游记和地图册，不论它是亚历山大大帝或者玛塔·哈里[1]的传记，还是《八十天环游地球》，还是一位记者关于最新战事的报道。

重要的是书中讲的是我不曾去过的地方——这很有可能，我向你保证。我想知道王公时代的印度是怎样的，达尔文踏上加拉帕戈斯群岛时有什么感受，信使米歇尔·斯特罗哥夫[2]在失明状态下穿越沙皇俄国时经历了什么。你从来没有想过克里斯托弗·哥伦布在发现新大陆的时候是怎么想的吗？我就想过很多次。若是能让我和迭戈·德·特里亚纳[3]一起在桅杆顶端大喊"陆地！"，并且看到他所看到的一切，我愿意用我全部的生命来交换。

但是我也需要了解蒙古的游牧民族现在是怎么生活的。他们吃什么？他们尝过炖野猪肉吗？你不想知道吗？

（11月27日）

抱歉，希帕蒂娅。昨天我的信写了一半就停下了。这种事时有发生。

亚历克斯闭上眼睛，想起了前一天发生的事情。

[1] 玛塔·哈里（Mata Hari，1876—1917），"一战"时期著名女间谍。

[2] 米歇尔·斯特罗哥夫（Michael Strogoff），儒勒·凡尔纳小说《沙皇的信使》中的人物。作品描述了他送信途中种种惊心动魄的经历。

[3] 疑为罗德里戈·德·特里亚纳（Rodrigo de Triana，1469—？），他在1492年和哥伦布一起航行时，看到美洲陆地，大喊"陆地！"。

当时他正在自己家的厨房里，一只手里端着一杯牛奶咖啡，另一只手里拿着圆珠笔。桌子上放着一张世界地图和几张纸。在思考了半天信该如何开头后，他终于开始写了。他对自己写出来的东西很满意！

突然，他听到照顾父亲的护士在房子的另一端绝望地大喊。大哥花钱请了这个护士，为了减轻抛弃他们的愧疚。护士后来告诉他，她的视线刚离开一秒钟，他父亲就坐到了窗台上：一条腿在外面，一条腿在里面，摇摇晃晃的。他张开双臂试图模仿他看到的鸽子。

等到亚历克斯和护士两人终于把父亲弄到床上躺下并关上窗户后，他已经没有心情和力气继续写信了。

但是今天我又能量满满地回来给你讲我最喜爱的旅行家了，那些我紧紧追随的旅行家。那天我告诉过你我是地图爱好者了吗？确实如此。我为每个伟大的旅行家都准备了一幅地图：我用不同颜色的记号笔标出了他们的路线。我一直紧紧追随着他们。有时，我觉得我比他们的母亲更了解他们。

这是一项工程浩大的工作，但是要知道我有的是时间。

我们从马可·波罗说起吧。他是伟人中的伟人。身为十三世纪的威尼斯商人，能写出《东方闻见录》，他一定是极为伟大的人物。那个时代人们骑马或者乘坐帆船出行，帆船上的船员常常大批死亡。他幸运地抵达了亚美尼亚、波斯、阿富汗、日本、印度、斯里兰卡、东南亚和非洲东海岸。那是一次历时长达二十四年、旅程超过24000公里的旅行！他讲述了所有的经历：从拜访陌生的官殿和帝王，到发现火药和点心等奇妙的东西。

我喜欢的另外一位旅行家是费迪南德·麦哲伦。我读了许多他的传记。他出生在十五世纪的葡萄牙，死于菲律宾。从这一点上你就可以看出他不是一个安分的人。他是第一位横渡大西洋和太平洋的欧洲人。说他是那个时代的第一位欧洲人，意思是他是众所周知的完成这种航行的第一人。在他之前可能还有一个印度人。他开启的航海探险实现了地球上的首次环球航行。但是他没有完成这次航行：命运使然。

他十岁时便已在宫廷里做王后的侍童，二十五岁时参加了一支由二十二艘船组成的前往印度的船队。他在印度生活了八年。很久之后他又开始了航行，这次航行让他发现了后来以他的名字命名的海峡，横渡了我刚才提到的大洋。以你的名字命名一个海峡，或者一个湖泊、一座高山、一个城市甚至一条街道，是不是很酷？

但是实际上他也是一个运气很差的人，真的。他的两个儿子都死了，一个是童年夭折，另一个一出生就死了；他在航行途中遭遇了叛乱；他的船员因为饥饿和坏血病不断死去，而他则在世界的另一端被几个土著人杀害。你知道吗？为了一只老鼠，海员们甚至会付出天价。食物吃光以后他们就吃自己的皮带。

（11月28日）

昨天太晚了，我筋疲力尽。写信很累人。

我知道我想告诉你什么，但是我找不到合适的词汇。或者说我找得到，我也知道是哪些词汇，但是把它们写出来却很费力。

我希望你不介意分段看我的信。

今天我想跟你谈一个现代点的人物，以免你认为我只喜欢古人。不过，这位旅行家也有点古老。但不是太老。他来自十九世纪，是苏格兰人，叫利文斯通[1]。他是医生、探险家兼传教士。多么奇异的组合！他被视为一位英雄，因为他很博学，写过有关动物学、植物学、地质学的书。他甚至通过观星修正了当时的地图！真是不可思议。他是我最喜欢的旅行家之一，因为他不仅旅行，而且开展斗争。他为人类做出了伟大贡献。

我几乎看过所有用西班牙语写成的有关他的资料。我在我的地图上重温了他的旅行。我是那么向往他所见到的一切，有时我感觉自己真的去过那里！他曾到非洲旅行。比如，他发现了维多利亚瀑布，非洲大陆最大的瀑布！

写到这里我想暂停一下。那天我在写麦哲伦的时候，就已经想好今天给你讲什么了。我刚刚只说了一半。是利文斯通发现了维多利亚瀑布？在他之前没有人见过吗？怎么会呢！人类已经在非洲生活了几千年，这期间没有人见过那个瀑布吗？我们的意思是，没有任何像我们这样的白人见过？

[1] 戴维·利文斯通（David Livingstone，1813—1873），英国传教士、探险家。

历史是我们书写的。我们用自己的眼睛来读它。你曾这样想过吗？最近我经常这么想。

继续写我的信。来看一下这些人是如何造就的。在利文斯通的一次探险中，和他同行的西方人几乎全都死了，包括他的兄弟和妻子，而他活了下来。但是这次远足不是最有名的。人们记住他是因为另外一个故事。你听说过斯坦利[1]和他那句著名的话吗？“我猜想，您是利文斯通医生吧？”也许你在某个电视节目上听到过。

我们的主人公有一天出门旅行了，然后好几年杳无音讯。我记得他是在寻找尼罗河的源头。真是惊人之举！我真希望有人问我“你呢，你做什么工作？”时，我可以回答他：寻找尼罗河的源头。

美国一家报纸《纽约先驱报》决定派自己报社的一位记者亨利·斯坦利去寻找他。你可能会想，一个人怎么可能在整个非洲范围内寻找另一个人并找到他？你知道非洲有多少雨林、沙漠、河流吗？这比大海捞针还要难，对吧？但是他却在一个湖边找到了他。据说在那句著名的问话后，利文斯通回答说，他读了四遍《圣经》，坚信“力量与权力之泉”就在那里。于是他俩毫不犹豫地一起寻找了一段时间。斯坦利应该比利文斯通懒惰，因为最后他回伦敦了，留下利文斯通在非洲四处寻找，直到他死在那里。

[1] 亨利·莫顿·斯坦利（Henry Morton Stanley，1841—1904），英国探险家。他在坦噶尼喀湖岸找到了利文斯通。

这个故事也很美。你知道后来的事情吗？非洲人用盐保存了他的尸体，然后运到印度洋海岸的一个港口，从那里用船运往英国，最后他被安葬在了威斯敏斯特教堂。但是在送别之前，非洲人将他的心脏埋在了他去世的那个村子的一棵大树下。他们说他的心属于那个大陆，不属于欧洲。

（11 月 29 日）

希帕蒂娅，你的心属于哪里呢？

昨天，在我写利文斯通之死时，我开始思考我的心属于哪里。属于波韦尼尔，我想。

我在这里出生。在这里长大。我也将在这里死去——希望是在许多年后，不过也无所谓。

但是你不知道我有多么渴望有生之年出去转一大圈！你不知道我对自己的这一愿望感到多么内疚，因为如果我能实现这一愿望，意味着此前一定发生了恐怖的事情，而我并不希望它发生。真是矛盾啊！

这段时间，我就在这里，陷在波韦尼尔的沙滩里，看着其他船只起航，一边看着时光流逝一边期待着。

信就写到这里，希帕蒂娅。我想马上寄给你。

现在你来决定：你会写下一封信吗？会寄出去吗？

我希望如此。

为了萨拉。为了波韦尼尔。为了所有已经开始这场游戏的人。

记住：信上写什么都行。

静止的旅行者

亚历克斯看了看桌子上写好的信。时间怎么就这样悄悄溜走了呢？男孩心想。他必须赶快去把信投入邮筒，好让萨拉在下午取信时拿到它。

他一边合上地图册、放好钢笔，一边试图想象希帕蒂娅收到信时的表情。他喜欢那个女人，特别是自从有一天他的母亲告诉他，他和希帕蒂娅共享一种小小的财富之后。亚历克斯吃惊地看着母亲：他和一个同学的母亲，一个瘦小、略显笨拙的家庭主妇能有什么共同之处呢？

他母亲笑了，对他说：

“你们两人的名字都是许多世纪以前生活在古希腊的重要人物的名字。你和最重要的一个征服者亚历山大大帝同名，她和历史上最有智慧的一个女人同名。你们都是注定做大事的人。”

他的内心涌上一种近乎笨拙、苦涩的柔情。“妈妈，你真是大错特错。”他想。希帕蒂娅的家庭主妇身份和他父亲的病魔让他们无法实现天意。

他选择了几乎不识字的她，是因为他们有共享的财富，但也是因为某种同病相怜。希帕蒂娅的小儿子米格尔曾是亚历克斯最好的朋友之一。他是最后一个离开波韦尼尔的。

他和希帕蒂娅已经在那个小岛上搁浅了，不再回望过去。

文学与锅

对我来说，写作的最大乐趣不是其主题，而是文字奏出的音乐。

杜鲁门·卡波蒂

“老鼠是什么味道？肯定和你的味道差不多……”

希帕蒂娅一边娴熟地把鸡肉切成八块一边对它说。

菜刀切在木板上发出的有节奏的敲击声在墙壁瓷砖之间回荡，钻进她的耳膜，湮没了她的想法。自从十天前收到那封信以来，她一直无法从脑中驱除那些想法。无论她在做什么，它们都会随时跳出来。

一天，在淋浴的时候，她努力想象那个马可·波罗的面孔。她对于亚美尼亚或者波斯在哪里一无所知。阿富汗倒是听新闻里说起过，威尼斯她也知道，因为她丈夫的兄嫂曾在那里庆祝结婚三十周年。哥哥告诉她，那里有水，很多水。嫂子告诉她，那里有宫殿，很多宫殿。

也有的时候，比如现在，那些想法在她做饭时突然出现。她琢磨那个一生不幸的大胡子麦哲伦的船员们吃什么食物。希帕蒂娅以为所有的水手都跟她的叔叔曼努埃尔一样留着胡子。他年轻时跟着一艘金枪鱼渔船走了。

一件事情想十天可真是够久的，她想。

油开始沸腾了。她应该尽快把鸡肉放进锅里，否则她和托马斯就得吃外焦里生的鸡肉了。

“我结婚五十年来，似乎第一次发生这种事。”她对放在大理石台面上的木勺说。

她把事先准备好的盘子拿过来：鸡块上撒满了花花绿绿的东西，上面撒了一层盐。盖上砂锅，她深吸了口气。一切都在进行中：头菜是她已经做好的汤，第二道菜是鸡肉。她像一个乐队指挥自豪地审视着她的舞台——厨房。墙上、操作台和地板上没有一点油渍。一切都井井有条：餐具和厨具都摆放在白色的橱柜里，靠窗的塑料台面桌子铺着桌布，摆着杯子和刀叉。

她极其缓慢地念出印在围裙底边的彩色大写字母：“献给世上最好的母亲。”

这条围裙是她上次过生日时，小儿子米格尔送给她的。他没能亲自送给她，因为他已经不住在波韦尼尔了。他工作很忙，是快递给她的。围裙包在粉红色的包装纸里，她用这张纸包装了一幅小画，作为圣诞礼物送给了她的朋友普莉。“什么都有用。”她曾这样教导她的四个孩子。

“说真的，我宁愿吃老鼠，也不想吃鞋子。”她对手里的橙子说。

她正给它们削皮，用来做饭后甜点。

希帕蒂娅和托马斯吃完午饭后，托马斯去电视机前打盹去了。希帕蒂娅则趁这个空闲又喝了一杯牛奶咖啡。她把手伸进围裙兜里，拿出一个被摸得皱巴巴的信封。

她花了很多个小时才看完这封信。这些时间是她点点滴滴偷来的空闲。作为一个大家庭的母亲，她很擅长在石头缝里找时间。星期天去望弥撒之前，她在公园的长椅上坐了一会儿。星期一掰豆角时，她又得了一点空闲。星期二，托马斯打猎去了，于是她几乎把信看完了。星期三和星期四她又重读了一下她最喜欢的那些句子。

“这个旅行家净说些奇奇怪怪的话！”她眼睛盯着签名，貌似漫不经心地对着一勺糖说。

她不敢肯定自己完全看懂了那封信的内容。

尽管她有一个显赫的名字，但是实际上希帕蒂娅阅读很吃力。当儿女或者孙辈们问她，为什么她在看医生处方的时候要用手指指着单词并且小声咕哝，她羞愧地回答说是因为年纪大了。她的丈夫没有说话。只有他知道，他们二十岁结婚时，她就不怎么识字。托马斯倒是不介意把事实告诉家里那些有文化的继承人。她会这样，是因为在她很小的时候她的父亲就去世了，她是家里的长女，下面还有六七个弟弟妹妹，母亲在别人家里帮佣。

他从来都不介意，因为他自己读书写字也好不到哪里去。无论她是什么样子他都爱她。

但是希帕蒂娅不想说，那他就尊重她的想法。

她多多少少看懂了信的大意：波韦尼尔的某个人梦想飞到远方，想要比她的儿女们飞得更远，但是由于某种原因这个梦想无法实现，他只好阅读其他旅行者的经历聊以自慰。他把这件事告诉了她——在波韦尼尔出生、在波韦尼尔长大，并且也将在波韦尼尔去世的希帕蒂娅。但她这一辈子从未有过其他想法，即使是在她的儿女们离开之后。

“到了这个年纪，信里那些我看不懂的部分也不会改变我的生活的。”她又对着咖啡勺说，“我的心属于哪里？多古怪的问题！好像它能待在胸膛以外的其他地方似的。”她笑了。

那位经历过孩子夭折的、可怜的麦哲伦倒是确实让她感到难过。不过，在一场战斗中土著人想要杀他，却是他自找的。她认为，他在菲律宾被杀也是他自己的过错，谁让他在离家那么远的地方瞎折腾呢。“但是，他孩子的事情，”她一边将咖啡杯端向嘴边一边叹道，“我确实很同情。”

希帕蒂娅的目光飘向窗外。她心想，假如她的儿女死了的话，她会做出些什么事？她的脊背感到一阵战栗，眼里因为想象的痛苦而盈满了泪水。

“也许我也会去世界的另一端寻死的。”她对手里捏着的一块饼干说。

在她仔细打量那块饼干的时候，她想起了信中的另外一个问题，又笑了起来。说起蒙古人的饮食问题，他们会对波韦尼尔的饮食有成见吗？“每个人想吃什么就吃什么，或者有什么就吃什么，这不就结了。”她心想。

不过烹饪确实是她热衷的事情。

“在灶具面前，你内心蕴含的艺术家出现了。”儿子米格尔这么跟她开玩笑。他不止一次地鼓励她好好利用这一“才能”，鼓励她与人分享。

可是她想：“谁会对一个乡下老太婆做的东西感兴趣？”

她又想起了信中吸引她注意的另外一件事情。她打开信纸：她之前用红色铅笔标出了她最喜欢的句子，就像上学时标出课文里的重要内容一样。她找到了令她印象深刻的那段话：“我真希望有人问我‘你呢，你做什么工作？’时，我可以回答他：寻找尼罗河的源头。”

那个下午过得很快。

她收拾好厨房，开动洗衣机，晾好衣服，熨了几件衬衫。她按照医嘱，和丈夫出去走了一会儿。

一个多星期后她才再次想起那封麻烦的信。她还没有寄出自己的信。其他人——无论他们是谁——会认为接龙断了吗？

她看了看客厅里的布谷鸟自鸣钟：八点半。她松了口气。她的大外孙马上就到了，他会有办法的。托马斯正在公交车站等他。再过十分钟他们就到家了。

“不要担心，萨拉。”她心想，“接龙马上就要重新启动了。”

她不禁回想起这个麻烦是怎么来的。

当时她下楼去买面包，回来后打开了信封形状的金属信箱。其中一封信径直掉到了地上。信箱里还有老年人旅游广告、一份银行通知，还有一封电信公司寄给托马斯的信。她关上信箱，弯腰捡起了掉在地垫上的信。

首先令她感到惊讶的是信的重量。账单或者广告几乎都没什么重量。她仔细看了看，又发现了三个可疑之处：信封是灰色的，上面既没有任何标识，也没写寄信人，而更让她惊讶的是她看到这封信是寄给她的。她把那几个单词重看了两三遍："波韦尼尔 中央大街11号 希帕蒂娅·冈萨雷斯。"

没有错误。

"有人给我写信。"她小声嘀咕，"是给我写的！"

蓦然间，她感觉阳光格外灿烂。

她把信紧紧压在胸口上。

就像一个不愿与人分享糖果的小女孩似的，她第一次要对托马斯隐藏什么。她将信收进口袋，走进家门吃早饭。她没有料到萨拉正在拐角处看着她。令女邮差感到很奇怪的是，第三封信是给希帕蒂娅的。她以前从未收到过信。

已经过去十天了，她的丈夫仍然不知道这件事。她不仅不觉得自己做得不对，反而觉得自己很重要。希帕蒂娅·冈萨雷斯成了拯救邮差和波韦尼尔邮局的接龙的一环。不仅如此：有人认为她有东西可讲，因此把她纳入了接龙活动。居然有她！只是有一个问题是那个人所不知道的：她几乎不会写字。

她有好几次想求助托马斯。直到两天前，她接到了大外孙的电话。她叫他托马斯托[1]，但是其他人都叫他汤姆。他告诉他们，他将在村里度周末。天堂之门对希帕蒂娅打开了。

“我可以进来吗？”

“当然了，外婆！”

“你需要毯子吗，托马斯托？”她探头问道。

“用不着！我不冷。”他抬起头说。他正在床上看连环画。

她似乎犹疑不决。

“确定吗？”

“嗯。”

希帕蒂娅在门框那儿等着，不敢进去。

汤姆看了看她，又冲她微笑起来。

“他长得真高！”她心里想。他才十三岁，却已经比祖母高出一拃了。就算跟同辈的妇女比，她也是又矮又瘦的。

每次去波韦尼尔，外祖母都那么看着他，汤姆对此已经习惯了。她时刻关心着他，特别是一定要让他吃好。就像他回家后对自己的母亲所说的，接受这种关心一点都不难，因为所有的东西都很美味。

“明天见，外婆。你好好休息。”

[1] 在西班牙语里是“小托马斯”的意思。

“你知道吗？我把毯子给你从柜子里拿出来了，万一……”她一边说一边走进房间。

汤姆好奇地看到希帕蒂娅从袖子里掏出一张纸，像是一个信封，是灰色的。

“托马斯托，我……”

“怎么了？”

她在床尾边沿坐下。床垫几乎没有凹陷。

紧接着，她只是把信递给了他。

汤姆静静地一口气把信看完了，然后开心地大叫：

“就明天吧，外婆！太好玩了！我们要写一封匿名信……我们别留下任何蛛丝马迹。好难啊！你一点儿都不知道是谁给你写的信吗？”

“我已经跟你说过了不知道。不过你要记住……”

“好的，好的……这将是你、我以及给我们寄信的人之间的一个秘密。”

希帕蒂娅

“早上好”，希帕蒂娅口述道。

“不！信不是这么开头的。”汤姆笑道。

“啊，不是这样？那怎么开头呀？”

“写上日期和写信地点。”

“那你就写：12 月 8 日星期天，波韦尼尔。”

“12 月 8 日，波韦尼尔。”勤奋的汤姆一边写一边重复道，“星期天就不用写了。”

他们正坐在厨房里，家里只有他们两个人。

托马斯正在跟朋友喝酒。他一大早就发现祖孙俩在策划什么。他不想妨碍他们，就跟他们说好两点半左右回家吃午饭。

家里没有其他人，两位密谋者开始了书信接龙工程。他们没多少时间可以浪费，男孩下午就得回城里。

“现在我可以说早上好了吧？”希帕蒂娅问。

“不，不……信里不这么打招呼！你知道这位女士会在几点看这封信？”

“不知道。”

“她也可能是晚上看，外婆。你是什么时间看你那封信的？”

希帕蒂娅看了看她的外孙。她觉得自己可以跟他说实话，因为他几乎还是个孩子。

“外婆花了好几天才看完它。”

采用第三人称说话让她觉得不那么难堪，仿佛她不是在直接说自己。她等着汤姆的反应，但是她刚刚说的话似乎对他没有任何影响。他正得意地重复他们写好的那点内容。

他接着念道：

“亲爱的女士。逗号。第二行。”

“我更喜欢称呼她为朋友……如果可以的话。”

她觉得，既然将要和她分享这么多的秘密，那么她们当然可以这样互相称呼对方。

“好好好好吧！”他说，一边划去已经写上的单词。

希帕蒂娅闭上眼睛，集中心思。她在自己的记忆中搜寻，然后像是在重复自己内心的声音一般口述道：

“我会很高兴，当您收到这……”

汤姆大笑起来。像是犯了错被人当场抓住似的，希帕蒂娅睁开了眼睛。

“外婆，这可太文绉绉了！”

“在我所受的教育里，信就是这么写的……”

看到外婆认真的眼神，男孩努力忍住笑。

“谁？”

“什么谁？”她有些气恼地问。

“是谁教你写信的？”

希帕蒂娅看出，外孙问这个问题并没有嘲讽的意思。她发现，在某种程度上，她对她的后辈们来说是一个陌生人。出于自己的决定，她没有告诉过他们自己以前生活中的许多事情。她为他们一笔勾销了多年的苦难。

“特雷莎夫人。”她说。

“她是谁？你的一个朋友？”

“我的女主人。”

汤姆好奇地看了看她。

“我以前伺候的女主人。”她解释道。

希帕蒂娅叹了口气。水正好在这时候开了。她走到炉灶前，放入大米，回想起这个动作在特雷莎夫人家里重复了成千上万次。她又听到了特雷莎夫人那刺耳的声音：“我在盯着你呢，忘恩负义的丫头，你听见我说话了吗？一把，你只能吃一把米。养你比养一个傻瓜还要贵！你吃得多，干得少……只有我儿子才会心血来潮，要一个瘦弱的十二岁的丫头在家里帮佣。”

“你是说你曾经当过女仆？”汤姆问道，一边开始按照外婆的要求写信。外婆的语气不太肯定。

她温柔地看着他。“要是你知道……”她想。那不是工作，是奴役。若干年后，她仍然记得她在那三年里经受的粗暴态度、吼叫甚至毒打。

“是的，我在她家干过，在另外一个更大的村子。那位夫人几乎看不见。我要干很多活儿，还得给她念信、写信。那个时代极少人家里有电话。”

她又坐回桌边，坐在她的抄写员对面。

“如果你问个不停，等你外公回来时我们也写不了多少。”

希帕蒂娅不愿再去追溯那段令她痛苦的过去。她又感觉到了敲打指节的疼痛，又听到了那个声音：“丫头，瞧瞧你，真会耍花招！我让你做件事，可你把到处搞得乱七八糟。”

“知道了，您继续做饭吧！”汤姆说。

“我想告诉您，为了拯救我们村的邮差萨拉，我们启动了一个书信接龙。她将被调往首府，我们村的邮局将被关闭。”

“我写不了这么快！”汤姆抗议道。

“对不起。我慢点。”

汤姆全神贯注于那张信纸：“我给您写信是想告诉您，为了拯救我们村的邮差萨拉，我们启动了一个书信接龙。”

希帕蒂娅离开厨房，然后拿着信回来了。

“最好抄一下这里的内容，这样可以确保我们不出错。”

“外婆！你现在跟我说这个？这句话我都写了一半了。我该怎么办？划掉吗？”

她思索了一会儿。

“最好不要。两次总比一次都没有强。已经写好的就留在那里，然后把信里画线的部分抄下来。”

汤姆拿过信纸，准备抄写：

这是这个游戏的规则。这是一个匿名书信接龙游戏，目的是不让我们的邮差萨拉失去工作，不让我们村子失去存在了一百多年的邮局。她并不知情。你不可以告诉她。我们必须写信，让她的上司知道我们村子的人喜欢寄信和收信，这样他们就不会把她调去首府了。没人问我是否愿意加入这个游戏，我也不问你这个问题。在你看完这封信后，你可以决定是否加入这个游戏。你只需要随便写点什么：一句话也好，一段话也好。你的字体漂不漂亮、拼写正不正确都没关系。你可以想写什么就写什么，想写给谁就写给谁，即使你不认识他/她。

“好烦人的信！”汤姆把圆珠笔扔在桌子上，叹了口气。

圆珠笔滚到了桌边。就在它要掉下来时，汤姆在空中抓住了它。他这么重复了三四次。

外婆问他：

“你为什么这么说？”

“你做饭的这会儿我都抄了半个小时了。”

希帕蒂娅深爱她的锅碗瓢盆。托马斯、她的四个儿女和烹饪是她一生最大的满足。

“外婆，你没有什么可讲的吗，你自己的事情？……我不想再抄下去了！”

“你想让我讲什么？我一辈子都是在这里度过的，抚养你舅舅和你母亲，打扫卫生、做饭。给我寄信的那个人说我可以想写什么就写什么。”

“那就讲讲这些吧。”

“这些，什么啊？”

“就是妈妈小时候的事情或者讲讲你为什么喜欢做饭。”

希帕蒂娅笑了，她正在淘米。她想了很久，说：

“做饭就像是绘画。”

“绘画？”

“对。托马斯托，有一次我在电视上看了一个纪录片，里面有一位画家……”

“他叫什么名字？”他兴奋地问道，“很有名吗？”

“我怎么知道！重要的不是他是谁，而是他所说的话。记者去他的工作室拜访他，看他是如何工作的。他工作起来就跟我在厨房差不多。”

汤姆难以置信地看了看外婆。

“他说，他在开始画画之前先听颜料和画笔说什么。我也跟我的木勺和青椒说话！”

“真的吗？”

“当然！你认为我做的菜为什么那么好吃？”

“因为你懂得多，因为这些菜你都做了很多年了……”

“不！才不是呢！首先是因为我在把青椒切块或者油炸之前会向它们道谢。没有它们，我们就会饿死。你想过它们对我们有多大的用处吗？”

汤姆努力想象外婆跟一个汉堡或者一根通心粉说话的情景。他觉得很好笑，但是他不想笑出来，因为她正一脸严肃地说着。

“外婆，你一直都跟它们讲话吗？”

希帕蒂娅开始在记忆里搜寻这个习惯是从什么时候开始的。

那时她十五岁。她的一个叔叔把她从特雷莎夫人家解救出来，然后给她找了份在一家刚刚开业的山区疗养院厨房打杂的工作。她认为是上帝听到了她的祷告：这个世界上她最喜欢的事情就是烹饪！而且，在这么多人中间，没有人会注意到她。没有人会监视她搅动汤勺时是往左还是往右，或者是否在干净的围裙上擦手。

日子一天天过去，没有人跟她讲话。她坐在厨房角落的一个板凳上，从一大早开始，她就给一盆一盆的土豆或者苹果削皮。有的日子她得拔鸡毛。一天的工作结束后，她感觉手指像被针扎一样。但是她很幸福。就是从那时起，她开始跟她的食物讲话。

在获得了厨师长的信任之后，她成了她的得力助手。

那种幸福持续了将近四年。

“画家把颜色和形状混合起来，我也是，汤姆，重点是你把什么跟什么放在一起。你喜欢蛋白饼吗？”

“你知道的！”

“对，我知道，贪吃鬼。但是你会搭配白芸豆吃呢，还是搭配一片煎培根？

“这……”

“我也是把颜色和形状混合起来，但是此外，我还要混合味道。

汤姆把他写的内容又念了一遍：

对我来说，烹饪就像绘画。进入厨房之后，我作（做）[1]的第一件事就是考虑那天作（做）什么饭。事先我并不知道。只有当我来到这里，安静地坐下，我才开始考虑……我有主意了！有时我必须跑到市场去，因为手头没有我想要的东西。

我的丈夫托马斯常说，我的储藏室都这么瞒（满）了，而我还缺东西，真是奇怪。托马斯人很好。他从不抱怨，我缺什么的时候我们就一起去市场。他更擅长买和吃，而不太会做饭。认识他的时候，我在酒店厨房工作，他是送账单的。他父母摆了个蔬菜摊。他长得帅极了！有趣极了！我们恋爱三年后结了婚。那时我二十岁，然后我离开了酒店。

（抱歉，我们扯远了。）

我跟我将要烹制的食物讲话。我有我钟爱的勺子，它在我们搅拌沙拉时最称手。我一进厨房，寸（时）间就在不知不觉中度过了，但是没关系。我也没有其他事情可做。

以前我有很多事情做。我有四个孩子要照顾，他们总是跑来跑

[1] 原文此处汤姆有拼写错误，将 hago 写成 ago 了。括号里为正确写法的翻译。下同。

去。他们小的时候我得送他们去学校，然后监督他们做作业，或者不让他们打架。还要教他们整理床铺，帮他们捉虱子，给他们缝衣服。玛丽莎一直都是个好姑娘，跟在现[1]一样。她稍微长大些后，就帮我看弟弟妹妹。但是我还是要看着些，因为她要求很严，总训斥他们。希望她对自己的丈夫不要这样。

我的儿子赫苏斯是老二，总惹麻烦。以前，因为他跟人打架，他父亲不的（得）不常常出去找他！幸运的是，他认识了一个好姑娘，然后你就知道了，一切都变了。他兼（赚）了很多钱，请他父亲和我在一家豪华酒店住了一个星期。我们住得很无聊，但是没有告诉他。劳尔最聪明。他一直都很聪明。他是好儿子、好朋友、好邻居。所有的人都爱他，他总是乐于助人。米格尔最小——如果你有儿女的话，你就会明白我的意思——虽然不应该，但是母亲总是非常喜欢最小的孩子，愿意原谅他的一切。

米格尔总是想入非非。他是个梦想家。我不想让他离开家，他还是个孩子呢！但是他跟我说他在这里没有事情可做。他是最后一个离开家的孩子，所有的孩子都走了，家里一片沉寂。我只顾着关心他们，都忘了顾及自己了。现在我每周只能占用他们几分钟时间，给他们打打电话。他们过着另外一种生活。

我们和他们上学时的练习本一起留在了这里，被搁置在了这里。我很幸运，我有我的厨房，有托马斯。我有我的朋友普莉做伴，我

[1] 原文中汤姆把这个单词的字母顺序写错了。正确的词语应该是“现在”。

和她一起去望弥撒，一起分享菜谱。

（再次表示抱歉，我们又扯远了。）

我的儿女和丈夫都非常喜爱我的厨艺。小儿子米格尔从事计算机工作。他跟我说，有一天他要把我所有的菜谱都要去，然后制作成一本菜谱书挂在网上，他称它为博客。他说这样的话，在全世界任何角落都可以做希帕蒂娅太太的百里香鸡肉或者桑葚酱了，然后大家就会寄给我根据我的菜谱做的菜品的照片。他说那样我就会出名了。

而我却在想，我收到的那封信中所提到的那些国家，比如波斯或者巴塔哥尼亚，是否有人对我的果酱感兴趣。首先，我对米格尔说，在那么远的地方有桑葚吗？我认为没有。但是最好不要同我这个儿子讨论异想天开的事情，随他去就好了。我必须承认，有时我挺喜欢这个主意的。我得澄清一下，我不想出名。名气能当饭吃吗？能用来烹饪吗？我对它没有兴趣。但是我很想认识中国或者法国的其他家庭主妇，想让她们告诉我她们的菜谱，我也告诉她们我的菜谱。我对此充满期待。我想看看她们的厨房、她们的儿女和丈夫是什么样子的。

“我说过寄给普莉。”

“这是弄虚作假，外婆！”

“什么弄虚作假！那又怎么样……我可以决定把信寄给谁，我决定寄给普莉了。”

“可是她是你的朋友，你说的那些事情她都知道……”

“我从来没有跟她说过烹饪对我来说就像绘画。还有我有她这个朋友多么幸运，这个我也没有对她说过。我想告诉她。”

“那你给她打个电话告诉她呗。”

希帕蒂娅狠狠地瞪了孩子一眼。他蜷缩在椅子里，气呼呼地噘着嘴巴。他拒绝接过外婆递给他的记事本。于是她把记事本放在桌上，旁边是已经封好口、贴好邮票的信封。

“普莉菲卡席翁·卡帕罗斯。地址在这里找。”

汤姆的拒绝没有刚才强烈了。他知道，如果在最后一刻不发生奇迹的话，他就输了。

就在这时，他们听到了钥匙的声音。大门开了，外公的声音来救他了。

“我回来了！我带面包来了。”托马斯在门厅里说。

厨房里沉寂了片刻。外婆和外孙互相看着对方。

“把信和记事本拿到房间里去，快点！然后写上地址。”

汤姆听了外婆的话，离开了厨房。他在过道里碰到了手拿报纸的外公。

“小子，看着点儿路！来，拿着报纸，送到客厅去。我去帮你外婆摆桌子。”

托马斯正在电视机前打盹，而希帕蒂娅在收拾厨房。

汤姆像一个文质彬彬的贼，在他的房间里悄无声息地准备打劫。床上放着作案工具：一个没写地址的信封、一支圆珠笔和一份报纸，报纸展开的页面是联系电话。被无视的记事本正躺在床头柜上。

他认为自己想出了一个高明的主意。他又看了一遍那则广告：

我叫萨拉伊。90-60-90。我感觉很孤独。你想和我玩一会儿吗？请给我写信，我的信箱是 080771（波韦尼尔），我会给你寄去我的照片。或者给我打电话：902 69 69。不要让我久等。

绝境

一个女人写的最好的情书，无一例外都是写给她将要背叛的那个男人的。

劳伦斯 · 达雷尔[1]

萨拉：早安。

CASTAWAY 65：你今天起得真早！

萨拉：都十点了。不能算早。

CASTAWAY 65：对我俩来说确实很早，我俩是午间情侣……

萨拉愣在了那里。情侣？他是什么意思？

从费尔南多给她写第一封电子邮件请她帮忙的事情算起，不知不觉已经过去了四个月，这是事实，但是由此发展到情侣……他们可是连对方的声音都没有听过！更不用说见面了。

[1] 劳伦斯 · 达雷尔（Lawrence Durrell，1912—1990），英国作家、诗人，代表作有《亚历山大四重奏》。

十年过去了，他现在会是什么样子呢？那个酒窝肯定还在。但是，他胖了没有？头会不会更秃了？在遥远的海上风吹日晒了这么长时间，皮肤肯定都皲裂了。

CASTAWAY 65：我指的是聊天的伴儿。

她心想她没有要他解释，费尔南多为什么要向她解释。

萨拉：今天平常聊天的那个时段我有事。

CASTAWAY 65：我又要一个人吃午饭了……幸好有一只海豚陪我说话，因为如果我必须信赖我的俄罗斯同事或者泰国同事的话，结果可想而知。而你也令我失望，只有我的海豚对我忠心耿耿。

萨拉：我现在给你发信息是因为你一直在线……

CASTAWAY 65：我有什么办法呢！我告诉过你，我的工作时间是在雷达旁度过的，监视是否有冰山或者尼斯水怪出现并与我们相撞。

萨拉：你们那里有冰山？

CASTAWAY 65：我发现你看得很仔细。给你10分！没有。也没有尼斯水怪……

……

萨拉：对了，已经四个了。

CASTAWAY 65：四个？我不知道你在说什么……阿多斯、波尔托斯和阿拉密斯终于找到达达尼昂了？[1]

萨拉：我拿到了第四封信！

CASTAWAY 65：太好了！这封信把你带到了哪里？另一栋无人居住的大房子吗，还是一个酒鬼女巫的房子？

萨拉：就两步远。

CASTAWAY 65：两步远？对面的房子？

萨拉：真的只有两步远。邮寄地址是某人数年前租的信箱，但这之前没有收到过一封信。

CASTAWAY 65：竟然这样！

萨拉：我回头告诉你是谁来取信。我真的从来都没有注意过。

CASTAWAY 65：神秘在继续……迈出那两步，把信放进去，然后回来跟我聊天。

萨拉：不行。我得送小儿子去医院。

CASTAWAY 65：严重吗？

萨拉：一时犯傻。你觉得可以不穿外套在雪地里玩两个小时吗？

CASTAWAY 65：雪？我听到了雪？

萨拉：是的！我们这里已经断断续续下了四十八个小时的雪了。

CASTAWAY 65：要是我手里能握上一把雪，让我干什么都行。

萨拉：你那里肯定冷多了，所以……

CASTAWAY 65：萨拉！海上夜里下雪就像让我看一眼你红色的

[1] 这几个人都是法国作家大仲马的《三个火枪手》中的人物。

长发那么难。

“他记得，他记得，他记得……”

自从一大早费尔南多说起她的头发开始，萨拉一整天都恍恍惚惚的，心里一直像念咒语似的重复着这句话。一看到那句话，她就跑到卫生间照镜子去了。她体形微胖，不太高。她的脸庞既不漂亮也不难看。年轻的时候，她身上唯一出众的地方就是她头发的颜色。随着岁数变大，她的秀发光彩不再，但是即便如此，她的头发仍然很漂亮。她一边抚摸着头发一边想。

这句恭维话让她的心情好了起来。当初费尔南多给她写信求她帮忙时，她以为他只是没有别人可以求助。他为什么要去注意一个带着三个孩子、无趣且已婚的女邮差呢？

还差五分钟就八点了。大街上空荡荡的，非常冷。灰暗的天空下，大地像铺上了白色的地毯，雪覆盖了一切，让波韦尼尔变得如梦似幻。

该关门了。她去仓库拿了外套和帽子。就在她穿衣戴帽的时候，她听到大门的门铃响了。

“晚上好，”萨拉惊讶地说，“我没想到还有人来。这样的天气！”

一位中年妇女拎着超市的两个袋子，正在与一个信箱的门较劲。她没有摘手套和帽子。“像个牛仔。”女邮差想，颇感惊讶。帽檐下的幽灵抬起头来，仿佛在努力追寻这一丝声音。

“您需要我帮忙吗？”

女人似乎犹豫了一下。她什么都没有说，但是她把钥匙递给了萨拉，意思非常明确。她的手套是羊毛质地的，每个手指的颜色都不一样。

“像是小孩子戴的手套。”女邮差心想。

“真冷啊！”

萨拉走到女人身边，碰到了老年人等待办理业务时坐的长椅。

“瞧我到了这个点儿有多笨。”萨拉微笑着说，期待听到刚刚进来的那个女人的声音。

但是她只听到了一声类似于人声的“嗯”。好奇怪的女人！萨拉觉得她的脸似曾相识。也许她曾在药店或者大街上遇到过她，但她说不清具体是在哪里。

“看看我的运气是不是好点。”萨拉一边接过钥匙一边说。

女人给她指了指她想要打开的信箱门。

萨拉略感惊诧，但是她尽量不表现出来。

一种孩童般的希望涌上心头，尽管只持续了千分之一秒。

“080771 信箱。在我印象中这是您第一次收到信。”

话音未落，她就意识到自己说错了话。

女顾客目光盯住她，冷冷地看着她，像是鄙夷般地脱口而出：

“您的工作也包括偷窥顾客吗？”

“这个爱嚼舌根的邮差都想了些什么！很明显，她的生活里没有什么有趣的事儿，所以她就去监视别人。”萨拉伊 / 曼努埃拉心想，一边喝了口白葡萄酒。

离开邮局后，她的身体就不舒服。她认为最好先泡个热水澡再开始工作。她看了看水汽氤氲的镜子，只有她的脑袋露在泡沫外面。

“我好像被活埋了。”看到镜中的自己时，她心想。

她不喜欢引人注目，所以在波韦尼尔郊外的新区租了一套房子。“这里的住户不像老区的住户那么没见过世面、老爱说别人的闲话，”她咕哝道，接着又说，“就像那个讨厌的红发女人。”

她感觉自己的怒火又重新被点燃了。

她从不干涉别人的事情。她打交道的邻居寥寥无几。谁允许那个女邮差监控自己的信件的？虽然那是她租用信箱之后收到的第一封信，但是跟别人毫不相干。

“我要投诉。她以为自己是谁！”她对着镜子里的自己咄咄逼人地说道。

做出这个决定后，她似乎平静了下来，她开始把注意力放在重点上：那封信。

终于有客户给她写信了。

她已经连续两年租信箱，并且花钱在报纸上为自己的服务做广告了。最近几周她有好几次想要退租，因为单是电话热线902的客户就已经够她生活了。但是，一个存在了很久的梦想让她无法拒绝任何额外收入。她的姐姐多年前移居加拿大生活，有两个孩子，但她没有见过，所以想去见见他们。她很想念她的姐姐。

她需要更多的钱。

“为了我的蒙特利尔之行，我对欧元来之不拒。”她心想，一边伸手从地上捡起信。

她在浴缸里挪动时，一点泡沫进入了她的鼻子，痒得她打了个喷嚏，眼前扬起了一片皂雾。她笑了起来。

她好多天没有笑过了，她想。

她没有多少理由去笑。

她现在一个人生活在她出生的村子。她不到十岁就离开了这里。没有了家人的牵绊，她回来只是因为这里是从她以前的生活中消失的理想之地。

度过了四十五年的岁月之后，一天早晨，她在距离波韦尼尔几百公里的一个卫生间里照镜子。她突然很不喜欢眼前所见：被一个乏味的好男人和一对让人难以忍受的少年束缚住的家庭主妇。

在丈夫下班回家、孩子放学回来之前，她准备好了两只箱子。她打算只带走属于自己的东西，因此她把结婚戒指留在了一张小小的告别条上：

不是因为个人问题，但是我必须离开。

你们不要找我。我真心希望你们幸福。

我需要努力让自己幸福。

但是幸福比她所预料的还要捉摸不定。机械山羊乐队[1]的一首歌的歌词无意间进入了她的脑海："幸福，你的名字多么美丽，幸福，谁知道你躲在哪里，幸福，当你独自出门跳舞，多喝上两杯，你便会忘了你爱我。"这就是最贴近她的现实生活的背景音乐。

马上就五十岁的她，现在过着隐士般的生活。

逃离家庭之初，她靠着母亲留给她的遗产过着富足的生活。为了寻找自我，她去印度旅行了一个月，那期间遇到了一位年轻的古鲁[2]，就带他一起回来了。她租了一间不大但却非常可爱的由仓库改建的楼房供两人住。有钱的时候，"爱情"也就在。

"既然是利益，为什么要称之为爱情呢？"她一边拆信封一边想。

当那个古鲁挎着另外一个更有钱的女人的胳膊消失后，她收拾了自己的行李和破碎的心。那时她想起了自己的家乡。她从来没有回去过，但是在那里生活应该很便宜。她觉得，那个地方无论好坏都和任何其他地方别无二致，只是一个暂时的居所而已。

一位熟人帮她找了一份适合她的工作。她既没有学历也没有工作经验，但是那年在印度的激情经历，让她丢掉了她那个年纪的女人紧抱不放的羞耻心。

萨拉伊/曼努埃拉并不拒绝享乐，也不介意谈到它。她熟悉具有东方韵律的词汇和能唤醒很多人内心深藏的远古兽性的姿势。于是

[1] La Cabra Mecánica，西班牙摇滚乐队。
[2] 东方宗教尤其是印度教团体的精神导师。

她决定把这些利用起来。

热线电话工作并没有很多人想象的那么糟糕，有时她甚至觉得很有意思。

“这是开什么玩笑？”她大声惊呼道。

她开始看信，却不明白是怎么回事。

她核实了一下信封上的名字和地址：萨拉伊，080771信箱。确实是给她的。没写寄信人，但是一开始这不仅没有令她惊诧，反而让她产生了信任。谁会在给一位热线电话联系人写信时冒险署上自己的名字呢？

她又看了看信纸，边缘已经有点湿了。圆润而稚气十足的字体与信的内容反差很大，信里说的是丈夫、儿女、烹饪……有那么一会儿，她觉得像是受到了命运的捉弄。

“对我来说，烹饪就像是绘画。”她念道。

“对我来说，烹饪就像是三天没吃饭并在45度的烈日下捣石头。”她嘟哝道。

“我跟我将要烹制的食物讲话。”

“我诅咒我将要烹制的食物。”她下意识地摸着下巴上的赘肉喊道。

她努力想象会是谁给她写了那封信，然后开始对那个人有了大致的猜想。

“你是一个苦恼的女人，被困在没有人跟你商量过的现在。你的母亲强迫你有所追求，你不得不以她为榜样，要早点跟一个好男人结婚、抚养孩子、看着岁月流逝。你们所有女人都是一样的！”她对着卫生间里的水汽喊道。

有那么一瞬间，她想起了自己的母亲。她无疑是个好女人。“我真是烦透了那些好女人和好男人！”她心想。

“如果你有儿女的话，你就会明白我的意思——虽然不应该，母亲总是非常喜欢最小的孩子，愿意原谅他的一切。”她继续看信。

她闭上眼睛。是的，她有两个孩子。现在应该不小了，也许上大学了。如果在大街上看到他们，她还认得出来吗？肯定能。大儿子后脑勺有一绺很特别的白发。小儿子有一对显眼的大耳朵，其他孩子都对他喊“小飞象，小飞象”。

她对此略感难过，但是还好。这应该怪他的父亲，因为他长着同样的耳朵。她思忖自己是否爱小儿子多一些，得出的结论和以前一样。她对他们的爱一样：都很少。

“我只顾着关心他们，都忘了顾及自己了。”

“你看到了吗，傻老太婆？最终，他们撇下你一个人。他们都走了。那个托马斯是因为年纪大了，否则……早就抛弃你了！谁愿意跟一个和青椒讲话的人一起生活？但是你不要担心，这不是个人问题。我们女人都会被抛弃。因此，我在事情发生之前就离开了。”她对着给她写信的那位家庭主妇的灵魂回答道。

“而我却在想，我收到的那封信中所提到的那些国家，比如波斯或者巴塔哥尼亚，是否有人对我的果酱感兴趣。”

萨拉伊 / 曼努埃拉大笑起来。“总算有好笑的事情了！”她想，

“显然，无论在巴塔哥尼亚还是波斯还是这里，没有人对你的果酱感兴趣。”

说不清楚为什么，在看完信洗完澡后，她感到很放松。她画好妆，穿上黑色花边的缎子衣服以及细高跟鞋。她觉得自己穿工作服时更漂亮。

萨拉伊 / 曼努埃拉认为，将自己的愤怒发泄到看不见的人身上、发泄到她极为憎恨的所有美德上，消除了她的焦躁不安。

“我还得谢谢她呢。”她想着，开始接听晚上的第一个电话。十二点了。

电话那边的喘息声提醒她，轮到她讲话了。

六个小时后，她去刷牙，准备上床。她看到扔在卫生间地板上的信封和信纸。她鄙夷地望了一眼，然后捡了起来。

她猛地吐出了牙膏沫，连同她的愤怒：

“老奶奶，你就别指望我写信了。各人管各人的事。让那个女邮差自己安排自己的命运吧。”

宇宙的转变

男人并不掌控自己的命运。他们的命运已经由他们生命中的女人负责。

格劳乔·马克斯[1]

阿尔玛打开阁楼的门，却不知道实际上她正在打开潘多拉的盒子。

行走在那所大房子里面，她觉得自己像一位考古学家。她一点点地发掘在灰尘和蜘蛛网中掩埋已久的家族的废墟。她对一种她从未经历过但也同样属于她的生活产生了些许怀念。那里隐藏着无声的证人，见证了她的祖母路易莎的童年，以及她的曾祖父母甚至高祖父母的童年。

她已经在装满家族宝贝的手提箱和盒子中间翻了一个多小时，脸上一直保持着惊讶的表情。她亲了亲伊迪丝·比阿夫[2]的脸颊，印

[1] 格劳乔·马克斯（Groucho Marx，1890—1977），美国喜剧演员、作家。

[2] 伊迪丝·比阿夫（Édith Piaf，1915—1963），法国女歌手，《玫瑰人生》是其代表作。

在一个唱片封面上的伊迪丝正看着她。

外面的雨下个不停，但是屋里却很安逸。

自从她十一月初来到这个村子，这里一直阳光灿烂。但是她几乎没有出过门，只去马斯坦买过两三次东西，每次她都特意从那个老教堂路过，期待看见那个绿眼睛的神秘男孩。第一次去的时候，她把里尔克的《给一个青年诗人的十封信》给他留下了。几天后她又去了他们相遇的地方：那本书已经不见了，但是放书的地方她连一张字条都没看到。

她绊到了一把雨伞和一台旧收音机。这些在古董商眼里一文不值的东西，是谁用过的呢？一想到可能是世纪初的东西，她笑了。“一辈子会积攒多少东西啊！”她想。

她脑海里浮现出聂鲁达的几句诗，仿佛他写的时候想到了她似的：“不是真的：许多事情告诉了我一切。不只是我遇到了它们或者说我的手触碰了它们，它们也陪伴了我的生活，它们与我同在，它们与我息息相关，和我一起生活了半辈子，也将与我共赴黄泉。”

一个有些破旧的、漂亮的衣箱让她感到莫名地熟悉。她闭上眼睛，用手摩挲着它，好像这样就可以读懂能够揭示它过去经历的暗藏的印记。她注意到了箱子正面镶嵌着花卉和枝叶的雕饰。她在箱子的一侧发现了一只皮把手。另一只会在哪里呢？她抚摸箱盖，发现了几个孤立的凸起的字母：一个L、一个I、一个S。

突然，过去的一幕冷不丁地闯入了现在，力量如此之大，阿尔玛不得不坐下来才没摔倒在地。

她正在花园里为她的娃娃准备泥巴蛋糕，突然听到一长几短的喇叭声。路上驶来一辆厢式货车，车停在了大门口。从车上下来两个男人，祖母向他们走了过去。他们从厢式货车后部卸下来各种行李，一直卸了好一会儿。忙着玩耍的小阿尔玛被一样东西吸引了注意：一个深棕色的皮箱。那就是现在她眼前的这个衣箱，是路易莎买了去巴黎用的。

那个夏天，家里只有她们两个人，路易莎趁机带回了一些自己的东西。在光之城[1]生活了许多年后，第二次失去丈夫的她决定回国。她唯一的儿子早就为了求学而回国了，他已经成家，并且给她生了个孙女。在那个曾在她二十来岁时收留过她的国家，她已经没有任何牵挂了。

女孩突然明白了为什么她的祖母要逃往巴黎：因为失恋。

祖母到了巴黎之后不久，就上了一所烹饪学校。她专攻甜食，一年后她拿着文凭在一家糕点店找到了工作。

一天，一个叫曼努埃尔的同胞进去买东西。一周后他们恋爱了，两年后结了婚。他们生了一个儿子，就是阿尔玛的父亲。但是不幸的是，一场癌症夺去了曼努埃尔的生命，他去世时还不到四十岁。

路易莎服丧两年后，她的老板皮埃尔向她求婚。皮埃尔在首都巴黎拥有好几家糕点店，配偶也去世了。路易莎喜欢说，从此她开

[1] 指巴黎。

启了第三人生，一段充满了旅行、戏剧、歌剧的人生……她的第二次婚姻让她进入了一个波韦尼尔女孩永远无法想象的多彩世界。皮埃尔在高龄去世，给比他略为年轻的妻子留下了很好的生活条件。她继续打理他们的生意，直到去世前不久。

转让生意后，她决定面对她所谓的自己的第四人生，也是最后的人生。为此，她不想背负过去的回忆。父亲常对阿尔玛说，路易莎祖母喜欢轻装旅行。

她打定主意把所有的东西都送到老家的大房子去，因为那里有的是地方。“将来某一天，”她常说，“这些东西将留给我的后代，就像土地和房子一样。”

所有的东西都应该聚在一起，等待画上句号。

坐在那个阁楼里，阿尔玛感觉自己像是统领一片辽阔领土的女王。这片领土从波韦尼尔森林的中心一直延伸到一千公里以外，直到她父亲的办公室或者她祖父母相识的那家巴黎糕点店。

那是一个充满了梦想、希望和计划的王国，同时，通过她来村第一天看到的那封信，她发现那也是一个失望和痛苦的王国。

“既然我是主人，我命令自己打开这个神奇的箱子。”她大声说。

她祖母一直非常喜欢丝巾，箱子里收藏了一打，都叠得整整齐齐的。其中一条包在薄纸里，非常惹眼：那是一条花丝巾，图案是苍翠欲滴的常春藤叶子。

阿尔玛想，这条丝巾虽然已经有了年头，但还是那么柔软，光彩依旧。她把它围在脖子上，继续在长衫、短裙和大衣中间搜寻。

尽管衣服当初保管得很仔细，但是蛀虫已经光顾过了：有的衣物上布满了虫洞，樟脑袋和薰衣草袋像空空的棺材躺在衣箱的角落里，完全被无视了。

“显然，”她想，“我的祖母以为这个衣箱很早以前就会被打开，否则她会用其他方法保存她的东西的。”

她发现了两幅朴素的水彩画。她认出其中一幅画的是罗梅罗圣母教堂；另一幅画上是一片森林，很有可能就是她周围的森林。她惊讶地发现路易莎竟然将这些毫无艺术价值的画保存了一辈子。

她找到了两本孩子的法语练习本，从那些笨拙仓促的笔画中她认出了父亲的字迹。她突然难过起来：她已经在波韦尼尔待了二十多天了，虽然给家里打过电话，但是他们的谈话都是剑拔弩张，时间很短。那位著名的律师觉得自己的女儿背叛了他，她没做任何解释就离开了，还有自己的母亲也背叛了他，她没有征询他的意见就把孙女指定为继承人。

她告诉自己，那天晚上，等她给父母打电话的时候，不要忘了告诉父亲她发现了他的本子，那些被珍藏的本子包含着浓浓的爱。

继一本弥撒书、一张店铺营业时间牌和一双高跟凉鞋后，她正要拽出毛巾，就在这时，她的寻找终于得到了回报。那是一个鞋盒样子的东西，有人用带子捆住了它以免移动箱子时散开。

里面一定放着她祖母非常珍爱的东西。

“我的画！”她激动地喊道。

一打开盒盖，她就看到了它们。她马上就认出来了。其中一幅画画的是她和祖母在菜园的李树旁。她想，若是祖母知道那棵树在这么长时间几乎没有得到关爱的情况下仍然活着，该有多么高兴！她在树荫下度过了多少美好时光啊！她对色彩的搭配不敢恭维，但是阿尔玛颇感骄傲地承认，对于一个五岁的艺术家来说，画上的线条不算太差。

第二幅画更让她兴奋：画的是这所大房子，明媚的太阳在天空闪耀，烟囱里正冒着烟。在画的上部她还题了字“阿尔玛和祖母永远的家”。

“阿尔玛和祖母永远的家。”她又念了一遍。想到童年时她就渴望住在那所大房子里，她激动不已。祖母应该是记得她的愿望，所以才送了她这份大礼。她又怎能拒绝呢？

她摇了摇头，试图驱散一个不祥的想法。

这还不是阿尔玛在阁楼发现的唯一惊喜。在那些画下面，她发现了祖母的两任丈夫写的好几封情书以及用橡皮筋捆着的一些照片。她解开橡皮筋，把照片摆在地上。

她认出了其中一些照片上的人，比如她的舅舅何塞、她的父母、祖母的第二任丈夫等等。照片有在巴黎拍的，也有在首府或者大房子里拍的。

有两张黑白照片引起了她的注意。一张是她的曾祖父母和祖母在家里的花园里拍的。另外一张是两个不到二十岁的姑娘和自行车一起拍的，其中一个姑娘是她的祖母，另外一个她不知道是谁。她们笑着，看起来非常开心。

她把照片翻过来，看到一个有点模糊的说明：路易莎和罗莎，摄于大桥。波韦尼尔 19……

罗莎？她几秒钟内便认出了那个名字。

这么说罗莎和路易莎确实曾是朋友，她坐在蓝色房间的床上想。她决定将这张老照片和她收到的神秘来信一起收好。阿尔玛隐隐觉得这两样东西应该放在一起。

她看了看手机上的时间：已经中午十二点了。她已经在阁楼里翻了一上午东西。自从她来到这里，时间都从指缝间溜走了。她感觉时间过得很慢，但是晚上回想白天所做的事情时，她却惊讶地发现自己几乎什么都没做。

她的时间都在花园里或者写作中度过了。令她惊诧的是，自从她来到这所房子，诗句随时随地信手拈来。厨房、客厅、卧室都有她写了一半的诗本，因为灵感到来的时候她一刻都等不了，需要马上写下来。

一声金属碰撞的声音让她暂时忘掉了那些想法。她接下来听到的叫声让她吓了一跳。

她从客厅的落地窗探出头去。外面仍然大雨滂沱。

房子对面的马路有点堵车。她马上认出了那辆蓝黄相间的邮政车。它停在一辆深红色的轿车旁，轿车驾驶座的车门开着。前面不远处，一辆自行车倒在地上。似乎有两个人正在激烈地争吵，因为下大雨，她看不清他们的样子。另外一个人正试图分开他俩。

“是红发邮差吗？”阿尔玛想。

“好像并不严重。”萨拉说，努力对两个人一视同仁地微笑。

“这次不严重，但是下次呢？”托马斯激动地呛道，“这些小伙子一点都不遵守交规。”

萨拉温和地看着他。她心想，希帕蒂娅的丈夫越来越老了。他退休后，她经常看见他和妻子一起去市场或者在酒吧玩多米诺骨牌。他一直是社区里非常活跃、非常重要的人。毋庸置疑，他一点也不喜欢变老。

“咱们没必要往坏处想，对不对？这种事情不会再发生的。”女邮差看着骑自行车的人说道，他已经扶起了自行车。

亚历克斯没有回答。他摔得头疼。那天早上，当他骑车出门去老教堂时，并没有要下雨的迹象，所以他既没有戴头盔，也没有穿雨衣。现在他很后悔。

“这个小伙子是傻瓜或者是在装傻，”托马斯骂道，“要不是我认识他的家人，我会认为他毫无教养。至少可以向我道个歉吧。”

萨拉看了看表。五分钟内费尔南多就会从挪威那边进入聊天室，她不想在雨中继续争论下去。

“走吧，托马斯，我们回家吧。”她亲切地催促他，同时挽起他的胳膊，“不然除了惊吓，咱们还会得肺炎。”

托马斯启动了汽车。萨拉在钻进她的邮政车之前喊道：

“亚历克斯，要不要我捎你去村里？”

男孩耸了耸肩膀，摇了摇头。

五分钟后，波韦尼尔的女邮差坐在了电脑前。

萨拉：请慢用，挪威人。

CASTAWAY 65：多谢。今天是海鲜饭。

萨拉：听起来不错。

CASTAWAY 65：如果是你来做的话，肯定是另一番味道。

萨拉：我不擅长做米饭。

CASTAWAY 65：你擅长什么？

萨拉：大家都说我做的蔬菜千层面举世无双。

CASTAWAY 65：我好想尝尝啊。

萨拉：我发明它是为了让孩子们吃蔬菜，不然拿他们没办法。

CASTAWAY 65：做千层面的时候我去你家敲门。你们几点吃晚饭？

萨拉笑了。“如果可能的话。”她喃喃说道，知道北海的海浪会淹没他的请求。

阿尔玛看到萨拉和老人各自上了车，然后消失了。

她继续好奇地远远观察那个骑车人。他原地转圈，没有拿定主意离开。花园的栅栏让她看不清他在干什么。突然，他好像摔倒了。她毫不犹豫地跑出家门，忘了自己只穿着袜子和衬衣。

“是你？”片刻之后她惊讶地喊道。

亚历克斯坐在倒在地上的自行车旁，耷拉着脑袋。他双手抱着头。听到她的声音后，他抬起头来。

阿尔玛刚要说话，突然发现有一道血迹从他的太阳穴一直延伸到下巴。

“你受伤了……”

亚历克斯看了看自己的手，吓了一跳，他在牛仔裤上蹭了蹭手，然后试图站起来，但是刚一动就哎哟了一声。

他看了看蜜色眼睛的女孩。她的出现令他感到拘束。他再次低下头，目光落在她的脚上：她穿着 Hello Kitty 的袜子。他刚露出的一个笑容，马上就被轻声呻吟取代了。他想请她帮忙，但是不知道该怎么开口。他毫无来由地想起了他大哥的话：“亚历克斯不是厌恶交际，他只是不习惯。”

阿尔玛觉得，那个男孩等不到请她帮忙就会坐在那里窒息的。

“如果我像你的邻居一样把你扔在地上，也是你活该。”她想。

然而，她向他伸出了手。

“我们最好进屋。我给你看看头上和腿上的伤。有没有人能来接你？”

亚历克斯已经抓住了她的手，视线一直没有离开大门。

“这是你家吗？”

“天哪！”阿尔玛心想，“我总算唤起了他的好奇心。”

“差不多吧。”

女孩等着男孩问她那是什么意思，但是他并没有问，而是把胳膊搭在了她的肩膀上。他向她靠过去，碰到她的时候，他的脸红了。他摆了个姿势，向她表明他已经准备好一瘸一拐地往里面走了。

“你不是个话多的人……真遗憾！”

尽管亚历克斯听到了她的话，但是他没有做任何反驳。他的目光盯着房子半开的大门，仿佛那里面可能有天堂。

印上了个性的名字

我爱您，我的可怜的天使，您很清楚这一点。然而，您仍要我给您写下：我爱您。您是对的。爱必须是相互的，理应相互说出这种爱、写下这种爱。

维克多·雨果写给爱人的信[1]

“我的名字？”阿尔玛调皮地问道。

亚历克斯点了点头。

他已经在她的浴室里坐了十多分钟了，他没有穿衬衫，卷着裤脚。那里没有其他人。他觉得在这种情形下，这是最正常不过的一个问题。然而，那个蜜色眼睛的女孩觉得这么问很有趣。

“如果我告诉你我的名字，我就告诉了你我的秘密。”

他诧异地看着她。

阿尔玛往他太阳穴的伤口上倒了一些酒精。

[1] 这段引文采用张放的译文，见《雨果情书》，江苏人民出版社，1998 年。

“我不明白你的意思。”他说，露出疼痛的表情。

看到他的脸色，女孩轻轻地吹了吹。她用一条浸过温水的湿毛巾擦去了他脸上和颈上留下的血迹。擦到肩膀时，她犹豫了。她把毛巾递给亚历克斯，让他自己继续擦胸部。

“如果我告诉你我的名字，就等于告诉你我是谁。名字里有个性的印痕。你不知道吗？甚至在拥有一个孩子还仅仅是我父母新婚后的梦想时，他们就已经想好给我取什么名字了。”

不知为什么，亚历克斯想起了玛拉·波斯基的那封信。她在信中告诉了他有关她名字的故事：她的祖父母想要给她取个犹太名字，但是她的母亲因为害怕纳粹，选了一个更普通的名字。这让他想到了自己的名字。

“我的名字也是父母仔细考虑过的。我叫亚历克斯，取自亚历山大大帝。”

他的脸红了。幸好女孩没有看到：她正背对着他，将他的衬衫和毛衣搭在浴缸上晾干。

“我很谨慎，没有问你的名字。但是谢谢你告诉我。”

她离开了浴室，他坐在凳子上，目光追随着她。她的身影消失后，他听见了打开柜门的声音。于他而言十分漫长的几秒之后，她拿着一件绿毛衣回来了。

“这是我的毛衣，不过我觉得你也能穿。应应急吧。省得刚刚逃过了淋雨得肺炎，却又在家里感冒。”

男孩带着感激的微笑穿上了毛衣。毛衣的高领蹭着脸时，他闭上了眼睛。一缕淡淡的香草味沁入心脾。

“让我看看你那条腿。你的膝盖受伤了！不过好像只是皮外伤。”

“你是护士吗？”亚历克斯问道，这么多年他还是第一次需要不停地说话。

“你真是火眼金睛……才不是呢！我是拿着语言文学学位的前服装售货员。”

一阵沉默。亚历克斯已经习惯了从父亲脸上读出他无法用言语表达的含义。他猜想女孩的心里正在闪过很多想法。他耐心地等待从她的嘴里再说出些什么。

“说真的，我确实喜欢医治别人，不过是用文字医治他们的心。我想成为诗人。实际上，我父母给我选名字的时候，希望可以勾画出我的命运。但是命运之神弄错了方向，在我这里出了差错。”

亚历克斯入迷地看着她。他刚认识她不到半个小时，但他说的话比他最近几天说的话都多。

“我还是不明白……那么你叫什么名字？”

“我父母给我起了一位钢琴独奏家和作曲家的名字，但是我没有节奏感，动起来像笤帚一样滑稽。在学校的圣诞演出中，他们总是给我一个小铃鼓，但是明确嘱咐我不要击打。如果我击打的话，就连合唱团指挥都会乱了节奏。”她大笑起来，“但是我真的很喜欢文字。对艺术的兴趣确实伴随着这个名字来到了我身上。”

阿尔玛爽朗的笑声在瓷砖、地板、浴帘之间回荡。亚历克斯看着浴室镜子中的自己，发现那些笑声闯入了他的心里，让他感觉痒痒的。他也笑了起来，虽然说不清楚为什么。

“你有木柴吗？”亚历克斯问。

阿尔玛正在储藏室翻找什么，她高声回答：

“打开壁炉右边的小门，你会找到一个杂物工具室。在一块帆布下面你会找到一些木头，但是我不知道它们在那里放了多久了……”

她还没说完，就听见了开门的声音。

“天哪！”她心想，“亚历克斯是一个话不多但是很果断的男孩。他打算留下来陪我吗？看看他能不能唤醒一个沉睡了二十年的壁炉！”

他们进屋将近一个小时了，而且是直接先去了二楼的浴室。

“我这个主人真差劲！”她笑着想，“还没有带他参观客厅和房间。”

“你先把衣服脱了。”她对他说。

她以为这句话会让他吓倒在浴缸前的地垫上。她想象着母亲听到她说这话时在胸前划三遍十字的样子。“你一个女孩子，邀请一个根本就不认识的男孩到一个森林深处的房子里干什么？难道你知道他的父母是谁？”

一声闷响令她从内心对白中惊醒。

“你在拆我的房子吗？”

“有几段木头劈歪了。对不起。”

“没关系……最多就是吵醒了在砖缝里过冬的一窝老鼠。”

阿尔玛回到客厅时，炉火已经在噼啪作响了。亚历克斯正用风箱助燃，但是风箱放出的灰尘比空气多。

“看来不是吹牛……”

“你说什么？”

“点火的事情。”阿尔玛面对开始四溅的火星说，“刚刚你向我要木柴时，我以为你不会点着的，你那么说只是为了打动我。”

“我家的房子很旧，是石头建的，就像这栋房子一样。如果不会生炉火，谁会想到这种地方来住？”

亚历克斯看着她。

“你说我吗？”她俏皮地回答道。

“如果我说我会做什么，那是因为我确实会。”

男孩的纯朴自然让阿尔玛很惊讶。

两人坐在沙发上，出神地看着开始变旺的火苗。他俩中间隔着一个托盘，里面有茶壶、两个茶杯、几片巧克力饼干。

亚历克斯的衣服挂在壁炉附近烤着。阿尔玛打量着那件海蓝色毛衣和一件带有模糊的滚石乐队标志图案的T恤。

男孩往杯子里看了看。

“这是什么热饮？”

“红茶。”

“是茶？我喝过很多次了，但是没有……”

“香草红茶。”

亚历克斯的视线离开了壁炉，无意中落在阿尔玛的嘴唇上。

“是你的味道。喝起来像是你的味道。”

阿尔玛不希望男孩离开，但是她感到奇怪的是，他没有告知任何家人他出了事故。倾盆大雨仍然哗哗地落在房子周围的树上。

“你不想打电话让人来接你吗？”

“如果不打扰你的话，我想等雨小了自己走。”

“我没问题。我一个人在这里住了这么多天了，很高兴有人做伴。你也一个人住吗？”

亚历克斯摇了摇头。

“你是波韦尼尔人吗？和家人住在一起吗？”

他点了两次头，然后他像是条件反射般地反问道：

“你不是本地人。你为什么住进这栋房子？你不像是占屋客……”

“我，占屋客？”她诧异地问道。

“从我出生起这个地方就没有人住。一对夫妇每月过来一次，照料花园、打扫卫生，但是他们不是房主。首府一家律师事务所定期付钱给他们。

“毫无疑问，是我父亲的事务所。”阿尔玛吃惊地想。

“你是撬锁进来的吗？”亚历克斯问她，“一个大城市的女孩溜进森林里的一栋房子做波西米亚诗人，一定很有趣。”

“不知道的事情就不要说，乡巴佬。”

亚历克斯并没有气恼。他对这个陌生女孩出现在那栋旧房子里太好奇了，都顾不上生气了。

“那就是他们把房子卖了。你这么年轻不可能有那么多钱……”

“你为什么认为他们把房子卖了？”阿尔玛饶有兴致地问道。

“业主是两位老人，他们很多年前就从这里消失了，从此没了消息。我猜老人们一去世，继承者就把房产拿去卖了。”

阿尔玛缩在沙发里，眼睛盯着茶杯。

“你知道谁曾住在这里吗？”

亚历克斯想了一会儿才回答：

“我小的时候母亲告诉过我，这栋房子属于兄妹俩。妹妹因为失恋年纪轻轻就离开了这里。哥哥几年后移民阿根廷了，没再回来，似乎也没有孩子。”

“天哪，”阿尔玛心想，“除了我，所有的人都知道祖母的伤心事。”

他俩沉默下来，沉浸在各自的回忆里，雨点继续单调地敲打着屋顶。

“我一直认为这是一个遗憾……”亚历克斯突然说道。

“什么事情？”

“这么一栋房子被遗弃了，连同花园和菜园……”

“你怎么知道有一个菜园？”她惊讶地问。

“我有时过来给李树修修枝。这样能赚点外快过日子。”

“你做什么工作？”

“东干一点西干一点，有什么干什么。没有固定工作。”

亚历克斯埋头专心喝起茶来，阿尔玛觉得他都快把茶杯吞了。看着他，她察觉到他的眼底有一丝悲伤，她的心里一紧。

“李树还活着。”她说，一边站起身来向屋后的花园走去，“你想看看吗？”

他同意了，然后跟在了她的身后。雨已经停了，地面散发着潮湿的气息。菜园里静得出奇，女孩的心里亦然，她抚摸了一下李树被淋湿的树干，然后说：

“我们来玩个游戏吧。”

“好的。”亚历克斯大声说道。不用再继续讲自己的事情，让他如释重负。

一到外面，他的表现完全变了，像个大小伙子了。阿尔玛试图猜测他的年龄，但是猜不出来：他严肃的目光让她无从猜测。面对面时，她发现他俩一样高，一样瘦。男孩的金色头发和被晒黑的皮肤形成鲜明的对比。

“你还想知道我的名字吗？”

“当然！”

“我让你玩个线索游戏。”

亚历克斯的目光注视着她，那个女孩的自信令他感到惊讶。那双蜜色的眼睛闪烁着光芒，仿佛他们仍然面对着炉火似的。他已经很久没有跟同龄人打交道了，所以说不清他对她脸上始终挂着的微笑到底有怎样的感觉。

“与我同名的人骑着马生活在十九到二十世纪。”

“她很有名吗？”

“在她那个时代，据说她的美貌和智慧都很出众。”

“她靠这个生活吗？”他好奇地问道。

“哈哈哈……她是作曲家，但是也可以说实际上她是依靠她的美貌生活的。”

“她也是模特吗？”

“不是！但是她几次结婚都嫁得很好，所以这两个优点之间应该有点关系。她的名气更多的不是来自她的才华，而是因为她是某人的女儿或者某人的妻子。她的第一任丈夫是一位犹太音乐家，比她大二十岁。她的姓就是从他那里来的。她爱上了他，但是他在婚约里要求她放弃自己的专业和热情，这让她无法忍受。”

“那个时代的特色！”

“你错了，”阿尔玛非常认真地说，“现在仍然是这样。有一段时间，她觉得这样很好，但是最终她很失望。她又找了一个丈夫：一位有名的年轻建筑师。你听说过瓦尔特·格罗皮乌斯[1]吗？他是包豪斯学院的创始人。但他不是她最后一任丈夫。她后来又嫁给了一位小说家，弗朗茨·韦费尔[2]。”

“与你同名的那个人出生在哪里？”他很感兴趣地问。

“维也纳，但在纽约去世。”

亚历克斯笑了。每年的 1 月 1 日，他都在电视上看维也纳新年音乐会。华尔兹似乎能让他的父亲平心静气。他不止一次地梦想将

[1] 瓦尔特·格罗皮乌斯（Walter Gropius，1883—1969），德国建筑师。

[2] 弗朗茨·韦费尔（Franz Werfel，1890—1945），奥地利作家。

来某一天他和父亲能够坐在那个豪华的剧院里。“梦想永远只是梦想。”他叹道。

“你笑什么？”阿尔玛用胳膊肘推了他一下问道，“你已经知道是谁了？”

“我很想去维也纳。”

“不太远。你随时可以去。”

“你说得轻巧。”他心想，想到那样的话，父亲要和护士单独待上几天。

“我把它记在我的清单上。”

“什么清单？从巴塔哥尼亚开始的那个清单吗？”

她想起了那本把他俩联系在一起的书，冲他挤了挤眼睛。亚历克斯的脸红了。他借口察看一根低矮的树枝，绕到李树另一边去了。他摸了摸树枝，往下压了压，看看它的柔韧性。阿尔玛跟过去，模仿他的动作。

“对了，你看《给一个青年诗人的十封信》了吗？”

亚历克斯动情地看着她，点了点头。阿尔玛的头靠在树干上，她栗色的短发和树木似乎融为了一体。

“你喜欢吗？”她又问。

男孩回想起了他在老教堂地上发现那本书时的感受，以及自己是怎样充满好奇地开始看那本书的。他想起了被她夹在书中的小便条上那极其漂亮的字迹：“直到我们再次见面，难以捉摸的男孩。”

那是冬天的一个清晨，就是他收到玛拉·波斯基的信的那一天。

在诸多思绪中，一个想法不请自来：书信接龙还在继续吗？希帕蒂娅给其他人写信了吗？

“要是能知道，让我做什么都行。”他想。

“地球在召唤亚历克斯。”阿尔玛轻轻地拍着他的肩膀说。

“对不起。”他说，一边下意识地往后退了一步，“其实那本书不太符合我的风格。”

“啊！你是什么风格？”

“我不怎么喜欢诗歌。我更……”

“你先别告诉我。科幻？”

男孩的脸上露出笑意。

“怎么会呢。我对其他世界从来不感兴趣。这个世界已经够大够神秘了，你不觉得吗？我们无论活几辈子，也无法走遍全世界。我对火星人、未来科技还有恐怖小说，都不感兴趣。”

阿尔玛诧异地看着他。

“哇！如果你愿意，你可以连着说好几句话！那么，既然你不喜欢诗歌，也不喜欢科幻……你爱读言情小说？”她开玩笑道，目光一直没有离开他。

“我喜欢游记或者传记文学。”他一本正经地反驳道，“我的梦想不是写作。我只想旅行。”

“那你下午待在离机场那么远的罗梅罗教堂做什么？”

亚历克斯沉默了几秒钟。他沉思着，再次向厨房门走去。已经很晚了，护士的轮班时间马上要到了。

得不到回答，一向固执的阿尔玛不想放他走。

“说正经的，像你这样的男孩在这样的村子做什么？”

亚历克斯打开了白色的木门。木门发出刺耳的声音。他背对着她，一边走向屋内，一边回答道：

“等待时机。”

“那么，你认输了？”阿尔玛跟在他后面，“你不知道我的名字就要走吗？”

亚历克斯套上自己已经干了的毛衣。他从来都不擅长游戏，尽管他确实想知道她的名字，不然等他在村子里遇见她的时候，难道他要对她喊“喂，蜜色眼睛的女孩！”或者“你好，瘦女孩！”吗？

“最后一个线索：据说她的初吻给了画家古斯塔夫·克林姆特，她继父的一位朋友……”

回过头看她时，亚历克斯发现她正在抻外套的袖子，孩子气的动作与她先前的从容自信判若两人。看着她，他感觉自己身上累积了很多个冬天的寒冷正在慢慢散去。突然，他很气恼，因为自己必须离开了。就在那一刻，他知道自己很想回来看她。他需要知道她的名字，于是他一边向门口走去一边违心地大声说道：

“我认输！你赢了。”

她情不自禁地举起胳膊做出一个胜利的手势，然后才给他打开门。

“我叫阿尔玛，为了向阿尔玛·马勒[1]致敬。”

亚历克斯打了个激灵。像是一道闪电贯穿了他的身体，他感到脑子里的某种东西突然接通了。他脸上灵光一闪：阿尔玛，玛拉·波斯基在信中提到的那个梦想成为诗人的女孩。他又回到了游戏中。

就在他开口坦白的前一秒钟，他突然想起了那个约定：信中的内容是写信人和收信人之间的秘密。他不能向她透露在她告诉他之前他已经看过她的名字，也不能透露他俩在说第一句话之前就已经被一个书信接龙游戏联系在了一起。

“你为什么笑成这样？”阿尔玛问，“好像看见了天使似的！”

“以攻为守。”亚历克斯心想。不知从哪里找来勇气，他对她说：

“你愿意和我一起看月食吗？”

[1] 即阿尔玛·玛丽亚·辛德勒（Alma Margaretha Maria Schindler，1879—1964），奥地利作曲家、名媛。

萨拉伊 / 曼努埃拉

10 月 31 日

安定

一天一次，连续吃两周

梅希亚斯医生
波韦尼尔诊所

12 月 24 日

今晚是平安夜。现在快半夜十二点了。今天就连那些性变态者都不会寂寞。所有的人都在打电话，但是没有人打 902。我不是说那些经常给我打电话的人都是性变态。也许只有十分之一是吧。通常我通话的对象都是有社交困难的单身汉，厌烦家里小孩子的丈夫、抑郁的老人，都是些小人物。或许我在面包店遇到过他们，或者我们曾经一起等待交通信号灯变绿。他们不知道我是萨拉伊，我也不知道谁是“发情的小熊”、“x67”或者其他给他们安全感的化名。很让人好奇……假如他们得知帮他们打发空闲时间的玛塔·哈里有一副中年家庭主妇的外貌、身材臃肿、需要去理发店染发根，他们会露出什么表情呢？估计不止一个人会不再给我打电话。或者不，也许他们会觉得我更有魅力，谁知道呢。如果说我做这行学到了什么的话，那就是任何事情都表里不一，任何人都言行不一。

但是我写信不是为了装哲学家，我写信是因为无聊。在今天这样的日子，无聊是很危险的。我在这里，像每天晚上一样躺在沙发上。我已经穿好衣服准备工作。我穿上了黑色网状长筒丝袜，一条单肩带红缎衬裙，配一双高跟鞋。我一直认为红色是圣诞节的颜色。但是我在这里将近四个小时了，电话一直没有响。我已经吃完晚饭，看了一部电影，做了些填字游戏，补了一双长筒袜。没别的了。一个电话都没有，就连那种打过来就挂的电话都没有。一般每天晚上我都会接到一两个这种电话，有的伴有粗重的喘气声，有的没有。他们肯定是后悔了，所以没说话就挂了。今天晚上我连这种电话都没接到。于是我开始想事情，因为我没有其他事情可做。每次都一样，我只会想起不好的事情，特别是在今天这样的日子。圣诞夜谁不去想事情呢？特别是如果你是一个人，如果你远离家乡，如果你不在家。我的孩子们会想我吗？刚才我起身去拿一瓶白葡萄酒时，我曾问自己这样的问题。

开瓶器在厨房柜子的一个抽屉里，那里也放着账单、医疗单据、存折和停电时备用的蜡烛。没有逻辑，但是就是这样。我打开抽屉，首先映入眼帘的就是我几天前收到的那封该死的信。我曾经想扔掉它的，但是在最后一秒，我觉得太可惜了。其实刚开始看的时候我很生气，但是后来我竟然觉得挺有趣的。那个写信的太太和那个帮她写信的人让我好几次开怀大笑。那是孩子的笔迹，圆圆的，很漂亮，有拼写错误，应该是她的某个孙子写的。所以我就把信留下来了，因为我们永远不知道何时需要笑一笑。过了这些天，我都忘了那封信搁在那里了。

今天看到它时，我认为它传达了一个信息。毫无疑问，今天晚上我应该笑一笑，所以我拿起了它。我回到沙发上，打开酒，开始重读那封信。我觉得一点都不好笑。该死的女人，还有她的丈夫、她的孩子们：她的家庭主妇生活完美、幸福。不管怎么说，最重要的是那位太太看起来很幸福。我也曾幸福过，但是我却没有意识到。人只有在不幸的时候，或者像我这样什么都不是的时候，才会意识到曾经的幸福。所以我开始写信：因为很久以前我也很幸福，我想回忆一下我的幸福。我不打算大声说出，因为那离疯狂只有一步之遥。但是写出来就不同了。所以我现在在这里，用我在附近找到的一张用过的纸写信。

那些美好的时光似乎非常遥远，但是它们就发生在距离这里三百米的地方，就发生在我现在生活的这个村子。

曾经，我的幸福就在一条没有沥青的街道上，在一栋挂着印花窗帘的房子里，在一间总是开着收音机的客厅里，在一个满是洋娃娃和钩织靠垫的房间里。我曾经和母亲、父亲以及一只独眼猫一起幸福地生活。但是一个人在两岁、五岁或者九岁时，不懂得幸福就是花露水的味道、干净的熨好的衣服和晚安吻。我的父亲是建筑工人，为了找工作而来到这片山地。当时这里正在建居民小区。我的母亲是本地一户人家的独生女。他们常对我说他们是一见钟情，那是一个星期天，地点是公园。不久他们就结婚了。除了最重要的东西——他们的爱情，他们一无所有。很快我就出生了。母亲总跟我说，我是她最珍爱的宝贝。父亲总跟我说，他在不知情的情况下，一路寻找我而来到了山村。听到这些我就笑了。我渐渐长大了。要是我能用更长的篇幅来描绘那时的每一天、每一月、每一年，该有多好。但是我只记得零星的片段，就像是一块拼接的东西，单独的任何一片都没有意义。然而，如果我把它们缝起来，它们就会成为一个能够御寒的床罩。

我母亲总在听收音机或者电唱机。她酷爱博莱罗[1]歌曲。我家里有卢乔·加提卡[2]、安东尼奥·马钦[3]、本尼·莫雷[4]的唱片，有时甚至还有遗落的纳特·金·科尔的唱片。我就是听着那些爱恨交织的歌曲长大的，我常和母亲一起唱。至今我仍然记得她身穿玫红色的长衫拿着扫帚跳舞的样子。她对我说："曼努埃拉，好好学，将来某一天你会迎来你的第一场舞会……"把那些歌唱了那么多遍后，我就对它们的内容信以为真了。外婆在世的时候，她会给妈妈唱和声。外婆身上总带着牛奶米羹的味道，她说那是因为她从小吃了太多牛

[1] 一种起源于西班牙的舞曲，流行于西班牙、拉丁美洲。
[2] 卢乔·加提卡（Lucho Gatica，1928— ）智利博莱罗歌唱家、演员。
[3] 安东尼奥·马钦（Antonio Machín，1903—1977），古巴博莱罗歌唱家。
[4] 本尼·莫雷（Benny Moré，1919—1963），古巴歌唱家、作曲家。

奶米羹，她甚至还说她曾经掉进一个做那种甜点的锅里。一想到她当时的情形我就会发笑。每个星期天我都求她给我做牛奶米羹。她的配方很特别。外婆去世以后，起初，母亲为了安慰我，一次次试着按照外婆教她的方法给我做这种甜点，但是做出来的味道并不一样。渐渐地，对外婆的怀念也让她无法忍受，于是就不再做了。我再也没吃过那么美味的牛奶米羹——肉桂的味道在口中弥漫，米粒如丝般柔滑。

我的父亲送我上学，他是为数不多的送孩子上学的男人之一。我的女同学们都是由她们的母亲或者外婆去接。我觉得自己那么与众不同，简直都飘飘然了。我会紧紧抓住他粗糙的手。其中有一天我印象特别深刻，就是我们遇到我的独眼猫“海盗”的那一天。那天天气特别冷，从一辆汽车底下传来的喵喵声吸引了我的注意。我弯下腰，看见了那团毛茸茸的东西。它还没有我的手掌大。我不愿意离开，直到父亲捡起它，把它塞到外套口袋里，并且向我保证等我回家时会看到它。那天在学校里我觉得时间特别漫长，我只想见到那只小猫。父亲一如既往地履行了他的诺言，那只猫在一个纸箱里等着我。我觉得它正心满意足地微笑。我俩像是签订了契约：它从一开始便认识到是我救了它的命，所以它一直用自己的方式来感谢我。当我躺下睡觉时，它就来舔我，好像我是它的孩子似的。夏天它甚至帮我驱赶蚊子！我们从未分开过，直到它老死。

那是很久以后的事情了，那时我们已经离开了波韦尼尔，我的父亲也已经去世。那时一切都开始改变，悲痛侵蚀着母亲的心。一切的一切都会让她想起他。

我和外婆、母亲三个人去了首府，不再回首往事。我们装作不曾有过幸福，以便断绝对它的怀念。妈妈守了两年寡。她总说她无法一个人生活。我不明白她的意思。我在呢！但是仅有我是不够的，于是他来了，那个令人恶心的秃顶胖男人试图成为我的第二个父亲。起初，他竭力讨好我们，等到我们都成了他的囊中之物，他就封上了袋口。我和母亲成了他的笼中之鸟。我们做任何事情都要得到他的准许。他什么都必须知道，我们去哪儿他都跟着，事无巨细地管着我们。我看到母亲毫不反抗，日渐憔悴。她甚至连我都不关心。我认为我们快要消失了，变成了那个大男人的影子。

我在这种情况发生之前离开了。那时我十九岁。我还有别的选择吗？唯有和我遇到的第一个男人结婚。我遇到的第一个男人是个好男人，他是办公室同事，一个我毫不在意的男人。等我意识到这一点的时候，我已经有了两个孩子，我一边工作，一边照顾家庭。我差点就要重复我母亲的经历。那时她刚刚去世不到一个月。我觉得她是死于厌倦或者悲伤。她死的时候嘴里念着父亲的名字，那确实是爱情，而不是试图让自己凑合的替代品。我不想重复同样的经历，于是拿起了手提箱。但是我忘记了我的两个孩子。自由是有代价的。这就是我的代价：抛弃孩子。我现在努力去想象，无论如何，他们可能不曾爱过我，可能会伤害我。但是我不知道。我没给他们任何机会。

从这里到别处，再从别处到这里。周而复始。我又来到了这个村子。当我寻找那个曾经给予我温暖的家，我仿佛离那些残存的幸福越来越近了。但是在这里我还是没有找到它。

或许是因为我不敢回到那条没有沥青的街道，不敢去逗留几分钟。在那条街道上有一栋我觉得不可思议的房子。我外婆说它格格不入，母亲说它很奢华。它入口处是精美的铁栅门，有两根大柱子。整栋房屋都被围了起来，密实的围栏为住户遮挡了外人的视线。在围栏周围转了无数圈之后，我发现了几处空隙。透过空隙可以看到一个池塘，里面的喷泉无论冬夏都在不停地喷水。我父亲说里面的鱼像狗那么大。我从未看见过。但是我看到了一棵孤零零的棕榈树，树下放着几张躺椅。谁都不理解在这种寒冷的气候下、在这么高的纬度，这棵棕榈树是怎么活下来的。我认为是主人的梦想在支撑着它。仅仅是因为这个原因，因为他已经根深蒂固的、强烈的愿望。据说主人是一个在其他地方赚了很多钱的男人，年老之后带了一些家人回来了。人们只看见他们坐着大轿车在村子里穿行，但是从不下车。他们似乎都只是路过而已。除了棕榈树，那些大落地窗也令我心驰神往。它们漂亮极了，顶部镶嵌着五颜六色的几何图案。我的窗户跟它们相比就是侏儒。我总是想，住在那个豪宅里的人一定很幸福。一个执意过着如此格格不入的生活，在下雪的地方种棕榈树、放置躺椅的人，应该是一个幸福的人。

我无数次梦见，有一天铁栅门打开了，他们邀请我进去！我想象自己穿着漂亮的礼服，头发编成辫子。我的父母和外婆陪在我身边，他们也穿着圣诞礼服。母亲的胳膊下面夹着她最特别的几张唱片。我喜欢想象一个穿着燕尾服的管家接待我们，把我们领到藏书室，就像我在电影里多次看到的那样。我们在那里等待一对夫妇和他们的女儿进来，他们和我们一样，但是比我们尊贵，带着外国口音。两位男士在书架之间漫步，评论着书架上收藏的珍品。我们女人像老朋友一样，在一个大客厅里喝茶吃点心，听博莱罗歌曲，度过下午的时光。我想，这就是一个住在挂着印花窗帘的房子里的小女孩眼中的幸福和奢华。

铁栅门从未打开过。我从未走进那栋房子。但是现在，当我重温那幅画面，我突然想到了一个鬼主意。也许是我喝多了葡萄酒。

这段自言自语完全可以当作一封信，而这封信完全可以寄往那个地址。这样，从某种程度上来说，我就算是成功溜进了你家。我不知道你是谁，但是我的幸福遗失在了你们的街道或者你家花园的某个角落里。你最起码可以看看这几页纸。

顺便说一下，为什么不呢！你可以参加一个接龙活动，这也正是今晚我给你写信的原因。今天是圣诞节。你什么都有了，你完全可以把幸福分一点给我们这些一无所有或者仅有的一点东西也马上就要失去的人。

我说的不是我自己：除了像今天这样的日子，我过得还不错，我最不想要的就是你的同情，小富孩。几天前我收到了一封没写寄信人的信，信中提到了萨拉。也许你曾遇到过她：她是村里的邮差。我倒是遇到过她，我向你保证，尽管她很烦人、爱管闲事，但是人不坏。她的上司给她发了封电子邮件告诉她，要把她调到离家很远的地方。波韦尼尔的邮局存在了一百多年后，即将没有邮差了。如果不是因为你能帮助萨拉和我们村子，我是不会告诉你这些的。你怎么做呢？很简单，像我这样：写一封信。信的长短、写得好坏都不重要。然后你把信寄给村里另外一个人。即使你不认识他/她，也要和他/她分享一下你生活中的点滴。我们大家一起创建一个文字接龙，让它长达首府，坚固得让那里无人能够切断。

被猎中的猎人

幸福是一只难以捕捉的蝴蝶，但是如果你安静地坐在那里，也许它会落在你的手上。

纳撒尼尔·霍桑

萨拉：CASTAWAY……你在吗？

她盯着屏幕等待答复。

一秒钟变得像一分钟那么漫长。她看了看厨房的钟表：15:27。孩子们正在放假。午饭后，他们征求了她的允许去骑自行车。阳光灿烂，天气温暖，波韦尼尔已经几十年没出现过这样的天气了。

这是一个好主意：她得准备年夜饭，不希望做饭时旁人在烤箱附近跑来跑去。厨房很小，不过利用得很充分。她觉得很自豪：不久前她刚刚做了装修，现在它既现代又实用。不锈钢洗碗池光可鉴人。

萨拉：你好好好好……

15:33了，聊天室依然没有动静。挪威那边连一个字母都没有传来。

“偏偏今天我有这么重要的事情要告诉你。”她嘀咕道。

她决定宽限几分钟时间再断开连接。她开始紧张起来，最好开始准备“大餐”了。新年伊始，几个和她最亲的人胃里是否会出现灼烧感，与她要做的食物大有关系。那天晚上来吃晚饭的，除了她自己的孩子，还有她的邻居罗莎、教父毛里西奥及其儿子亚历克斯。

自从父母去世后，萨拉就把他们最好的朋友视作家庭成员。她尽可能地照顾他们。一想到可怜的亚历克斯，她就感到难过。萨拉记得他曾是个爱开玩笑的小男孩，身边朋友不断。在毛里西奥开始患上阿尔茨海默病后，这个男孩便垮了。他变得孤僻、忧郁，只有在地图和书籍中才感到快活自在。他几乎没有离开过波韦尼尔，女邮差每次遇到他，他都是一个人在若有所思地走着。

“不过我得承认，”她好奇地想，“最近几天他似乎开心点了。”

她打开烤箱，烤箱里的托盘上已经放好了一条用柠檬和调料调过味、配着各种蔬菜的大鱼。这个方子是母亲教给她的，罗莎非常喜欢。这道菜已经成了年夜饭的固定菜肴。

她在煮配鱼吃的野生稻米时，又想起了亚历克斯。那次他发生事故又和希帕蒂娅的丈夫争吵之后，她就一直忧心忡忡。当时，因为不想错过与挪威那边每天一次的聊天，她就把那个男孩扔在那里淋雨了。

那天晚上她觉得很内疚，于是给他打电话请求原谅，并且邀请他和他的父亲12月31号去她家吃晚饭。她以为他有可能因为先前发生的事情而生气，或者至少会像平常那样无精打采，但是，他的话却出奇地多。他说了好几遍让她不要担心，并且感谢她今年又记着请他和他父亲一起庆祝这么重要的日子。

在挂电话之前，他貌似漫不经心地问她，知不知道住在那所关门闭户的大房子里的女孩是谁。看来那天是她帮他处理伤口的。萨拉呆住了：那栋房子已经二十年没有人住了。就在此时，说不清为什么，她把亚历克斯的这位神秘朋友同自己几周前投递的第一封信联系在了一起。那封信的收信人是那栋房子的主人路易莎·梅亚斯。那封信同这位新房客有什么关系吗？

她心想，这天晚上她要问问亚历克斯那位外地来的姑娘长什么样。

突然，传来一声提示聊天开始的“滴”声。

“你怎么偏偏在这个时候回复。”萨拉微笑着想。

她的手上沾满了面粉。她用围裙把手擦干净，跑过去坐在孩子们吃早饭的桌子前。

CASTAWAY 65：你好！！！！！！！！！！！！！！！！！

CASTAWAY 65：你不吱声是对我今天回复迟了的某种报复吗？

萨拉看了看表：17:12。

萨拉：我来了，着急先生。

CASTAWAY 65：你别当真。我17点值完班，然后我做的第一件事就是跑来给你发信息。

萨拉笑了。是真的吗？不过他有什么理由对她撒谎呢，她想。

萨拉：原谅我给你发信息。

CASTAWAY 65：原谅？我不明白……

萨拉：我知道今天早上我们已经像以前每天那样聊过天了，但是……

CASTAWAY 65：天哪！谁说我们一天只能聊一次了？我有这么讨厌，让你只想和我聊几分钟？

萨拉的脸红了。

CASTAWAY 65：你就这么对待一个连圣诞假期都没有的可怜的落难者？跟你比起来，斯克鲁奇先生[1]就是圣人！

萨拉：我不是那个意思……你怎么这样啊！

[1] 查尔斯·狄更斯小说《圣诞颂歌》中的人物，以吝啬著称，后引申为吝啬鬼的意思。

CASTAWAY 65：帅气、亲切、优雅……而且浪漫！

萨拉：？？？？

CASTAWAY 65：你不是问我是怎样的人吗？

萨拉：☺好好听我说，我时间不多，有很重要的事情要告诉你。

CASTAWAY 65：我洗耳恭听。我是说，洗眼恭看。

“这个人总能逗笑我。”她咕哝道。她耸了耸肩：他总是能让自己忘掉一切，甚至是她正要用手指敲出来的那种爆炸性新闻。

CASTAWAY 65：让我猜一猜……应该和那些神秘的信有关。

萨拉：正是！你怎么知道？

CASTAWAY 65：你真是迷糊，今天早上我们说再见时，你告诉我你要去送信了。所以我猜，在月底的那些圣诞信件中，又有没署寄信人名字的宝贝信件了。

她深吸了口气。她等了几秒钟，仿佛要赋予那个时刻一种庄严感。从那天早上，她停在美洲土豪家那栋老房子的宫廷式铁栅门前开始，她就一直在想象那个“秘密”会给费尔南多带来多大的震动。

萨拉：有人给我写信了。

CASTAWAY 65：你收到了一封没署寄信人的信？不要再说了。一位爱慕者！你刚刚让我的挪威冰心碎成了千块。有人抢在了我的前面。

萨拉：费尔南迪多[1]……

CASTAWAY 65：好吧，这事很严肃。我母亲在开始训我前一分钟就是这么叫我的……

萨拉：你还让不让我讲了？真是的！

已经17:35了。那三个闹腾的孩子很快就要回家了。七点之前，罗莎将带着甜点过来。八点钟，另外两位客人会出现在门口。“老人和孩子的作息时间！”她心想。

CASTAWAY 65：对不起，因为你能听懂我讲话！不像北海的鲷鱼，它们根本都不理我。☺你讲吧！

萨拉：确实，我又有一封没署寄信人的信要投递。和以前一样，有点奇怪。我投递的第一封信是给一个半个多世纪前就离开这个村子的人，地址是一栋无人居住的房子。第二封信是给一个几乎不识字的老婆婆，第三封信是给一个拒绝收信的古怪的外国女人，而且……

CASTAWAY 65：我给忘了！我真蠢！

萨拉：忘了什么？你在北海钻井平台上也收到了一封没署寄信人名字的信吗？那可不是我送的。

---

[1] 费尔南多的指小词，表示亲昵。

CASTAWAY 65：我去跳海。

萨拉：真夸张！你就这么不喜欢看信？

CASTAWAY 65：如果我知道你来过这里而我没有见到你，我就去跳海……

屏幕一片空白。不过，萨拉觉得虽然他没有说出口，但是在钻井平台和一个乡村厨房之间数千公里的路程中却有千言万语封缄其中：我想你……什么时候我能再见到你……你今天很漂亮……

萨拉：你刚才是要告诉我关于那个外国女人的事情？那个女诗人、女巫、酒鬼……

CASTAWAY 65：如果你知道她是谁的话，就不会这么说她了。

萨拉：你说什么？

CASTAWAY 65：在我们钻井平台上有一个芝加哥人。我们一起吃晚饭的时候，出于好奇，我问他知不知道玛拉·波斯基是谁。他用难以置信的眼光看着我，然后站起身来就走了，剩下我一个人在那里举着勺子哑口无言……我以为我冒犯了他或者鬼知道……

萨拉：然后呢？

CASTAWAY 65：他拿着她的一本书《黎明》回来了。你知道这在石油钻井平台意味着什么吗？

萨拉：不知道……

她闭上眼睛，试着想象挪威和位于北海之中的钻井平台是什么样子。但是她想象不出来。那么她又怎么会明白一本诗集在那里意味着什么？

CASTAWAY 65：你知道那个如果发生海难你会救出哪三样东西的经典问题吗？我们在上船之前会被问到这个问题。约翰带着那本书说那是他的宝贝，如果平台坍塌，他打算带着它进入救生艇……我并不感到奇怪。

萨拉：你看过那本书了？

CASTAWAY 65：很精美。精彩。感情饱满。每一行诗都散发着希望。

这番话让萨拉很惊讶。那个一身黑衣、隐居在一栋空房子里与世隔绝、令人讨厌的女人能写出这样的东西？

萨拉：我永远不应该那么说……

CASTAWAY 65：嗯，我们都有情绪低落的时候，不是吗？那本书是三十年前写的……谁知道这个女人这么多年发生了什么事！她应该是兜兜转转去了很多地方，才从曼哈顿搬到了波韦尼尔。

萨拉感到很内疚。她第一次见面就对玛拉·波斯基做出了负面判断。更糟糕的是，尽管她看到那个外国女人需要陪伴，但是她把她忘得一干二净。她仍然在那个无人居住的小区，把自己关在那栋别墅里，连百叶窗都不拉开吗？这么多个星期过去了，孤零零的她和那只小麻雀都还活着吗？

CASTAWAY 65：你和我都是专家，是吧？

萨拉：什么专家？

CASTAWAY 65：舍本逐浪[1]。

萨拉：什么？

CASTAWAY 65：因为这里没有树，所以我把谚语改了一下。所以在我犯糊涂的时候，不是重枝节轻主干……

萨拉：我知道我无法投递这封刚收到的信。地址是一栋漂亮的房子……

CASTAWAY 65：无人居住？

萨拉：更糟。是完全被遗弃了。

CASTAWAY 65：天哪！

萨拉：门窗都被砌墙堵上了，正面墙上全是各种涂鸦，屋顶坍塌成了好几段。

虽然萨拉知道这些，但是她还是带着信去了那里。

[1] 这个谚语原意是“重枝节轻本质（舍本逐末）”，费尔南多在大海上工作，所以幽默地把“枝节”改成了“海浪”。

透过铁栅大门的缝隙往里看，她感到很扫兴：虽然她早已料到会这样，但是破败的程度还是让她大吃一惊。空空的池塘已经出现了裂缝，里面长满了杂草，像是在大声求助。她扶了一下生锈的大门，大门竟然开了。她很惊讶，但是一分钟都没有犹豫就走了进去。

“我的公务员制服应该能帮上点忙！”她心想，一边沿着一条曾经漂亮的小径向房子的正门走去。路两旁有历经时间的浩劫而残存下来的、令人惊诧的东西：空啤酒瓶、一个没有头的布娃娃和一只鞋跟断了的凉鞋。但是最令她惊诧的是各种纸：糖纸、报纸、锡纸、礼物包装纸、牛皮纸、村里药店用的纸……真是一片纸的墓地！

她坐在房子入口的台阶上，目光掠过整片花园，停留在那棵仍然活着的棕榈树上，它挺立在那里，像是那一整片与周围的景致格格不入的废弃之地的女王。一种难以名状的思念之情涌上她的心头。她从未在那里居住过，也不曾认识住在那栋豪宅里的人，而且在她的职业生涯中她也从未往那里送过信。那么眼前的一切为什么让她如此难过呢？

驱使她走进花园的那股冲动又驱使她打开了自己的挎包。她拿出那封信，端详了几分钟。这封信和她送的其他信不同：可以看出寄信人没有花时间和心思挑选信封。那是一个普通的半透明米色信封，唯一的亮点就是上面有两处显眼的油渍。笔迹很漂亮，但是有点冷淡，写着“玫瑰街，2 号”。既没写寄信人也没写收信人。奇怪的是，那封信也流露出在她心里涌动的那种悲伤。

无论信是谁寄的，它都在大声乞求一位读者！命运指定她来充当能够找到读者的中间人：她将打开信，发现一个名字或者一条线索，找到真正的收信人。

她开始读那封信，像一个不带任何感情地寻找感染症状以便知道在哪儿动手术的外科医生。但是她马上意识到她将无法保持职业操守了。信中的故事开始缠绕着她，吸引着她，拖曳着她前往信的结尾。她抬起头来：她送过信的所有人都有这种感觉吗？玛拉·波斯基、亚历克斯、希帕蒂娅、租信箱的女人……都有过这种感觉吗？

萨拉：但是令人惊讶的事情在最后两段等着我。

CASTAWAY 65：你指的是什么？那里有名字或者真实地址？

萨拉：才不是呢！让我抄给你看，你就知道了。

CASTAWAY 65：OK. 我现在充满了好奇！

萨拉从裤兜里掏出了那封信。那封折叠的信已经被她带在身上一整天了，等待着她的判决，而她不知如何是好：是扔进垃圾堆，还是寄给总局等待焚毁？

萨拉："顺便说一下，为什么不呢！你可以参加一个接龙活动，这也正是今晚我给你写信的原因。今天是圣诞节。你什么都有了，你完全可以把幸福分一点给我们这些一无所有或者仅有的一点东西也马上就要失去的人。……"

CASTAWAY 65：天哪！书信接龙……太妙了！

“不仅仅是妙……”萨拉小声说道，尽管她知道没人听得见。她的眼里再次盈满了泪水，就像那天早晨她手里拿着信坐在门廊上的时候一样。

萨拉：“我说的不是我自己：除了像今天这样的日子，我过得还不错，我最不想要的就是你的同情，小富孩。几天前我收到了一封没写寄信人的信，信中提到了萨拉。也许你曾遇到过她：她是村里的邮差。我倒是遇到过她，我向你保证，尽管她很烦人、爱管闲事，但是人不坏。她的上司给她发了封电子邮件告诉她，要把她调到离家很远的地方。波韦尼尔的邮局存在了一百多年后，即将没有邮差了。如果不是因为你能帮助萨拉和我们村子，我是不会告诉你这些的。你怎么做呢？很简单，像我这样：写一封信。信的长短、写得好坏都不重要。然后你把信寄给村里另外一个人。即使你不认识他/她，也要和他/她分享一下你生活中的点滴。我们大家一起创建一个文字接龙，让它长达首府，坚固得让那里无人能够切断。”

坐在桌子一头的萨拉笑了。她的大儿子和亚历克斯正在讨论哪位球员应该获得那个赛季的金球奖。

罗莎正极其耐心地帮萨拉的两个小儿子给十二颗葡萄剥皮。萨拉小的时候，罗莎也总是这么耐心地帮她剥皮。

亚历克斯的父亲毛里西奥正专心致志地把一颗葡萄在他的盘子

里滚来滚去。

萨拉想，还有不到两分钟就到新年了，除了她，似乎没有谁注意到这一点。打开餐厅窗户的时候，她感到了满满的幸福，即使只有在那天晚上，她的亲人们才似乎暂时忘却了他们的问题：一位父亲的阿尔茨海默病，没有家人的孤独感，被迫调到大城市……但是，她心想："在这一年结束的时候，我知道无论在这里还是在挪威，都有很多人爱我。"

萨拉的微笑没有逃过罗莎的眼睛。她拿起刀子，像是客厅的常客似的，轻轻地敲了一下她的卡瓦[1]酒杯。

"女士和先生们……请站起来。拿起第一颗葡萄，抬起右脚，准备依照上帝的旨意踏入新的一年。准备，开始……"

村里的教堂传来了第一下钟声。

钟声又响了十一次后，萨拉正在拥抱罗莎，这时电话响了。她下意识地看了看手表：12 点 5 分。谁会给他们打电话呢?

她的大儿子喊道：

"妈妈，找你的！"

她拿起电话，听到另一边传来低低的声音。

"Godt nytt år!"[2]

她觉得那声音透着久远的熟悉。

[1] 西班牙出产的一种起泡葡萄酒。

[2] 挪威语，意思是"新年快乐"。

“您说什么？我听不懂。您是哪位？”

“萨拉，来自北海的新年快乐……”

“费尔南多！”她激动地喊道。

“这里所有的人都睡了。我不能大声说话，也不能说太久，会吵醒别人。”

“费尔南多……”她笑着重复了一遍。

“我和同事们十点就躺下了。但是我睡不着，总惦记着跟你说话……”

萨拉感觉自己像个小女孩。她的额头抵在墙上，眼睛盯着脚上家居鞋的鞋尖，右手无意识地缠绞着电话线。

“我想在新年伊始……”费尔南多打断了她。

“嗯？”

“……听到你的声音。”他低缓地说道，似乎每一个字母都说得很费力。

萨拉感到双腿在发颤。她的呼吸乱了。她闭上了眼睛。

“我很高兴你睡不着觉……”

“在挂电话之前，我还想告诉你一件事：我一下午都在琢磨它。”

萨拉激动不已：他要提议两人见面吗？她开始幻想起来，或者他会问她是否想成为他的女朋友，就是以前那种通信女友吗？她笑了。

“你应该写信。”

这句话像一罐冷水浇在了她头上，但是她不想让费尔南多知道她的失望。

“你指的是什么？”

“你应该写一封不署寄信人的信。不要让接龙断了。”

“你让我写一封信好保住我的工作？”

“不，我是让你为那个为你着想、发起接龙的人写一封信，无论她是谁。你要为所有那些为了你而寄信的女人写信，好让她们的努力不会因为几扇被堵死的窗户而中断。”

原则

那些我们保留的、没有给出的吻将去向何方？那个你从未给出的拥抱去了哪里？

维克多·曼努埃尔[1]

“你自便。”亚历克斯说。

阿尔玛看了看四周。如果不是因为对那个金发男孩有所了解，她会以为他在戏弄她。他俩在深夜待在一个被废弃的教堂里，她都不知道脚下踩的是什么！透过没有玻璃的大窗户，他们看到了一轮圆月，周围有几朵无礼的云彩决定跟月亮争夺王位。

有那么一瞬间，她后悔自己接受了这么古怪的第一次约会：隆冬的夜晚在一个老教堂看月食。

那天，在她把亚历克斯从雨中救出并为他处理伤口后，他向她提出了这个计划，当时她觉得好极了。但是半个多月过去了，现在她觉得一切都不一样了。

[1] 维克多·曼努埃尔（Víctor Manuel，1947—　），西班牙歌手。

她和家人一起过了圣诞节，他们再次想要终结她的梦想。她的母亲责备她说，那样做让他们很难过。她不理解自己的女儿为什么宁愿住在一个小山村的一栋孤零零的大房子里，而不愿跟他们一起住在豪华的阁楼里。她的父亲在整个年夜饭期间都没有跟她讲话，但是他的沉默意味深长：女儿的态度让他觉得她是个娇生惯养、被宠坏了的小女孩。

阿尔玛太了解梅亚斯家族的骄傲性格了。只有等她明白了他们的道理、永远放弃自己的诗人梦、开始准备职位资格考试，父亲才会原谅她。

1 月 1 日那天，她踏上了返回村子的列车。

在被沥青包围的那一个星期里，阿尔玛非常想念菜园和大房子，甚至还想念现在在她身边的这个男孩。他好像正忙着从背包里往外掏东西。

听到地面上一声可疑的声响后，她举起手机照亮四周。

“老鼠！！！”她尖叫道。

惊恐之下，她的手机掉到了地上，周围顿时一片漆黑。她正要跑开，突然感到亚历克斯的一只手搭在了她的肩上。他轻轻搂了下她的肩膀。

“放心，比起你怕它们，老鼠们更怕你。”他说道，丝毫没有嘲讽她，“不过你不用担心，我已经习惯了跟这些带爪动物打交道了。我们彼此很熟悉。”

这些话安慰了她。阿尔玛从背包里拿出一块小毯子，把它铺在地上，然后毫不迟疑地坐下。一束摇曳的微光在石壁上流动。亚历克斯已经点了一根蜡烛。

“等月亮重新出来吧。”他说。

阿尔玛冲他一笑。她相信他是为她而点的蜡烛。男孩在黑暗和寂静中似乎更自在了。

“很遗憾你家里的事情没有如你所愿。”亚历克斯说。

“圣诞节皆大欢喜只在美国电影里才有，不是吗？”

男孩耸了耸肩膀。女孩受到鼓励，继续往下说。

“其实圣诞节被过誉了。所有人都很幸福，都吃了山鹑吗？这些只在迪斯尼童话和一些老故事里才会发生。”她顿了顿，“我不知道为什么我会以为在外面待了一个月回到家里后，我和父母的关系会改善。但是我的父母还是一如既往，他们不会改变的。”

亚历克斯陷入了沉思，而阿尔玛的思绪则飘到了过度保护子女、在意别人眼光的母亲和带有物质主义思想、专横的父亲身上。

“要是我的家人也这样该有多好啊！”男孩想。自从生病后，他的父亲倒是变了，变了很多。至于他的母亲，他对她的回忆越来越透明。他已经不记得她的声音和气味了。有的日子，他甚至觉得自己从未有过母亲。

“一欧元买你的心思。”

“什么？”

“你在想什么呢？”阿尔玛穷追不舍。

“想我的父母。”他毫不犹豫地说。

“你和他们一起住吗？”

“母亲在我很小的时候就去世了。”亚历克斯注意到女孩有些不好意思，于是冲她微笑了一下好让她安心，“刚刚我在想，我几乎不记得她的模样了。你从来没有竭尽全力地渴望一些小事吗？我有：我想再次听到我的母亲叫我。”他结束了这段话，依然盯着地面。

接下来是有些尴尬的沉默。两个年轻人能听到他们的呼吸。

“你和父亲一起生活吗？”阿尔玛没话找话地问道。

“更确切地说是他和我一起生活。”

“你的意思是？”

“我父亲得了阿尔茨海默病。”

阿尔玛看着男孩，这一句话就足以让她明白他似乎想要隐藏的半数秘密了。“这么说，你就是因为这个而留在这里，等待时机。”她想。她觉得从某种奇怪的意义上来讲，他俩很亲近。他们肩并肩坐在那里，等待月食，但是也在等待生活发生转变的信号。她在寻找成为诗人的完美借口，而他则在等待离开那里。

“如果有人告诉你，明天早上你可以乘飞机离开……”阿尔玛开口道，“你会选择哪个目的地？”

他沉默了几秒钟，但这段时间于她而言却是十分漫长。他凝视着教堂的外墙。阿尔玛觉得他似乎在看一幅无形的地图。

趁他正出神，她凝视着他精致而又刚毅的面容。在柔和的烛光下，他的半张脸属于那个梦想家、旅行家和好儿子亚历克斯，而另外半张脸处在阴影里，硬化了他的轮廓，让他变得神秘起来。是什么样的痛苦和恐惧在他眼睛下面雕刻了那些皱纹？

“我会去智利的威廉姆斯港。那里的居民不足两千人。”

“为什么？”

“那是距离南极最近的村子，紧挨比格尔海峡。我愿意付出任何代价去看看它周围的高山。”

“为什么？”

亚历克斯笑了。

“我像个小女孩似的只会问‘为什么’。”阿尔玛抱怨道，“真气人！”

“要是一个女诗人不说话我才觉得可笑呢……”

阿尔玛正要抗议，他冲她挤了挤眼睛。女孩顿时消了气，只能继续问：

“为什么是威廉姆斯港的高山？”

“因为那里没人居住。我的眼睛所看到的，没有其他人在看。还有静寂……你能想象那种静寂吗？”

“你不太喜欢人，对吗？”

“不是……”亚历克斯说，他的脸红了，“但是我希望我能主动离开一次，而不是别人离我而去。”

阿尔玛体会到了这几句话中包含的痛苦。她试着想象那种苦楚：幼年丧母，父亲开始了像毛里西奥那样的人生旅程，朋友们一个一个地离开，去寻找那种不属于你的未来。

没有多加思索，阿尔玛伸出手来寻找亚历克斯的手。碰到他的皮肤时，她对自己的动作犹豫了。但是她的手不愿离开男孩的手：她轻轻将手放在毯子上，让自己的小指可以碰到他的小指。她从眼梢看到，他的后背因为某种内心触电的感觉而绷得紧紧的。

“你有多久没有被人抚摸了？”阿尔玛想，没有让这些话说出口。

“对了，说到威廉姆斯港，”亚历克斯说，“你该把查特文的那本书还给我了。”

“喂，礼物就是礼物……”她调皮地反驳道，“那本书是你在我们认识的那天给我的，如果我们的友谊像我希望的那样长久，你觉得把你送给我的第一份礼物拿走好吗？”

他惊慌地看着她。

“那本书不是我的。是图书馆的。”

“休斯敦，我们有麻烦了[1]。那天柴火用光了，天气很冷，我想点着壁炉，而我手头只有……”

“什么？”他惊恐地说，“你把书烧了？”

“你中计了！幼稚，幼稚……”

亚历克斯长舒了口气。那个女孩总是让她提心吊胆，不过即便如此，在她身边他感到很开心。

“波韦尼尔的图书馆什么样子？”

[1] 在阿波罗13号前往月球的途中，服务舱发生爆炸，宇航员杰克·斯威格特（Jack Swigert）向控制中心（位于休斯敦）报告这一情况时说：“休斯敦，我们有麻烦了。”这句话后来在电影《阿波罗13号》中成为一句著名的台词。

“我很喜欢。在一栋石头平房里，紧挨着教堂。”他微笑道。

“有什么好笑的？”

“阅览室里有一张巨大的告示，上面写着‘请保持安静’，但是我向你保证，每隔一小时甚至一刻钟，就有不知谨慎的铃声响起。除了大厅，地下室还有一个开会用的大厅，不过……”

“不过什么？”

“自从我懂事起，从未见过有人在那里开会，或者展示过什么。真是可惜！那个地方很漂亮。墙上刻着从《堂吉诃德》《罪与罚》《红与黑》甚至《圣经》里摘录的文字。”

“我们应该加以改变。”

“你不认为《圣经》也是文学作品吗？”

“笨死了！”她亲切地说，“我指的是那个大厅还没有被用过。我也喜欢图书馆。我每星期至少去一次我们街区的图书馆。”

“去借书吗？”

男孩开心地看着她，意识到他们又发现了一个共同点。

“不只是借书。你还有面见‘魔山’读书俱乐部创建人的特权。要知道，为了给它起一个非小说的名字，我一直斗争到最后一刻，但是……诗歌是这么小众的艺术！”

“要是波韦尼尔有个读书俱乐部就好了……”亚历克斯叹道。

“甘地说，*你要成为你所期望的变化的一部分*。你希望波韦尼尔有一个读书俱乐部吗？那你就办一个呗！”

看到亚历克斯被吓着的眼神，她没有时间再开玩笑，于是说：

“我会帮你的。”

阿尔玛意识到，这个牛皮吹得很鲁莽。她只是暂时住在村里。她甚至不知道是否要保留祖母的房子，就摸黑坐在一个小教堂里，对一个男孩许诺一起创办一个读书俱乐部。她的心每跳动一下，她对那个男孩的感情就多一分。

“行了！”她心想，“明天会有时间抱怨的。”

“我们在这里待了一个小时了，可是什么都没有发生。”阿尔玛长叹了口气，“我们还要再等很久吗？”

刚说到这里，她便后悔了。她不想让亚历克斯以为自己觉得他是一个无聊的男孩。坐在阴影里，在教堂墙壁的保护下，他似乎心满意足、满怀希望。他不停地说着旅行、波韦尼尔的生活或者童年的记忆。他告诉她，他是在萨拉家开始了新的一年的。

一听到女邮差的名字，阿尔玛轻轻颤抖了一下，被亚历克斯察觉到了。有那么一会儿，两个人在尴尬的沉默中对视着：他俩都有不能分享的秘密。

“年月都无效，就是十年有时也等于虚无。”亚历克斯神秘地说，像是对她之前那个问题的回答。

惊讶之余，阿尔玛被他的嘴唇迷住了，似乎为了确认那些话是从他嘴里说出来的，她补充道：

“艺术家是：不算，不数；像树木似的成熟，不勉强挤它的汁液，满怀信心地立在春日的暴风雨中，也不担心后边没有夏天来到。

夏天终归是会来的。”

“但是它只向着忍耐的人们走来；他们在这里，好像永恒总在他们面前，无忧无虑地寂静而广大。”他叹道。

“你居然背出了里尔克《给一个青年诗人的十封信》中的一段话！”她激动地说，“你说你是不喜欢它的……你费了很多心思！”

“我告诉过你，我不是特别喜欢诗歌……但是我喜欢这个观点：应该像我们前面就是永恒那样生活，而不应该在意时间的流逝。看到这句话时，我感觉它是里尔克为我写的。”

“这就是诗歌：永恒且带有普遍性。”

不知不觉间，她抓起他的手，接着说：

“就像是爱情。”

就在这时，月光倾泻进来。

两个人的视线追随着一束月光，那束月光照亮了两只握在一起的手。

阿尔玛害羞地想要抽回自己的手，但是被他抓住了。他没有看她的脸。她舒了口气：这样就好。她把头靠在男孩的肩膀上，男孩丝毫未动。一种安宁的感觉填满了他们的内心和脑海。

亚历克斯吹灭了蜡烛。现在他们已经不需要它了。顷刻之后，月光铺洒开来，浓浓的静谧笼罩了一切。

“好了，地球开始处于太阳和月亮之间了……”阿尔玛说，似乎忘记了她的朋友才是月食方面的专家。

“你不喜欢安静，对吗？”

她笑了。那个腼腆的男孩已经太了解她了。

“想到在世界上此刻是黑夜的任何地方，都会有各种各样的人在和我们一起看月食，你不觉得感动吗？”

阿尔玛闭上了眼睛。

“我确实觉得感动，诗人。”

趁着离他很近，阿尔玛用胳膊肘顶了一下他的肋部。和所有人的反应一样，他缩回了握了很久的手。他用胳膊搂住她的肩膀，把她拉向自己怀里。

“在挑衅我之前先好好掂量一下你的力气，不然……”

“不然？你在威胁我吗？”她开玩笑道。

“给你好好挠一通痒痒。”他回答道，一边吹乱了她桀骜不驯的短发。

一小时后，阿尔玛惊诧地问道：

“一次月食持续多长时间？”

“有时能持续一整夜……”他轻柔地托起她的下巴，“你有更好的地方去吗？阿尔玛·马勒，家里有人在等你吗？”

听到这两个问题，她的心跳都停止了，但是她什么都没有说。

亚历克斯站起身来，跟她说：

“我有一壶热咖啡，还带来了两个睡袋。”

“你早就知道了！”她跳了起来，装作生气的样子。

“知道什么？”

“知道我们要在这里过夜。”

“只是有这种可能。”他说，递给她一个睡袋。

阿尔玛张嘴想回答，但是没找到合适的词语。

“你还冷吗？”两人都钻进睡袋之后，他问她。

“有点……”

“靠过来。”他对她说。

亚历克斯用胳膊环抱着她，她将头靠在他的胸前。听到他的心跳在加速，她战栗了一下。

阿尔玛一动也不动。他渐渐平静下来。几分钟后，两个人都觉得他们似乎拥抱了半生那么久。他们的心跳很合拍，那天晚上，静谧再次不约而至。

“他会吻我还是不会吻我？”这些想法像是雏菊的花瓣，在阿尔玛的脑海里一瓣一瓣地落下。

阳光开始爬进窗户，机会伴随着最后几抹黑暗溜走了。亚历克斯闭着眼睛。

“要是能知道他现在在地图的什么地方，让我做什么都行！”她想。一个问题萦绕在她的脑海里：“那段旅程中会有我的位置吗？”

晨曦没有带来她所期待的答案。

一小时后，他们一起下山时，阿尔玛认出了远处她的新家的轮廓。她停下来静静地看着：她的房子矗立在道路的一侧，颇为壮观，屋顶刺破了黎明的浓雾，半开的落地窗昭示着那里有人居住。“我”，她幸福地想，“我住在那里。”她试着想象她的祖母、曾祖父母、高祖父母有多少次欣赏过这幅画面，有多少次产生过这样的想法。

“你一切都好吧？”他问道。

“是更好了。”

大洋彼岸

巴勃罗，亲爱的，希望这封信能在你的生日 7 月 12 日那天寄到。巴勃罗，亲爱的，你要幸福。每天每夜的每个小时，无论你在哪里，和谁在一起，你都要幸福，我会怀念你，我会想起你，我的宝贝。

巴勃罗·聂鲁达的情人阿丽西亚的信

“小姐，今天早上您就像一只被困的猫。”

萨拉猛地停住了。转身时，她撞到了那个矮小的女人，她手里拿着拖把，正饶有兴趣地看着她。一张娃娃脸和一双水灵灵的黑眼睛似乎在努力遮掩她接近三十岁的年龄。

“卡罗尔，你是什么意思？”她问。

“您不停地在办公室转圈。我在这里待了一个小时了，您至少离开了桌子五次。这个季度的报告肯定很难填！当然了，因为有这么多信……”打扫办公室卫生的女孩继续说道。

萨拉表示赞同。这时她的同事走进里屋，那里存放着邮袋、待送的包裹和退回的信件。从背后看，白大褂跟着卡罗尔四处走动，让她看起来像个幽灵，但是她温柔的嗓音和笑意盈盈的脸庞与那个形象大相径庭。

“但愿我要写的是一份报告，而不是这封该死的信。”她重新坐回电脑前，这样想道。

费尔南多在新年前夜打的那个电话让她原本还算舒适的生活乱了方寸。这么多年后再一次听到他的声音，唤醒了她以为已经逝去或者至少是处于昏迷状态的情感。

她的心脏怎么会跳得那么快？她一遍又一遍地问自己。

那个不足两分钟的电话像是在她肚子里留下了一大群蝴蝶，还留给了她一个艰巨的任务：写一封信，好让接龙不中断。“你这个电话打得真值，费尔南多！”她心里嘀咕道。她的朋友跟她一再强调，为了那个想要保住她的工作岗位而匿名发起接龙活动的人，她应该这么做。

“那个女人到底是谁呢？”她问自己，一边反复敲击着电脑鼠标，好像鼠标能给她答案似的。不过说心里话，这还不是她接受这个任务以来最折磨她的问题。她已经琢磨了好几天给谁写信以及信中该说些什么。

为了不让你忘记我，
为了在你远去的时候，让你记得我，
我的温存，
我们的拥抱，我们的亲吻。

为了不让你忘记我，
为了让我出现在你所有的梦里，
我把我的温存给了你，
那是我所拥有的
最宝贵最美好的东西。

卡罗尔的声音从里屋断断续续地传来。

萨拉笑了：尽管这个姑娘激情洋溢，但是她的音调不对。她把注意力重新集中在Word文档上：她只写了日期和村子的名字。波韦尼尔，1月7日。

“以这个速度，”她想，“我还没写完信就会被调到首府去了。接龙会因为我的过失而中断。”她低声说。

为了让你一刻
也不忘记我，
为了我们两个因为回忆而继续在一起，
为了让你一刻也不忘记我，
为了我们两个继续在一起。

从办公室洗手间传出了更加响亮的声音。拖把桶顶着半开的门。

“你不希望谁忘记你，卡罗尔？”萨拉打趣地问。

声音戛然而止。一阵奇怪的沉默把每一个音调和单词都驱逐到了办公室的角角落落。

“我们都有不希望自己被他（她）忘记的人。”几秒之后，她回答道。而这几秒钟在女邮差看来像是几个小时。

萨拉不知如何回答。她一言不发地等待着，自己也不清楚在等什么。

“小姐，您不信吗？”一个看不见身体的脑袋从门后探出来说道。

她表示同意。

“母亲、未婚夫、儿女、朋友……甚至你的狗，或者你的土地，或者所有这些！”卡罗尔又说，“但是我唱歌也是为了不忘记他们。”

那一刻萨拉意识到，自己对这位在邮局打扫了两三年的同事了解甚少。

“我只知道我所看到的、显而易见的事情。”她想，而那就是：卡罗尔又黑又矮，声音甜美，只有雨天才看不到她富有感染力的笑容。那段时间，那个女清洁工似乎心不在焉，常常望着窗外发呆。

卡罗尔的口音表明她来自很远的地方，来自大洋彼岸的某个地方。

萨拉的嘴边突然涌上一大堆问题：“你在哪里出生？为什么来到这里？你一直打扫卫生吗？”在波韦尼尔，除了邮局，她还在图书馆和某户私宅干活。

萨拉没能克制自己，有几个问题鼓足了力量冲口而出。女孩回答道：

“我是从秘鲁来的。我的父亲总爱说我们出生在安第斯山的心脏，在大山深处。其实没有这么夸张，但是也差不多。那是一个在我们国家的地图上找不到的小地方，您怎么会知道呢？”

萨拉觉得卡罗尔生动质朴的讲话方式很有意思。

“我们是兄妹五个。四个男孩和我一个女孩。我很壮实，是吧？不然我怎么会比那几个疯子活得长？大哥在一次公交事故中丧生。年迈的父亲是被气死的，因为他的脾气很……唉！不过，要论正直和善良没人比得过他。”

女邮差像个记者似的继续提问。

“我当然上过学了，瞧您问的问题！”她生气地答道，“我会读书写字。但是我当妈妈当得太早了，才十六岁。这种情况在这里很少见，但是在我们那里很正常。等到会读书写字了，男孩就去田里或者矿上干活，女人就去做家务了。”

“我能请你喝杯咖啡吗？我要去对面的酒吧买咖啡。”

“可以喝茶吗？”

萨拉说可以，卡罗尔继续清扫档案柜上的灰尘。

五分钟后，女清洁工到萨拉的办公室聊天去了。她喝了一口茶，在女邮差桌子对面的椅子上坐下，想了好一会儿才继续回答。

“我结婚的时候爱得可深了。现在也一样。我有三个孩子，都留在了那边。”

“和他们的父亲在一起吗？”

“大女儿和我母亲在一起。两个男孩和我的公婆在一起。”

她的声音听起来很无奈，不知为什么，萨拉觉得自己对此负有责任。

“他们在你的家乡生活吗？多大岁数了？你的家乡漂亮吗？”她一连串地问道。

卡罗尔笑了起来。

“是的。十五岁、十岁、七岁。那里很美、很宁静，周围环绕着白色山顶的高山，很漂亮但是很穷。如果不穷的话，我就不会来这里了！我来这里三年了。其他人都留在家里了，”她叹道，“活人和死人。”

她垂下眼睛继续说道：

“我不希望我的孩子忘记我，也不希望我的母亲、我的兄弟、我的侄子侄女、我的朋友……忘记我。”

坐在对面的萨拉真诚地向自己的同事伸出了一只手。

“但是我知道，想起我，对他们是种伤害。”她悲伤地说，“很奇怪。我每天给他们打电话，我们一起笑，我向他们问起他们的事情。我多么怀念知道他们是否赢了足球比赛或者是否在换牙的日子！没有琐事可以分享是最难过的事情。挂上电话后，我觉得比打电话之前更孤独、更内疚。您明白为什么吗，萨拉？我不明白。我要不要给他们打电话呢？我要不要给他们写信呢？我要不要给他们寄照片呢？怎样做更好？我不是自己要来这里的，是为了给我的孩子寄钱，我才来这里的。但是即便如此，我仍然因为不能亲眼看着我的孩子成长而感到内疚，尽管我知道他们的祖父母和外祖母也很爱他们。我很难过，每次我和他们通电话，一挂上电话，就好像我又一次抛弃了他们似的。”

卡罗尔目光迷茫地望向窗外。萨拉非常肯定，在那一刻，卡罗尔在想象自己穿越大洋来到了一个村子，那里的房子是泥巴盖的，那里的街道没有铺沥青。萨拉试着把自己想成一位默默陪伴着她的观众。她突然意识到，如果自己被调走，如果邮局关门，那么卡罗尔也将失去工作：她的处境将雪上加霜。

“茶喝完了，没有借口了，回去工作喽！”卡罗尔说。

她走出了门，但是几秒之后，萨拉还没来得及坐到电脑前，她又探出了脑袋。

“谢谢。刚才是我许多个星期以来最愉快的时光，即使您没看出来。”

“在你离开之前，我能再问你一个问题吗？”

“当然，您请我喝了这么好的茶。”她微笑道。

“你孩子的父亲在哪里？”

“死了。矿山可不是个好地方。如果上帝早就想让我们生活在地下的话，就会把我们造成鼹鼠而不是人类了。是一次塌方……我刚才已经告诉您了，我唱歌也是为了避免遗忘。”

萨拉戴着耳机走在回家的路上。

从那个早上开始，萨拉再也无法把卡罗尔唱的那首博莱罗歌曲从脑海里抹去。

为了不让你忘记我

并且对我有一丝想念
我会寄信给你，
在信中每天说爱你。
为了不让你忘记我，
为了让我们的爱永恒，
我将穿越千山万水，
让时光永驻。

一个想法像闪电一般突然出现在她的脑海。

“卡罗尔，你收到过信吗？请做好准备，因为你将收到一封充满家常琐事的信。就是你觉得最让人怀念的那种家常琐事。”她开心地想。不一会儿，一个八岁的男孩向她扑了过去，喊着“妈妈回来了”。

萨拉

波韦尼尔，1 月 7 日

亲爱的卡罗尔：

我希望今天，也就是你收到这封信的这一天，你过得很好。

我知道首先我应该自我介绍一下。很抱歉，我不会这么做。你就把我想象成一位多年未见的朋友吧。请你读一下我的这封信，就像我们已经相识多年、曾经一起长大似的。请你暂时闭上眼睛，给我加上你喜欢的人的脸，好让我说的话能够陪伴你、鼓舞你。

我知道很难让你不感到疑惑、若无其事地接受这封信。因此，我要给你解释一下：我和你都是一个书信接龙的成员。

我小的时候参加过一个全世界儿童明信片接龙活动。所有的参与者和我一样，都是各国邮政员工的孩子。活动非常有趣：我收到了一张从一个芬兰小镇寄来的明信片，上面是一位坐在雪橇上的圣诞老人。而我竟然写了一张寄到……柏林！我和母亲在邮票专卖店花了好几个小时挑选要买的波韦尼尔明信片。我觉得此事责任重大：

我选的明信片将决定一个德国家庭及其邻居对我们村子的具体印象。我希望他们看到我们生活在一个既古老又现代的山村，它虽然很小，但是什么都不缺。我希望他们看到我们村里的教堂，还有群山和郊外的老教堂。我一直为自己在这里出生、在这里生活而感到幸运。

你想知道发生了什么吗？因为我难以选择，最终我寄了三张明信片，那个德国家庭肯定惊呆了！

你们国家也有这种接龙吗？我希望有，因为我觉得这个主意棒极了。要是我的孩子们也能参加这种接龙该有多好！也许你认为，这跟那种要求你把信息转发给一千个联系人的电子邮件接龙是一回事。但是我认为不一样，而且差别很大。

我们现在参加的接龙要严肃得多。几天前我收到了一封没署寄信人的信，信中提到了萨拉。也许你曾遇到过她：她是村里的邮差。她的上司给她发了封电子邮件告诉她，要把她调到离家很远的地方。波韦尼尔的邮局存在了一百多年后，即将没有邮差了。

如果不是因为你能帮助萨拉和我们村子，我是不会告诉你这些的。你怎么做呢？很简单，像我这样：写一封信。信的长短、写得好坏都不重要。然后你把信寄给村里另外一个女人。即使你不认识她，也要和她分享一下你生活中的点滴。我们大家一起创建一个文字接龙，让它长达首府，坚固得让那里无人能够切断。

关于这个接龙，我还有两点要告诉你。第一，寄信时不要写寄信人是谁，因为你不用等回信。信都是匿名的，参与的人越多越好。

第二，你应该知道，一旦参与了这个活动，你就要遵守一个君子协定：你在信中看到的内容是你和给你写信的人之间的秘密，不能告诉别人。

现在你就知道我为什么给你写信了。某种感觉告诉我，你迟早也会给这个村子的某人写一封信。我姑且称之为第六感吧。

把信写给谁、跟她说什么，由你来决定。这看起来容易，但是我告诉你其实不然。我费了很大的劲儿才找到你。但是找到你之后，我非常清楚我想跟你说些什么：日常琐事。还有比跟一个重视我们而且我们也重视的人分享我们的日常生活更美好的事情吗？

我是一个过着极其普通的生活的女人，一个平凡的女人。我处于曲线的中段：既不年轻也不老，既不富裕也不穷，既不漂亮也不丑，没有受过高等教育但也不是没有学历。但是注意，不要把它们和平庸混淆了！

我很幸福，或者说作为一个带着孩子、随时会失去工作的单身女人，我拥有了所能拥有的全部幸福。我有自己的创伤：父母去世，丈夫离我而去。我有过极为艰难的时光，但是我现在不想提这些。我敢肯定你也想抚平你的创伤，那些创伤也许比我的更深。但我们不要把这张纸变成一封诉苦信！这是在浪费我们的时间！

我一直相信，任何时候事情都可能发生变化。有时，生活未经我们的允许就颠倒过来，让我们看到它的接缝。但是同样的道理，有时它也会摆正位置，第一次大放异彩。

最近几个月我发现……对很多人来说，我很重要！

你可能会觉得这是一个孩子气的判断。或许是吧，但这是因为最近我感觉自己仿佛变年轻了。不说远的，就说前几天吧，我和我的小儿子正在街上走着，突然他拉拉我的袖子，有点害怕地看着我问道：“你怎么了？”

我竟然没有意识到自己在一边走路一边唱歌！他甚至说我走路蹦蹦跳跳的。我不相信，但是……谁知道呢！

我一直都享受着罗莎和我的孩子们无条件的爱。罗莎是我的邻居，她就像是我的姨妈。她曾是我母亲最好的朋友。正如这个好心的女人总爱提醒我的那样，她就是在我俩现在住的那座房子里给我接生的：她住二楼，我和我的孩子们住在三楼。她八十多岁了，瘦得皮包骨头。她的身体似乎随时都会折断，但是不要被表象所欺骗：需要好几场海啸才会让她的意志屈服！假如她想做什么事情，没有谁能打消她的想法！那些从她年轻时就认识她的人都说，她年轻时就这样，果断又能干。我感谢她在我母亲去世后的日子里变成了我的保护伞。一晃许多年了……

一个女人独自抚养孩子并不容易，即便他们都像我的孩子这么听话。我为波韦尼尔感到自豪，可是我还没有给你讲讲我的孩子呢！大儿子在班里成绩最好。他狂热地喜欢各种小动物，这给我们带来了一些烦恼：有段时间他曾在游戏室建了个动物医院，收容他捡到的受重伤的动物，或者来我们家寄宿的动物。最早有一只瘸腿猫，我们给它取名“木棍腿”，还有一只没有尾巴的蜥蜴，有一天它从它的鞋盒房子里逃走了。我希望它能从阳台逃走，否则没准儿哪天我们挪开一件家具时会撞到它的尸体。大儿子捡回一只独眼臭鼬后，麻烦便来了。你不要问我他是怎么弄来的，反正他弄来了。你接近过发怒的臭鼬吗？为你着想，我希望没有。当时，买除臭剂和空气清新剂就花掉了我一个月的工资。幸好罗莎给我儿子讲明了道理，至少暂时是这样。我知道他暗中渴望当兽医，但是现在他只能收集些动物……图片了。

老二很可爱。和所有排行居中的孩子一样，他很善于不引人注意。老三最小，老大最大，都很容易让人注意到，而老二利用自己的地位，一有机会就溜走了。就这样凭借他善于隐身的本领和可爱的性格，他获得了想去哪儿就去哪儿的通行证。他可以轻松搞定许多事。如果你认识他的话，就会发现他特别有趣。你肯定一下子就会被他逗笑。他一直这样。在最艰难的那几年，也就是他父亲离家出走之后，他想尽各种办法逗我笑。那时我连起床都很困难，我的整个世界都坍塌了。你知道这个捣蛋鬼是怎么做的吗？他每天早上溜进我的房间挠我痒痒，有时用一根不知从哪里捡来的羽毛，有时用一支铅笔或者他的手指头。他不停地挠我直到把我弄笑，哪怕只是浅笑一下。

至于老三，他就是一个小天使！不过是有脾气的天使。他最小，非得划出他的领地。他一生气，两个哥哥就赶紧躲起来。他的表现你就可想而知了！不过这种情况很少发生，所以我才跟你说他是一个小天使，而且也因为他长着一头金黄色的头发、一双蓝色的眼睛。

不过卡罗尔，我不打算欺骗你。拥有罗莎和其他一些朋友，看着我的孩子们成长，住在波韦尼尔一座漂亮的石头房子里，这些还不是最近让我幸福的全部理由。看看我们的森林和高山多么漂亮……特别是春天的时候！你见过它们五彩缤纷的样子吗？你亲历过村里的守护神节吗？那是全地区最棒的！从我在母亲肚子里开始，我从未错过一次狂欢晚会。

你可能会问是什么让我如此幸福。我不好意思写出来。真可笑！你不知道我是谁，也没有看到我的脸，但是即便这样，我还是窘得要命。谁都知道再过几周我就整整四十岁了！

不绕弯子了：我觉得我恋爱了。我不曾料到这种事情还会再发生在我身上，但是……它发生了！最令人开心的是我认为他也爱上了我。我说我认为是因为……我和他已经十多年没有见面了！真是难以置信！

他的网名是CASTAWAY 65，他出生在这个村子附近。很久以前我们因为工作原因而认识。我们互有好感，仅此而已。说实话，我不记得有什么特别的：既没有擦出火花，也没有小鹿乱撞……假如我跟你说，那时我就知道他是我生命中的男人或者类似的话，那是在骗你。我只能告诉你，我那时和现在的心情一样好。CASTAWAY 65开朗有趣，在聊天室中也是这样。你能想象在这样的人身边会有多美妙吗？认识他的时候，我已经结婚了。

现在我已经不是有夫之妇了。我是自由的。很长时间以来，在经历了分离和自我恢复之后，我第一次感觉自己重新获得了爱的自由。像是命运的安排，这时他又出现了！这听起来太奇妙了，对吗？我不知道你的情况如何，但是对我而言，事情从未顺利过。他再次出现却是在北海之中，距离波韦尼尔数千公里，距离陆地有几百公里。他的声音以文字的方式通过卫星传到我这里。看来，CASTAWAY 65 跟我联系的那天，丘比特想要开个玩笑。

他第一次给我写信，是为了请我帮忙办一个手续。这一次官僚主义居然给我带来了幸运！我不明白它的名声怎么这么臭，所有的人都讨厌它——当然我是开玩笑啦。从那时起，我们每天都会聊天、发电子邮件。起初我们找各种理由讲话，聊聊天气什么的。但是，渐渐地，我们的谈话越来越私密。当我在公路上发现一只从未见过的小鸟，我首先想到的就是“我得告诉 CASTAWAY 65”。当我的孩子们送给我一幅画，罗莎给我讲了一件她年轻时的趣事或者我在工作中有了什么好消息，也是一样。但是每次我都找不到时机连线告诉他这些！

他说他的情况和我类似。他说类似是因为他不走公路，也没有孩子给他画画，没有朋友给他讲什么事情。他和不同国家的人一起生活在一个石油钻井平台上，其中有一半的人说的话他都听不懂。那里一直都是黑夜。你能想象吗，卡罗尔？六个月的黑暗！他说，一段时间以后，你就学会辨认那些表明日子一天一天过去的标志了……但是你永远不会习惯。当然不会！你知道有一天他跟我说什么吗？他说当他在午饭时间开始同我聊天时，对他而言就是太阳升起了，在漫漫黑夜中，我把光明还给了他。他对我而言也是如此，但是我从未对他说过这些。

12月31日夜里12点5分，电话响了。当时我和孩子们以及几位邻居正在庆祝新年。他希望在新年伊始听到我的声音。我什么都没有告诉他，但是不管你信不信，就在他打电话的那一刻我正在想他。

我发现他想从我这里得到更多。我感觉他的话里隐藏了许多比表面意思更深的含义。但是我很害怕，卡罗尔。我不是小姑娘。我跟你说过我马上就四十岁了。我有三个儿子，许多张待付的账单，并且胖了好几公斤。还有，我无论如何都不想离开我的家乡。

他很久以前认识的那位姑娘已经不存在了。我的邻居罗莎说，不是这样：那个姑娘只是藏在了层层叠叠的问题下面，如果我稍稍刮一刮的话，她会重新出现的。但是我必须努力才能让她出来。好心的罗莎啊！我怎么知道CASTAWAY 65会喜欢我每天早上在镜子里看到的那个女人？

他说他累了，想回山里。他一两年后不会后悔吗？谁能跟我保证他不想再次离开？谁能给我承诺，他不会像那个人一样抛弃我？

我怎么知道我不会再次做出错误的选择呢？

卡罗尔，我担心的事情太多了……我无法做出决定！我担心他误解了我的沉默，以为我不爱他。不是这样的。我告诉你，我非常想再见到他！我想和他手牵手去我们的森林里散步，想和他吃一顿浪漫的晚餐……想让他吻我！

我给你写信是想给你讲讲我的日常生活，但是最后我却在给你说人类永恒的困境，爱的困境。我希望我的信至少完成了它的秘密使命：陪伴你一会儿，让你暂时脱离按部就班的生活，让你感觉到在不远处有人希望和你分享她的琐事。

现在，笔交到了你的手中。你会给另外一个女人写信吗？写吧，但是不仅仅是因为这个避免波韦尼尔邮局关门的接龙活动。写信更是为了和某人分享你的快乐、你的情感、你血管里流淌的力量。

卡罗尔，你有很多东西可以讲给别人听！为什么不把它们给予一个需要它们的陌生女人呢？

等待玛戈

最难的不是第一个吻，而是最后一个。

保尔·热拉第

阿尔玛和亚历克斯正站在大街上，他们已经在图书馆紧闭的大门前等了一刻钟。阿尔玛开始感到绝望。亚历克斯饶有兴致地看着她，跟她解释说，在波韦尼尔这种地方，时间的度量方式跟在首府不一样。

“耐心点，也许图书管理员开小差和家人喝咖啡去了，或者在电视机前打盹呢。”

“时间的度量方式可能不同，但是……寒冷呢？我都冻僵了。”她满脸不高兴地咕哝道。

在局面变得不可收拾之前，亚历克斯向她提议去社团酒吧找钥匙，那里放着一套备用钥匙。

“然后我们到图书馆里面，坐在舒服的扶手椅上等负责人。”

“我要杀了你……”

“为什么？”他惊诧地问道。

“你有钥匙，我们却在这里，在不知零下多少度的大街上，等一个又老又丑的女人……”

“喂，哪有又老又丑，玛戈是很亲切的一个女人。我很小就认识她了……”

“她保养得好吗？肯定很好，在暖洋洋的餐厅里，裹着毯子，而我们却因为她挨冻。我看见她此刻手里正拿着一杯热巧克力。”阿尔玛挖苦道。

“你太夸张了。你真的从来没有迟到十五分钟吗？”

“二十。”

“二十？”

“现在已经五点二十了。”她哼道，“我们周日约的是五点，因此她已经迟到了二十分钟……但是我不明白，既然你可以去找钥匙，我们为什么还在这里争执。”

亚历克斯仔细地打量着她。自从他们认识以来，他从未见她生过气。她那双蜜色的眼睛冒着火星，小巧的鼻子孩子气地皱着，非常可爱。

男孩耸了耸肩，在拐过街角消失之前，他说：

“你在这里等着。免得玛戈到了但看到我们不在就走了。”

“我要杀了她。”阿尔玛回答道，但是男孩已经听不见了。

一跨进图书馆的门槛，阿尔玛心里所有的怒气都烟消云散了。

那种空间只会给她带来美好的回忆。就像是走进一位老朋友的家里，无论是在波韦尼尔还是乌兰巴托，涌入心里的那种感觉总是相同的。塞万提斯、莎士比亚、弗吉尼亚·伍尔夫、聂鲁达、圣埃克苏佩里、契诃夫、卡夫卡与博尔赫斯、夏洛蒂·勃朗特、路易莎·梅·奥尔科特似乎和谐共处，无论年龄、国籍或者性别。

“要是世界是个大图书馆就好了，西方人和东方人、年轻人和老年人在里面一起生活。”她想。

五分钟后，当亚历克斯去酒吧还钥匙时，她没有表示任何反对。无意之中，他实现了她长久以来的梦想之一：拥有一个只属于她一个人的图书馆。有些人可能梦想隐匿在亚历山大神秘的图书馆或者美国国会图书馆里，但是对她而言，波韦尼尔的图书馆已经是一方小小的天堂了。

阿尔玛用食指摩挲着书架上第一本书的书脊上镌刻的书名：《傲慢与偏见》。在简·奥斯汀的作品旁边，保罗·奥斯特和他的《偶然的音乐》正在等待姗姗来迟的读者，因为这本书非常新。“好东西层出不穷，”女孩想，“在这里我们又看到一部珍品。”她想看看下一本书的名字，因为磨损，书名看起来有些模糊：是阿索林[1]的《意志》。

“因为是按照字母顺序排列的，所以排列得好奇怪。”她嘀咕道，一边往后退，想要看看这个布满灰尘和书的地方的全景。

她原地转了 180 度，被这里深深地吸引了。波韦尼尔的图书馆

[1] 阿索林（Azorín，1873—1967），西班牙散文家、小说家。

远远超过了她几天前的期待，当时亚历克斯建议她去认识一下图书管理员，跟她解释一下关于读书俱乐部的想法。玛戈是一位提前退休的女教师，脾气有点坏。但是他们需要让这个女人开放地下室给他们聚会用。

阿尔玛独自待在大厅的中央，那里堆满了书籍和杂志。旧木书架放不下所有的书刊，但是大厅却规划出供人行走的通道。在某个拐角或者通道中间，时不时地会出现一堆貌似被遗弃的书籍杂志，旁边很有战略眼光地摆放着一把深红色天鹅绒扶手椅或者一只钢琴家用的那种独脚凳。

乍看上去，那个地方很混乱、无人管理。但是仔细一看，就会看出有人在细节上做足了功夫：所有的书都严格按照字母顺序排列，每本书都被仔细包上书皮、贴上标签。有几个书架上突出来几个没有盖子的小盒，女孩往里面看了看，抽出一张小卡片来。

卡片上面有人用精致的字体写着：

夏尔·波德莱尔（巴黎，1821年4月9日—1867年8月31日）

类别：诗歌

流派：浪漫主义和象征主义

他因为生活放荡不羁、毫无节制而被称为被诅咒的诗人。他最知名的作品包括《恶之花》《人造天堂》和《散文短诗》。

阿尔玛把卡片放了回去，又往前看了几个字母。她看到了但丁，在一本很旧的《神曲》旁边，露出一张某人留下的折叠的纸片。她不禁拿起来，打开后发现上面用同样的字体写着：

记住，为了到达天堂，中世纪诗人但丁先去了地狱和炼狱。只有见识了坏人、赎罪之人和好人之后，才能揭示形形色色的生活。

“一位富有哲思的图书管理员！”阿尔玛想，“富有哲思却心不在焉。”她突然想起来，他们已经等了她半个小时了。

她把但丁留在身后，走到了卡夫卡那里。她看到了这位出生在布拉格的作家的四部作品:《审判》《城堡》《给米莱娜的信》和《变形记》。她只读过《变形记》。在这本书旁边她发现了一个小纸盒。打开后，她意外地看到一只小小的塑料甲虫。她把甲虫拿出来，翻转过来后，她发现上面有一个小标签，写着格里高尔·萨姆沙的名字。她把它放回盒子，拿起了讲述这位不幸人物的奇遇的那本书。

一天早晨，格里高尔·萨姆沙从烦躁不安的睡梦中醒来，发现自己在床上变成了一只巨大的甲虫。

“这个图书馆真是处处充满惊喜啊！”阿尔玛心想。

好奇的她正准备将所有的惊喜都发掘一遍，突然听到身后发出了几声闷响。她屏住了呼吸。除了亚历克斯，没有人知道她在那里，而亚历克斯还没有回来。是除了亚历克斯和玛戈，她纠正道。那位图书管理员终于赏光现身了？教堂的钟声响了：六点差一刻。

“玛戈夫人？”她对着空荡荡的大厅问道。

她得到的答复只是又一声闷响。

她摆了一个滑稽的自卫姿势，伸长胳膊试图找到可以保护她的东西。她只找到了书。她拿起两本书，出于酷爱读书的本能反应，她看了下书名：被谁放错地方的加夫列尔·塞拉亚[1]的《伊比利亚颂歌》和埃德加·爱伦·坡的《黑猫》。

大门的声响让她屏住了呼吸。

她像一个标枪手那样将两只胳膊往后缩，好让她的文学投掷更有力。无论是谁在那里，如果他以为自己可以毫发无伤地袭击她，那可就大错特错了。

“喂……”亚历克斯一句话还没说完，就收到了两本书飞来的问候。他反应很迅速，躲过了第一本，第二本书也只是蹭了一下他的肩膀。

“你干什么呢！”

“我不知道是你……”她气恼地喊道。

“当然了，我还没来得及张口你就开扔了。”他争辩道，一边弯腰把那两本书从地上捡起来。

“你倒是觉得有趣。敲啊，敲啊……你吓死我了！这就是你想要的吗？我以为是比你先来的玛戈夫人，但是我喊她却没有回应，所

[1] 加夫列尔·塞拉亚（Gabriel Celaya，1911—1991），西班牙诗人。

以……”

“如果是猫叫，你是不是就释然了？”他说着，向她走过去，在空中挥舞着那两本书。

“猫叫？”

“刚才你朝我扔那车三百页的书时，我正想告诉你一只野猫溜进了图书馆。”亚历克斯笑道，“你没看见吗？我打开门时，它像是被鬼追着似的窜了出去。”

男孩翻了翻那两本书，然后把它们放回书架上。

“嗯，选得不错。你知道《伊比利亚颂歌》是什么样的诗吗？”

阿尔玛摇了摇头。

“诗是一种武器……”

阿尔玛接了下半句：

“……肩负着未来。”

“你知道有谁因为未来的不幸而死去吗？”他说，一边用手捏了捏她的脸蛋。

“我开始觉得这是一个圈套。”

“玛戈的圈套？”

“不，你的圈套。”阿尔玛冲他挤了挤眼睛说道。

“我的圈套？”

“为了和我单独待在这里。唯一的目击者可能就是那些作家了。”

阿尔玛转身面向一个书架。她注视着那个几乎占据了整个书架的作家：莎士比亚，《奥赛罗》《哈姆雷特》《仲夏夜之梦》……

“而且，其中大多数都已经去世了。他们不会说什么的。”她笑着继续说道。

透过那些书的间隙，她看到亚历克斯的脸红了。

就像在老教堂的那天晚上一样，阿尔玛心里又在想他打算什么时候吻她。“确实，”她心想，“在这里事情的发展是另外一种速度。”

七点的钟声响起时，两个人正坐在一处狭小但舒适的阅读区的扶手椅上，那个地方隐蔽在大厅的尽头。阿尔玛在为未来的读书俱乐部设计主题，亚历克斯在做记录。

“根据经验，我觉得这个俱乐部的主题不能太宽泛，那样会导致我们整天讨论读什么书或者分析哪个作家。”阿尔玛说，接着她讲了他们系成立的第一个文学社团所发生的事情。

学期结束的时候，社团形成了两派。一派主张分析在世作家的作品，因为他们认为这样可以知道他们的结论是否正确。另一派则主张研究去世作家的作品，因为他们认为最好分析已经没有可能修改的作品。前者被诋毁者称为“食人派”，后者则被称为“食尸派”。

“我也觉得集中一点挺好，”亚历克斯说，“可是，集中于一位作家吗？我觉得这样有点枯燥。”

“集中于一个国家？一个洲？”阿尔玛提出了不同意见。

“我觉得不好。那样我们只会关注某个有代表性的国家，否则就不会有人报名，然后活动又会变得枯燥起来。你觉得在波韦尼尔，一个分析马来西亚诗歌或者阿富汗戏剧的俱乐部会招到很多成员吗？”

两个人大笑起来。

“我担心无论在波韦尼尔还是马斯坦还是……都很难找到这样的公众。”

“最好是集中于一种文学类别。”男孩提议道，“你觉得呢？”

“我觉得这个主意棒极了。”

“就这么简单？”

“你什么意思？”

他冲她挤了挤眼睛，回答道：

“你不像是那种轻易承认别人有理的人。”

又有一本书在波韦尼尔的图书馆里腾空飞过：塞缪尔·贝克特的《等待戈多》。男孩随意打开书，默读了几分钟。

“我也开始感觉自己有点像爱斯特拉冈和弗拉季米尔[1]了。”

阿尔玛向他投来质询的目光。

“看看我刚读到的：‘什么也没有发生，谁也没有来，谁也没有去，太可怕了！’”

女孩耸了耸肩，问道：

“可是，你确定图书管理员会来吗？已经七点了。”

“我确信无疑。玛戈是个非常认真的人。”像是在反悔似的，他压低了最后一句话的声调。

“至少，在这个地方过夜比在老教堂要好。没有那么冷，对不

[1]《等待戈多》中的两个主人公。

对？”阿尔玛说，试图挑逗亚历克斯再抱抱她，可是没有什么效果。

男孩像是没有明白她的企图，回答道：

“对，没有那么冷。咱们可以继续说读书俱乐部的主题……我们就是因为这个才来这儿的。”

“那就来吧，咱们分一下考察领域。十分钟后我们在扶手椅这里见，各自提议几个文学类别和要读的书。”阿尔玛说，失望地站起身来。

两人聚精会神地工作着，直到女孩一声大喊吓了亚历克斯一跳。

“不！”

“怎么了？”亚历克斯站在游记文学区的一个梯子上问道。

“不管你在哪儿，赶紧回来你就看到了。”

阿尔玛在通往地下室的门附近发现了一个金属文件柜。这让她联想到了在黑白电影中看到的那些文件柜，侦探会在里面存放最可怕的凶杀案卷宗或者终极证据。一个乡村图书管理员会在这样一个高一米半余的柜子里藏些什么呢？

犹豫片刻之后，她打开了里面的抽屉。和电影里的做法正相反，她心想，看起来这个柜子被人遗忘很久了：文件、票据、简报、会计账本……在一堆乱七八糟的东西中，一个贴着一行五颜六色的邮票的信封引起了她的注意。收信地址很特别：波韦尼尔村（西班牙，欧洲）。她拿起信封，寄信地址更是引起了她的注意：波韦尼尔村（智利，南美洲）。

“这些都是什么呀？玛戈会杀了我们的……”亚历克斯看到他的

朋友把文件弄得一团糟后喊道。

“那也得有玛戈这个人啊。”阿尔玛坐在地板上嘲讽道。

“我说正经的，你做什么了？这些都是什么？”

“别抗议了，坐下，我给你看看。这些都是我从这个大信封里掏出来的。不用担心，回头我会按照原样放在柜子里的，没准儿再过一个多世纪有人决定看看它……”

看到男孩向她走过去，阿尔玛的视线从一幅旧地图上移开。他把手搭在她的肩膀上。两人之间闪出一点静电，亚历克斯只好缩回了手。

“你看看这些信：日期是一个世纪以前。”

亚历克斯惊讶得目瞪口呆：阿尔玛递给了他一张模糊的地图，他马上就认了出来。左边是一片大海，右边是一条长长的山脊，中间有一条狭长的陆地越来越窄，最后变成了一个小点。水、小岛、更远处是世界的尽头。眼前好几个名字纵横交错：巴塔哥尼亚、火地岛、安第斯山、比格尔海峡、纳瓦里诺岛、南极……地图只标出了两个村镇：蓬塔阿雷纳斯[1]和一个与之相距几公里、小得多的村子。男孩的呼吸戛然而止。

“波韦尼尔？这里标的是波韦尼尔？”

“哈哈！你这么喜欢巴塔哥尼亚，竟然不知道在大洋的另一边有一个波韦尼尔？”

[1] 智利港口城市。

亚历克斯摇了摇头，他用手抚摸着地图，那双绿色的眼眸熠熠生辉，阿尔玛知道，在那一刻他神游到了远方。她很确定，那一刻她的朋友正走在南半球的波韦尼尔的大街上，闻着海洋的气息，感受着南方凛冽的风。她愿意尊重他的梦想，于是默默地等待他自己回过神来。

"他神游的时候真帅！"她心想。她突然很想拥抱他，请求他带上她，无论他去何方。但是男孩的羞涩再次阻止了她的行动。她叹了口气继续说道：

"这份文件解释了图书馆为什么在档案柜里保存了这个信封。"阿尔玛说，同时递给他一份盖了很多个章的证明。

亚历克斯默默地看起来。看完后，他抬起头来，盯着阿尔玛的脸。

"我们有一座姐妹村。"

阿尔玛觉得他讲话时郑重其事的样子非常有趣。

"一座姐妹城。"男孩重复道，同时捡起几张散落在地上的黑白照片。

高山、粉刷过的木头房子、没有铺沥青的街道，这些都是照片上展示的风景。生活在那里的狗、孩子和老人似乎和他们生活的那个波韦尼尔没有多大区别。男孩想，也许那里的人更矮更黑一些。

"美洲的波韦尼尔好像是1883年前后的黄金热时期，从一个乡村警察局发展而来的。最初居住在那里的是被‘金属之王’[1]吸引来的欧洲移民。后来……”阿尔玛一脸神秘地说。

“后来呢？”

“原来你不是你们村唯一梦想旅行到那么远的地方的居民！”

“这是什么意思？”

“在前往那片艰苦、贫瘠的土地的欧洲人中，有一位是你同乡的先辈。因此后来这两个村子就结为姐妹村了。那个人找到了金子。尽管他决定不再回来了，但是他总是满怀深情地想起自己的家乡，于是他的后辈们就申请两地结为姐妹村。”

阿尔玛不再说话。一个想法占据了她的内心和大脑：她觉得，虽然有明显的差别，但是祖母路易莎的经历和那位不知名的先辈的经历有相似之处。两个人都是被迫离开家乡，一个是因为爱情不幸，一个是因为财路不顺，他们两人直到生前的最后一天都一直记挂着波韦尼尔。留在他们心中的那些森林和石头迷宫一定有它们的独特之处，她已经开始感觉到了。

“喂！这里有人吗？”

“有，萨拉，我们在这里！”亚历克斯激动得一下子站了起来。

阿尔玛呆在了那里。萨拉？是那个女邮差萨拉吗？在那样一个小村子里能有几个萨拉呢？她正想着，一个她看着很面熟的中年红发女人突然出现了。她心想，从近处看，萨拉比那天她透过窗户看

[1] 这里指黄金。

到的更矮。

“你好，亚历克斯，还有你的同伴。”新来的女人露出一个微笑说道。

“我们正在这里等玛戈，我们和她约好了，可是……”他指着在两个小时内被他们弄得乱七八糟的图书馆想要道歉。

“我就是为这个来的，我来告诉你们，那个可怜的女人匆匆忙忙地给我打了一个电话。她突发腰痛，动不了了。她本想早点给我打电话的，但是看来她吃了药力很猛的药，居然一觉睡到了现在！她让我请你们原谅她……她说了好多次！”

像是突然想起什么似的，萨拉突然不说话了。她突然盯着仍然坐在地板上的阿尔玛看。

“哟，哟，”她心想，“原来这就是我的朋友亚历克斯最近看起来这么幸福的原因。”

“好像我们还没有互相介绍过……我是萨拉。”

女孩咽了口唾沫。她当然知道那个开朗的女人是谁：她出生在波韦尼尔，有三个儿子，是那个马上要失去工作的女邮差。

“要是你知道……”她很想告诉萨拉自己已经知道了她，但是突然想起书信接龙是秘密的、匿名的。

“我是阿尔玛。”

亚历克斯伸手扶她站起来。有那么一会儿，阿尔玛觉得男孩对这个场面有些幸灾乐祸。会是什么让他觉得如此可笑呢？她没想到亚历克斯知道接龙的事情，甚至还知道她，也就是阿尔玛·梅亚斯，也参加了接龙。

“我们还没有见到给俱乐部用的大厅呢……”男孩开口说道。

他的话戛然而止。他看了看红发女人，匆忙补充道：

“萨拉，玛戈告诉过你我们为什么来这里吗？”

“没有，小子，我猜是书籍方面的事情。不过她跟我说，跟你们说‘可以’，你们就明白是什么意思了。”

“我们要发起一个读书俱乐部。”亚历克斯说道，阿尔玛点了点头。

“这个主意太棒了！”

两个年轻人互相看着对方。无须言语，他们俩心有灵犀。

不到十分钟的时间，他们就说服了女邮差加入俱乐部。

“这么说，我就是第一个正式加入波韦尼尔读书俱乐部的会员了。”萨拉自豪地说，“我很高兴！现在我得跟你们告别了，孩子们。”然后她关上了图书馆的大门。

阿尔玛和亚历克斯笑了：他们的计划已经实现了！他们有了活动室以及读书俱乐部的首位会员。他们必须找到一个主题。女孩冷不防地用胳膊肘推了亚历克斯一下，然后撒腿便跑。她想起了在某个书架上见过的一个书名。

“有了！”她一边说一边递给亚历克斯一本书，“很完美。”

“《给米莱娜的信》？”

“一个书信主题的读书俱乐部。”

亚历克斯看着她。他等了几秒钟，认定阿尔玛会告诉他书信接龙的事情，以及萨拉和玛拉·波斯基的故事。这是一个秘密，但是显然他俩已经开始建立起一种可以分享这些事情的特殊关系。然而女孩却没有考虑这些，只是声明说：

“这个主意是从萨拉那儿来的。就是那位女邮差，对吧？我特别喜欢书信文学。在大学的时候，我就选修了相关课程，所以我有很多资料，可以帮助我们准备前几次活动。”

“我们是新手，任何帮助对我们都很重要。”

不知不觉中，傍晚已经来临，他们该回家了。他们仔细地关上了图书馆的大门。

临别前，亚历克斯问她：

“你要带走《给米莱娜的信》准备第一次聚会吗？”

“我几乎都背下来了。你最好看看吧。”

“你好像对自己的记忆力很自负……”

亚历克斯没有再多理会她，而是打开了那本书。他清了清嗓子，然后沉浸在一个世纪之前的那封书信里。

“人类几乎从来没有背叛过我，但是书信总是背叛我，而且恰恰是我自己的书信，而不是别人的书信。单纯从理论上来讲，仅仅是存在写信的可能，都必然会造成世人可怕的精神分裂。写信实际上是一场同幽灵的对话，这场对话在信件的字里行间展开，甚至是在一系列书信中展开，信与信之间相互证实，像是对方的证人。人们可以通过书信联系的想法是从哪里来的呢？可以想念一个远方的人，可以抓紧一个身边的人，其余的就都在人力范围之外了。”

“但是写信意味着在贪婪等待的幽灵面前脱下衣服。”阿尔玛背诵道。

她紧紧地盯着男孩，在他绿色的眼眸中寻找一声鼓励、一种肯定，让她省却接下来的盲目行动。

“纸上的吻无法到达终点。它们中途被幽灵饮下。”她又羞怯地补充道。

她缓缓地走到他身边。她能感觉到自己的呼吸在加快。两人的目光交织在一起，亚历克斯还没来得及转移视线，阿尔玛的嘴唇轻轻地落在了他的嘴唇上。

几秒之后，阿尔玛扔下一脸惊吓的男孩撒腿便跑，沿街而上。

“这个吻没有被幽灵饮下。它到达了终点！”

猜猜谁来波韦尼尔了

满怀希望地旅行比到达终点更美好。

日本谚语

萨拉抬起自己的右手。

她仔细地端详着：她已经啃平了所有的指甲。她并不悔恨，而是生气，因为她无法消除自己的紧张情绪。她正准备开始啃左手的指甲，这时有人敲门。

谁会在周一晚上十一点敲门呢？孩子们都已经睡了。整个波韦尼尔的人几乎都睡了。

“又有一个爆炸性消息？”她边想边起身去开门，“不，谢谢，对于我可怜的心脏来说，一天一个就够了。”

“罗莎？发生什么事了吗？天啊，进来！你穿着家居服、便鞋在楼梯那里做什么？”

“我正想问你呢，发生什么事了吗？”老太太说，一边向厨房走去。多年的感情让她无须拘礼。

"你指的是什么?"萨拉惊诧地问道。

确实有事情发生，或者更确切地说，是一桩大事，但是她的邻居是怎么猜到的呢?

"萨丽塔[1]，孩子，每天九点左右，你都上来看我……今天九点半时我以为是你的孩子们不听话，不肯睡觉。十点时我想也许你在跟人聊天，你最近都是这样。但是十一点时我得出的结论是……发生什么事了！所以我就来了。"

萨拉凝视着罗莎，她正坐在厨房餐桌旁专心等待她的回答。看到她穿着粉色的夹棉家居服，萨拉很是感动。如果没有这个毫无保留地爱着她的女人，她该怎么办呢?她一边在微波炉里热牛奶一边想道。她往牛奶里加了一勺蜂蜜，因为她的朋友喜欢。

"这可是一个好消息啊！你为什么哭丧着脸告诉我呢?"

罗莎像个小姑娘一样差点鼓起掌来。

"我不认为……"萨拉低声说道。

"你不认为什么……"罗莎喝了一口牛奶说，"不管从哪个方面看，我都觉得好极了。"

萨拉很羡慕罗莎，但愿她自己也能那样看待这件事。自从她收到那个消息后，她就一直在反复琢磨它。此时，吃了三片止痛药，她感觉头就像陀螺一样转个不停。

[1] 是萨拉的指小词，表示亲昵。

疼痛来自远方。早上大约四点钟的时候，她收到了一个非常奇怪的寄信人发来的电子邮件。当时她正在办公室里监视卡罗尔，是真正的监视。她忧心忡忡，因为她的信已经寄出一个多星期了，而接龙并没有继续下去。为什么呢？她不明白。没有任何出错的理由：她知道那个女孩已经收到了信，因为她是亲自把那封信投到她家里的，而且她负责清空波韦尼尔的邮箱，所以她非常清楚卡罗尔没有往里面投过信。

正在想这件事的时候，她的邮箱账户收到了那封可疑的电子邮件。她差点就把它给删除了，因为邮件主题是用英文写的。病毒已经害了她不止一次了！但是在最后一刻，好奇心战胜了顾虑。她看不太懂其中的内容，但是很明显，那是一份机票确认函。上面没写日期，但是有出发地和目的地：

卑尔根至马德里

尽管她从未听过这个名字，但是她非常清楚它是挪威的一个城市。不然那会是哪里呢？

直到晚上七点，CASTAWAY 65才出现在聊天室。他跟萨拉解释说，为休假的固定机组人员替班的“新人”到了，所以那几天的作息时间就不准了。老员工们必须给新来的人培训，时时刻刻陪着他们。

CASTAWAY 65：但是只要有耐心，一切都会到来的，我终于摆脱了我的乡巴佬。

萨拉：乡巴佬？

CASTAWAY 65：这是对他的一种亲切称呼。我应该好好教他，因为他可是要替我几个星期呢……我必须教给他足够的知识好让他能待下去，但是也不能让他超过我，抢走我的工作。

直到那时，萨拉对于上午收到的电子邮件仍有疑问。也许是弄错了：她不是第一次收到不是写给她的电子邮件。或许不是费尔南多而是某个要来度假的挪威人发来的，毕竟有那么多挪威人来这里寻觅海滩和温暖……她就这么想了一大堆，直到晚上 7 点 5 分的时候，CASTAWAY 65 证实了她拒绝说出的怀疑……

CASTAWAY 65：你好？你还在吗？你的舌头被猫吃掉了吗？

CASTAWAY 65：我知道了！你是嫉妒我了。你在给总部写信为你自己申请一个乡巴佬。

萨拉：你没什么要告诉我的吗？

她决定直接发动进攻。她不打算玩什么游戏。快四十岁的年纪拒绝游戏。

CASTAWAY 65：你告诉我吧。

萨拉：你说什么？

CASTAWAY 65：今天上午你没有收到惊喜吗？我原本以为你会觉得那是一份礼物。你的语气却让我觉得……

萨拉：你不要过早地得出结论。

CASTAWAY 65：呃……这句话的意思是……

萨拉：我不知道，我不知道。没有什么意思。暂时没有。

CASTAWAY 65：啊……

萨拉：我看到了一张从卑尔根到马德里的机票。

CASTAWAY 65：是的。你看得很对。☺

萨拉：但是我不知道这是什么意思。

CASTAWAY 65：意思是我，费尔南多，将乘船到达挪威海岸。到达海岸后，我将乘公共汽车到达卑尔根，再从卑尔根搭乘飞机去马德里。

屏幕一片空白。萨拉的手指在键盘上颤抖着，但是她无法再敲任何字。她不想显得很期待，但是有一个问题在困扰着她：费尔南多旅程的终点会是首府吗？

CASTAWAY 65：如果你觉得可以的话，如果你愿意……

萨拉：可以。

一看到这两个字母从指尖飘走，她便后悔了。她暗自责备自己的手指太随意。

CASTAWAY 65：那就不用说了。

萨拉：不用说了？

CASTAWAY 65：我们终于要约会了。

萨拉：你说什么？

CASTAWAY 65：你刚刚说了可以。

萨拉：可以什么？

CASTAWAY 65：你没让我把话说完。我刚才想跟你说，如果你愿意的话，我们一起吃个晚饭。如果我没记错的话，前段时间你曾提出要请我吃一顿浪漫的晚餐。

萨拉：我没有……

CASTAWAY 65：行了，行了……好吧，好吧，我来付钱，但是地点你来选。我担心我好多年没去波韦尼尔了，不知道现在哪些地方最时髦。

萨拉：波韦尼尔没有时髦的地方。

CASTAWAY 65：对于一个一年中有六个月待在钻井平台上，与机器和满身油污的同事为伴的人来说，任何地方都很有魅力。我向你保证！

萨拉的胃里打了一个结。

她没有告别就从桌边站了起来。她去卫生间照了照镜子。所有那些她不愿承认的岁月突然降临。她看到自己的头发失去了光泽，眼睛有了眼袋。她突然有了一种类似于害怕的感觉。即便如此，仔细看自己深色的眼睛，她在其中发现了一丝期待的火花。

在漫长的时间之后，她又有约会了。与一个为了和她共进晚餐而从北极赶过来的男人约会。真的是从北极而来。总之，她还有时间后悔：现在只需享受那种令人愉快的惊喜。

当她重新坐回桌前，聊天还停留在她离开时的那句话上。

萨拉：咱们约在什么时候？

沉默。

萨拉：我什么时候等你？

一个字母都没有。显然，那个乡巴佬又找CASTAWAY 65了。

“但是没多少时间了，对吧？你要知道，过不了几天，他的注意力就会在我这里，而很少会理你了。”萨拉对着一个看不见的石油钻井学徒说。

名单

在情书的开头不知道该说些什么，结尾时不知道说了些什么。

卢梭

“名单是你的事情。”

“没错，对！可是你说过会帮我弄读书俱乐部……”

“你可真是个呆木头！不然我坐在你家厨房做什么？要想消磨时间我有的是比这里更好的地方……”

“谢谢，阿尔玛。”

她失望地哼了一声。

自从他们那天在图书馆等玛戈开始，亚历克斯动不动就生气。她不清楚为什么：是她那个吻让他不舒服吗？可是那只是一个孩子式的吻呀！她反复对自己说。这种表达感情的方式怎么会让人不舒服呢？

“如果是因为我，”她暗暗威胁他，“我得好好骂你一顿。”但是他那么羞涩，谁敢骂他呀。她可不想惹他不高兴。她想，显然那个男孩在追求女孩方面没什么经验。“若不是因为那双眼睛似乎想要把我吞了，我会以为我不是他喜欢的类型。”她心想。

“哎，我很乐意，你跟我打电话的时候我就告诉你了。如果照顾你父亲的护士得去医生那里，我不介意来你家继续讨论俱乐部的事情。没有问题。”

“没问题。”

“你说什么？”

阿尔玛定定地看着亚历克斯，他正背对着她跟咖啡壶较劲。

他似乎没有说话，但是她听见他在重复她最后两个单词。“没问题。”

又说了一遍。

亚历克斯突然转过身来，他脸上露出如此惊恐的表情，阿尔玛不禁也转过头去。她大叫了一声，发现后颈上方有一张男人的脸。他在闻她的头发吗？

“爸爸！”亚历克斯尖叫一声，扑向穿着格子睡衣的老人。

他抓住老人的胳膊，想要弄走他，但是弄不动。

毛里西奥不仅个子比儿子高，而且体格也更健壮。尽管他眼神迷离、满脸皱纹，但是他的力气并没有完全丧失。他背抵着墙，那姿势仿佛在说“我不会离开这里”。

面对朋友窘迫的脸，为了缓和局面，女孩开口了。

“下午好，我叫阿尔玛。”

“下午好……”男人答道。

阿尔玛笑了：毛里西奥似乎听懂了她的话。

“我叫阿尔玛。”他用低沉的声音重复道。

“不，不。您是毛里西奥。”

“不，不。您是毛里西奥。”男人指着自己的儿子再次重复道。

“不，不。他是您的儿子亚历克斯。”

阿尔玛试图终止这个小小的混乱。亚历克斯看到女孩的反应后轻松了一些，他开口道：

“别管他了……否则我们一下午都得这样。这是我的经验。”

男孩笑了，阿尔玛一脸茫然的样子让他的心情又好了起来。实际上，他的朋友是个行动不假思索的好心人。比如那天她同意陪他去看月食，却没有想到要睡在废墟中，还有在图书馆门口，她亲了他一下就逃跑了。

“阿尔玛·马勒，事情应该事先考虑好，否则会有不良后果。”他想，一边把糊里糊涂的父亲送回了他的房间。

她按照亚历克斯的吩咐把杯子和咖啡壶拿到客厅，然后等着亚历克斯把父亲弄上床。趁这段时间她开始四处打量。

“很显然，如果我想进一步了解你，我必须自己想办法，因为你对自己的事只字不提。”她想。

主墙上有两幅带画框的风景画，她不难认出来。她已经在波韦尼尔待了两个月了，对各个角落都开始熟悉起来。其中一幅是罗梅罗圣母教堂，另一幅是中央大街。

一张中间放着干花的大桌子吸引了她的注意。桌子靠着墙，由此可见它不常用。看得出来这个家缺少女人照顾。一切倒是都干净整齐，说明有人在收拾，但是让人感觉缺少家庭主妇赋予家的那种温情。

她想，自从朋友的母亲去世之后，那个客厅里肯定再也没有邀请过朋友或者亲人来聚餐。

沙发对面有一张矮桌，上面放着几个相框。第一个相框里是两个穿着短裤、拿着钓鱼竿的男孩。她一下子就认出了亚历克斯：金黄色的头发、绿色的眼眸、消瘦的身材。他身边的那位应该是他的哥哥，跟他长得一样，但是比他强壮。

她又看了另一个相框，里面是一张黑白照片，一大群人围着一对新婚夫妇。阿尔玛看到了毛里西奥年轻时的脸庞，他牢牢地抓着新婚妻子的手臂，眼神坚定、自信地平视前方，仿佛在告诉全世界："你准备好，我要去征服你了。"

阿尔玛略带伤感地笑了，在这天下午看着她的那双迷离的眼睛后面，那个决定还剩下多少？在那个被疾病吞噬的脑袋里面，那个年轻的、处于热恋中的、强壮的毛里西奥的影子还有多少？

"她是不是很漂亮？"

阿尔玛惊跳起来。她正全神贯注地看着照片，没有注意到亚历克斯已经回到了客厅。照片上是一个留着金黄色披肩长发的女人，正在无忧无虑地笑着。

"那是我爸爸最喜欢的照片。我母亲去世后，他把所有的照片都收起来了，以免那些照片让他想起她。他把其中一些照片送给了家人，另一些扔了。这张照片和一些证件一起被他保存在杂物间的一个鞋盒里。”

亚历克斯轻轻地拿走了她手中的照片，然后像是久别重逢般地看着她。

“我特别生他的气，什么都没跟他说就把这张照片藏了起来。一段时间之后，他开始找这张照片。他肯定自己没有扔掉它，应该还在某个地方。我什么都没有说。”他的目光离开照片，转而定定地看着阿尔玛，“我生了很长时间的气，你明白吗？”

阿尔玛点了点头。她明白他的意思。阿尔玛也已经跟父亲怄了很长时间的气。事实上，她可能会跟他怄一辈子气，因为他的做法和她的意愿不一致，因为他希望她做她不喜欢的事。她深感内疚。自从在波韦尼尔住下，她只在圣诞节去看过他们，一周给他们打一次电话，此外就没有其他联系了。

“但是爸爸生病后，有一天我觉得特别难过。他开始喊我的母亲，到处找她。我让他睡午觉，他告诉我他不能睡，因为他在等她，好帮她把买来的东西放好。我们坐到桌边准备吃饭时，他就会责备我又忘了给妈妈准备盘子……有一天，所有的事情对他来说都更加模糊了。因此，我决定尽我所能地还给他一点对母亲的回忆。我拿出这张被我藏得很好的照片，把它放在这里，就是你刚才看到它的地方。他什么都没跟我说。他肯定已经意识不到周围的变化了。但是……”

亚历克斯把照片放在床头柜上，然后走过去，和阿尔玛一起坐在沙发上。

“但是什么？”

“他每天都在这里坐一会儿，看着照片，跟它说话。以前他对它讲当天他做了些什么、吃了什么，花草怎么样了。但是最近他说的话都没有逻辑了，不过，我想对他来说是有逻辑的，就好像听到自己跟它讲话的声音就能让他平静下来。”

亚历克斯的目光隐匿在热气腾腾的咖啡杯里。阿尔玛握住了他的手，他没有躲避。他靠在沙发上看着她，像是想告诉她什么，但是却无法措辞。

“从某种意义上说，”她想，“你也迷失了方向。”

她倚着沙发，把头靠在他的肩膀上，闭上了眼睛。他们牵着手静静地度过了几分钟美妙的时光。

“爸爸！你又来这里做什么？”

阿尔玛吓了一跳。一睁开眼睛，她又看到了那个穿着睡衣的男人，他正指着沙发上她和亚历克斯之间的某个地方。他想坐在那里吗？他是在开玩笑吗？她听说过许多与孩子们形影不离的父亲，但不是穿着睡衣、蓬头乱发的父亲。

“照片。”毛里西奥慢吞吞地说。

对他来说，把一种想法或者感觉转化成一句别人能够听懂的话非常困难。大多数情况下他都是半途而废，只能从嘴里吐出含糊不清的词语。

“他想跟照片说话。我刚才告诉你他每天都跟它说话。”

“天哪，”阿尔玛想，“他可以选其他时间的。”

“那我们怎么办？”

毛里西奥不停地指沙发上的那个地方。亚历克斯拿起照片向他走过去。他温柔地陪他走到一个单人沙发旁边，鼓励他坐下。

“你待在这里更舒服。我去找条毯子，因为你连罩衣都没穿。”

她想求他不要把她和那个老人单独留下。由于她侵占了他的地方，他一直用控诉的目光看着她。

“他看照片能看多长时间？”

“不一定。”

“哦。”这是她唯一能想到的回答。

阿尔玛心想，很显然，他的事情一言难尽。每次她认为亚历克斯马上要下定决心的时候，他总会被什么事阻拦住。那个男人坐到他们对面以后，她感到很害怕，已经往外挪了几厘米。

“我们做我们的事。”亚历克斯说。

阿尔玛害怕地看着亚历克斯。他想让她重新靠在他身边，握着她的手，然后谁知道再干些什么吗？

“我们的事？”她难以置信地问道。

“对，列名单。因为我们已经说好了你会帮我弄的，不是吗？”

“你赢了……不过你告诉我怎么弄吧。这个村子的人我一个都不认识。更确切地说，我认识的那两个人都已经加入俱乐部了：萨拉和亚历克斯。这就是我对名单的贡献。”

“你肯定你没漏了谁吗？”

从那天去图书馆开始，他一直不太高兴。她没有向他坦白参加书信接龙的事情。她向他隐瞒了她给玛拉·波斯基写信以及她也收到了一封陌生人来信的事情。她为什么不信任他？

“我不明白你的意思……我再想想，但是没有了。我跟你说过我一般去马斯坦买东西，家里就我一个人。”

“好吧，好吧，你别生气。”

“我不知道……那个撞了你、把倒在地上的你和你的自行车扔在我家门口的男人？”

“托马斯？不！他绝不会来的。他会说这是女人的事情。”他笑了。

突然，一个想法从亚历克斯的脑中闪过。

“他不参加，但是我们可以邀请他的妻子希帕蒂娅参加。”

“她和他一样和蔼可亲吗？因为实际上……”

“他们两个都是好人。那天托马斯可能是遇到了烦心事。他们是我最好的一个朋友的父母……”

两个人再次默然。阿尔玛开始明白什么时候亚历克斯的心会刺痛。他从不提以前的或者现在的朋友，显然这是另一个忌讳的话题。

她看了看毛里西奥，他正用两只手紧紧地抓着那张照片。显然亚历克斯为了陪伴那个男人牺牲了很多东西。“他肯定值得这么大的牺牲。”她温柔地想。

“而且，她是一个非常好的厨师，是全村最好的厨师。”男孩愉快地感叹道，好像这是一个不可辩驳的理由。

“还有呢？”

“虽然她读写能力不是特别好……”

“对于一个读书俱乐部来说，读写好像很重要，我不想惹你生气，好吗？我知道这里情况有所不同，可是……”

“希帕蒂娅总能带来好吃的，而且，她懂书信。”亚历克斯神秘兮兮地说，“她有书信来往。”

“好吧，如果她喜欢书信的话，我觉得这个理由比会做蛋糕更有意义。”

“既然你发话了。”亚历克斯回答道，一边把她的名字写在名单上。

“玛拉·波斯基。”阿尔玛用手拍了下脑门说道，“我之前怎么没有想到呢！”

“谁？”

亚历克斯力图掩饰，好像他是第一次听到这个名字。

“但是我们不能突兀地邀请她加入俱乐部。玛拉·波斯基是一个非常特殊的人……我们可以请她主持俱乐部！如果她出席第一次见面会的话……”阿尔玛继续自言自语。

她一下子跳起来，站在了满脸惊诧的亚历克斯面前，然后开始在客厅里踱来踱去。

“多好的主意！这对我们的俱乐部会是一个很好的激励。之前我怎么没有想到呢！她的特长是诗歌没错，但是我敢肯定像她那么高水平的人可能……你觉得呢？”

“什么我觉得呀？玛拉·波斯基是谁？我听她的名字好像不是本

村的人。”

阿尔玛叹了口气，准备用几分钟的时间给他简单介绍一下她所知道的关于玛拉·波斯基的一切：她的经历，她的作品，她对自己的意义，以及她在波韦尼尔做什么。

“你无须发誓。”亚历克斯说，有人让阿尔玛这么激情洋溢，令他有些嫉妒。

“发什么誓？”

“发誓你爱上了玛拉·波斯基。”

“你说什么呢，傻瓜！”她回答道，佯装生气地拿着一个靠垫要打他。

“柏拉图式的也好，爱上她的诗歌也好，随便你怎么说……但是，哼，你已经深深地爱上了她。你就承认吧，假如她同意主持我们俱乐部的开幕式，你会超级开心的。”

阿尔玛闭上了眼睛。

“那就太美妙了。”

十分钟后，他们开始整理记在纸上的名字。阿尔玛露出不满的表情说：

“名单太短了，是不是？萨拉、希帕蒂娅、阿尔玛、亚历克斯……”

“罗莎。”毛里西奥说，眼睛仍然盯着照片。

“你说什么，爸爸？”

“罗莎。”他又说了一遍。

亚历克斯吃惊地看着阿尔玛。女孩耸了耸肩，向他指了指名单。

“很明显他要你把一个叫罗莎的也列在名单里。”

阿尔玛看着那个心不在焉的男人。毛里西奥是否知道，从某种意义上来讲她认识罗莎？这不可能。

“有道理！”亚历克斯喊道。

“有道理？”

“我的父母、萨拉的父母和罗莎年轻时就是朋友。他听到了邮差的名字，于是联想到了罗莎的名字。她们是邻居，也是好朋友。她们彼此照顾，并且又用她们的方式照顾我们。我们是不同寻常的一家人。”

阿尔玛低下了头。毛里西奥可能认识她的祖母路易莎·梅亚斯吗？他会知道她和罗莎的经历的详情吗？显然他知道一些。但是，知道多少呢？

她感觉缺氧，于是站起身来走到窗前。那个村子很小，所有的大街似乎都通向同一个广场。如果罗莎加入读书俱乐部，她们终究会碰面。她将认识六十年前背叛她祖母的那个女人。

“我突然感到头晕，你不用担心。”

“你确定没事？”亚历克斯不安地问道。

“其实……我不知道，太热了。”

“是暖气的缘故。为了父亲，我开得很大。”

阿尔玛点了点头。她有点踉跄地问亚历克斯，能不能去卫生间凉快一下。

亚历克斯走到父亲身边，温柔地扶他从沙发上站起来，然后陪他一起走回他的房间，并且向女孩做了个手势让她跟着他们。

“忙完这个忙那个，”阿尔玛想，“已经到下午了。今天你又逃避吻我，令人捉摸不透的男孩。”她一边想着，一边走进了他用脑袋示意她进入的卫生间。

她照了照镜子，水珠从额头一直流到下颌。无意间她弄湿了一部分刘海，她伸手去拿毛巾。

还没来得及拿到，身后卫生间的门开了。

她从镜子里看见亚历克斯充满欲望地看着她。她感到腿上有种触电般的感觉，只好用双手扶着洗脸池的水盆以保持平衡。

男孩随手关上了门，尽量没弄出声响。他几步就到了她的身后。阿尔玛的后颈感觉到了他的呼吸，但是她的目光无法离开镜子。他伸出一只胳膊去拿架子上的毛巾，另一只手环住了阿尔玛的腰。

她转过身面对他，低下了头。她不敢一直看着他，因为她的眼睛会不由自主地看他的嘴唇。她不想让自己的欲望表现得太明显。

她感觉到他轻柔地托起了她的下巴。

她看到他在微笑。他吹了口气，把她濡湿的刘海吹开。

他用毛巾仔细地擦着她的脸，想要擦干她脸上的水珠。他先擦右脸颊，擦干后轻轻地吻了一下，像是要确认自己擦得很好似的。他接着擦另一侧的脸颊，然后是额头、鼻子，每擦完一处都吻一下。

只剩下嘴唇了。亚历克斯看了一眼，然后用毛巾沿着轮廓擦了擦。他的脸向她靠了过去，阿尔玛颤抖着闭上了眼睛。

一声闷响将她从梦中惊醒。

有人出现在了门外。

“不！”阿尔玛不禁低喊出来。

怎么可以又劫走了她的吻？

他笑了起来，把一根手指放在她的嘴唇上要她别出声，然后去确认门是否锁上了。确认完之后，他眼神炯炯地看着她，让她觉得他是第一次要看透她。

他热情地吻了她。

这个吻可能没持续几秒钟，也可能持续了一分钟，但是阿尔玛觉得在这个吻里一切都达到了永恒。

他们的嘴唇分开后，亚历克斯往后退了一步，但是他俩的眼睛仍然含情脉脉。

“这个吻也不会被幽灵带走。”他说。

阿尔玛的嘴唇上露出一个颤抖的微笑。她抓住他的手把他重新拉向自己。她无法忍受他们之间隔着哪怕一厘米的距离。这种气氛折磨着她，她的整个身体都在发出邀请。

“阿尔玛·马勒，你要被困在我们波韦尼尔了。”

她叹了口气，同时感觉到他的手开始破译她背上的地图。

卡罗尔

1月15日，波韦尼尔

你好：

这是一个书信接龙。

几天前我收到了一封没署寄信人名字的信，信中提到了萨拉。也许你曾遇到过她：她是村里的邮差。她的上司给她发了封电子邮件告诉她，要把她调到离家很远的地方。波韦尼尔的邮局在存在了一百多年之后，即将没有邮差了，邮局将要关闭。如果不是因为你能帮助萨拉和我们村子，我是不会告诉你这一切的。你怎么做呢？很简单，像我这样：写一封信。信的长短、写得好坏都不重要。然后你把信寄给村里另外一个女人。即使你不认识她，也要和她分享一下你生活中的点滴。我们大家一起创建一个文字接龙，让它长达首府，坚固得让那里无人能够切断。

我认识萨拉，她是一个好女人。你肯定也是一个好女人。她说话总是非常亲切，为人慷慨，因此我才写这封信，但是也因为她让我不再孤独。

我经常写信。我非常喜欢书信。我给我的孩子们、我的妈妈、我的兄弟姐妹、我的朋友们写信。有时我会去雅致的咖啡馆，请人给我拍张照片，只是为了寄给他们。我希望他们认为我很好，一切都好。

也有的时候，我拿来品位高雅的商店的商品目录，把我找到的最漂亮的女孩衣服图片剪下来，把它和某个礼物一起寄给我的巴伦蒂娜。我告诉她我已经给她买了这件礼物，下次我去的时候会带给她那件无袖衬衫或者礼服。我知道离我去的日子早着呢，到那时她可能已经忘记了我的承诺。希望如此。

我给我的妈妈讲很多事情。她不喜欢照片，连纸质照片都不喜欢。她说照片即使看起来很真实，其实都是骗人的，让她很迷惑。她不像村里那些儿女远走他乡的老太太们那样喜欢亲吻照片，她不认为那是真的在亲吻我。她答应我把吻都为我留着，等见到我的时候给我，只给我本人。她说她记着数，每天早上和晚上都为我留一个吻，就像我小时候一样。我生日那天留两个。圣诞节也留两个。

所以我加了一下：我离家三年了。每天两个吻，一年就是730个。加上圣诞节的两个和生日的两个，一年就是734个。再乘以三年：我的账上一共是2202个吻。我那么爱她，所以我也为她留了至少同样多的吻。等我们见面的时候会疯掉的！我们将无法分开。我们好多天都会手拉手地在一起。希望这一天早点到来。

我告诉妈妈波韦尼尔的山是什么样的。这里的山和我们那里的山不一样。她不相信这里连大地都是绿色的。我们那里一切都是棕色或者红色的，根据时间和季节而变化。说真的，我更喜欢这里的山：有各种各样的绿色！

周末我不工作，出门散步。如果有人和我一起，比如某个女邻居，我们就去森林散步。如果没有别人，只有我自己，我走到城市居民小区那里就够了。人们都喜欢到那里散步，但是我觉得冬天那里有点像墓地。所有的房子都一模一样，所有的大街都空荡荡的。我妈妈也会不喜欢城市居民小区的。

但是这封信，我现在正在写的这封信，跟其他的信不同。

我不认识您。我甚至还不知道我是否认识您，因为我还没有决定把这封信寄给谁。因此我不知道跟您说点什么。如果您是我的某个孩子，我就和您说说足球。在给他们写信之前我都会先看电视新闻。您注意到有一半新闻都在说比赛、球队、联赛吗？然后我再跟他们讲我听到的消息。有时我讲得就像我亲临过球场似的。实际上，我是在电视上看的，但是我能讲得非常详细。他们梦见他们的妈妈在体育场的看台上看到了梅西。因为说别的不行，但是就连那里，就连被安第斯群山环绕的我的家乡都知道谁是梅西，谁是罗纳尔多。如果我告诉他们我去看了圣家族大教堂或者去佛罗伦萨旅游了，他们会不知道我在说什么。我不是说这样好或者不好，我只想和我的孩子们聊聊他们喜欢的事情。

我不知道您有什么爱好，因此我不确定给您写点什么。我认为或许我可以给您写点我感兴趣的事情。但是，此刻这里让我感兴趣的东西很少。如果我闭上眼睛，想起我的家乡，那么我倒是有很多事情可以讲。

这里的日子千篇一律。我早早起床，给别人打扫卫生。没有神秘可言，无论周一或者周五，工作都一样。

下班后，我就买东西回家。一天中最美好的时刻就是我路过网吧，给我的家人发电子邮件的时候，或者是上脸书看我朋友、他们的孩子或者最近一次聚会的照片的时候。我隔三岔五地给我的孩子们打电话。我会和他们聊一会儿，问问他们的功课、身体，或者他们愿意告诉我的其他事情……

就这些。几乎没有什么变化。

在家乡，日子和这里大不相同。以前一切都不一样。我总有人要探望：年长的姨妈、生病的朋友或者刚刚添了孩子的兄弟。有时我会在教区帮忙准备庆祝活动，为孩子们缝制复活节面具，或者在我父母的农庄干活。谁知道呢！早上起床时你并不清楚白天会有什么等待着你。大多数时候，等待你的是普通的生活。不过，有时会有特别的事情，有时会有糟糕的打击。就像那天，我起床时丈夫还在身边，晚上睡觉时却只剩下我一个人了，他的父母则在我们的客厅里守着他的遗体。这件事过去没多久，所以那天早上的情形我仍然记得很清楚。当时我正在为孩子们准备上学前的早饭，他在淋浴。然后他匆匆地出门，我站在门口让他吻我。他去矿上要迟到了，就在街角向我抛了个飞吻。我当时想，等到晚上我要把这个吻连本带息地索回，我还记得我当时是这么想的。

但是我本来不是想要告诉你这些的。我本来想要告诉你的是在那里发生的美好的事情。这里没人有耐心听我讲这些。他们问我是哪里人，我告诉他们国家名就够了。但愿他们知道我的祖国有多大！一个地方和另一个地方的人差别真大啊，家乡那里的人会知道光有国家名是不够的。山区的人和沿海、热带雨林或者首府的人都很不一样，没法比较。但是理解这些需要时间，而这里的有钱人恰恰没有时间。

我的家乡没有春夏秋冬，根本没有！那里要么下雨，要么不下雨。我最喜欢的时节是雨季快结束的时候。为什么呢？因为所有的人看上去都很开心。雨快停了，我们马上就可以做很多事情了。耕作、外出散步、踢足球、修房子、去城里……一连好几个月不下雨时，我们就不开心了。大家都很担忧，因为牲畜缺水，土地都干了……

雨可能会让人非常烦闷。那里和这里不同。我喜欢电闪雷鸣的暴雨：天空被雷电划破，天地都阴暗下来，大雨倾盆，然后突然天又晴了。非常壮观。在我的家乡却不是这样。雨下起来之后，每天都一样。那是一种绵绵的细雨，一直下个不停。生活并不止步。工作的时候雨水就落在肩头，无论是收土豆、上学还是在市场卖东西。睡觉时也在下雨。雨滴不停地敲打着屋顶，让你有些厌烦。在下雨这方面，我更喜欢这里的雨。

但是晴天的时候，我更喜欢我的家乡！天空湛蓝湛蓝的，我们那里海拔很高，或许是因为这个原因。外国人到那里后，都会得高山病——你们称为高原反应——整天像头晕目眩的鸭子，没有力气讲话，甚至还会流鼻血。所以他们整天吃古柯糖，喝古柯茶，嚼古柯口香糖……我敢肯定等他们回家之后又要有低地反应了：想念古柯。（我想和你解释一下，古柯是一种草药，不是毒品。许多人都分不清，我希望您不会。在我家，从我祖母到我弟弟，我们都喝过古柯茶，它的作用之一是助消化。）

吃的东西也不一样。我知道看起来是一样的。有人跟我说……土豆就是土豆！他知道土豆来源于美洲吗？对，没错。土豆应该是从美洲来到这里的第一批移民，比女清洁工来得更早。但是它们的味道不一样。而且，我们那里有几百个品种！这里很快就卖没了：我去市场的时候只看见两三种。在我们那里，任何一个本地人都尝过或者见过二十五种以上的土豆。玉米也来源于美洲。我在这里也买玉米，但是……玉米粒很小，没有什么味道。我们那里有紫玉米、黑玉米，有的品种的玉米粒有两欧元硬币那么大。

我们几个同胞一个月聚一次。这样的星期天很愉快。我们做家乡菜，喝家乡的皮斯科酒，听家乡的音乐。我们感觉更加孤独，但是也得到了更多的陪伴。一言难尽。看似矛盾但是并不矛盾。当我们聚在一起时，我们会讲起家乡的事情，我们发现我们放弃了很多东西。

我盼望回去，我知道我会回去的。我离开了我的孩子们，只是一段时间，只是为了钱。但是其他一些人知道自己不会回去了。他们将被困在“永无国”，这是去年圣诞节我给我的小儿子寄去的一本故事书里提到的地方。我记得书名叫《彼得·潘》。“永无国”或者“有去无回国”。他们既不属于那里，也不属于这里。幸运的是，这种事情不会发生在我身上。但是我不能等太久，否则我就会忘记回家的路。

已经很晚了，我得跟您说再见了。信已经写完了，请原谅我写得太乱。谢谢您给我这个机会与您共享这一时刻。现在我只需要找到您。我不知道您是谁，但是我可以肯定您是存在的，您在等我的信，尽管您自己并不知情。

我会等待那个信号。我会仔细留意以便认出那个信号。

爱您

在世诗人俱乐部

青春不是一段人生，而是一种灵魂状态。

马特奥·阿莱曼[1]

阿尔玛正站在波韦尼尔和城市居民小区分界线的最后一个街角，她已经等了亚历克斯十分钟。一家豪华的房地产公司的橱窗为她提供了避雨的地方：暴雨毫无征兆地下了起来。

一道闪电划过天空，像是在恐吓她。假如玛拉·波斯基拒绝接待他们呢？毕竟，她是为了逃避世人才来到了这片山区。阿尔玛已经后悔提议让她主持俱乐部的开幕式了。

“我们只是为了隐藏自己才会到这种地方来。”女孩想，她想起了自己的经历。

她知道，像玛拉·波斯基这么著名的诗人来这儿不会是为了逃避父母或者未来的职位资格考试，但是肯定有什么原因促使她隐匿在那片森林里。“玛拉·波斯基在躲避什么呢？”她向一片乌云问道，

[1] 马特奥·阿莱曼（Mateo Alemán，1547—1614），西班牙文艺复兴时期作家。

满天的乌云正无情地往她身上浇水。

她看了看脚上的芭蕾平底鞋的鞋尖。在一个山村的隆冬时节，谁会想到穿迷你裙、短袖衬衫和乖乖女鞋？只有她，一个来自城市的蠢女孩才会穿成这样。

自从她和亚历克斯约好那天下午六点去见她喜爱的作家之后，她就一直在琢磨这次会面，以至于什么都吃不下。此刻这是另一件让她后悔的事情。她的肚子开始叫起来，因为它既不懂缪斯，也不懂艺术，只知道意大利面和兵豆。

她在自己房间衣柜的镜子前照了一上午。一开始是试衣服。令她失望的是，她带来的衣物太少了！她怀念起父母家的阁楼里她的衣柜来，想起了尽管她不感兴趣，但是母亲非要给她买的那些礼服。因为记起了母亲，以及她坚信短裙非常适合自己，她才决定穿那件裙子。

而为了搭配迷你裙她只有一个选择：那双快要坏了的漆皮皮鞋。玛拉·波斯基会穿什么衣服呢？像她这样知名的女人肯定优雅又精致。阿尔玛相信她的衣柜里肯定摆满了卡罗琳娜·埃雷拉和华伦天奴的衣服。或许她会选择更随意一点的衣服，那她可能会喜欢唐纳·卡兰或者汤姆·福特。

但是决定穿什么衣服去见她根本不算什么难事。她一辈子都在考虑怎么跟她讲话。她已经设想了无数次，然而，当她马上就要认识她时，所有那些精彩的句子都从她的记忆中消失了。她把她当作普通的诗人跟她讲话吗，还是最好先向她表露自己的仰慕之情？她给她背诵她最有名的某句诗，还是相反，跟她谈经典名家？又或许最好不要班门弄斧，只谈些实际的东西好了——自己的学识和鉴赏力怎能和近四十年来最有个性的人物之一相提并论？

她感到大衣口袋在震动。她掏出手机，一时诅咒起自己的命运来：

十万火急。暴雨，我的父亲害怕得要命，钻进了床底。他不愿出来，我得留下。祝你好运。给我打电话。

“哼，亚历克斯，这么说波韦尼尔下雨了？我还以为有人浇水浇多了呢。”她有点生气地嘟哝道。她发现雨水正顺着她的脖子向下流。“我也应该躲在床下。”她叹道。

可是，她怎么会生那个男孩的气呢？她心想。她能想象得出照顾一个患病的父亲有多难。如果她想给他们的关系一些机会的话，那么她就必须习惯这种意外事件。

她想象着亚历克斯趴在地上，伸长胳膊，试图劝父亲从床底下出来。她想象着被吓坏了的毛里西奥眼睛盯着黑暗。她后悔自己刚才生气了，尽管只是一小会儿。

自从亚历克斯在他家的卫生间里最终吻了她，他俩几乎没有分开过。亚历克斯等待那一时刻似乎等了一辈子。她回想起他一遍又一遍地抚摸她时的那种渴望，仿佛想要用他的手告诉她用语言无法表达的一切。

她可以好好和他分开一天了，否则他们很快会厌倦对方的。

至于运气这个词，他为什么祝她好运呢？难道他是想让她一个人去请玛拉·波斯基？“明天会和今天一样是个好天气。”她咕哝道。亚历克斯的父亲不会在床底下待一个星期的，所以他们可以改天去。他俩已经商量好了，波韦尼尔读书俱乐部的第一次聚会将于2月14日情人节那天举行。

“你可别告诉我你相信那些无稽之谈哦。”就在二十四小时之前，当她向他提出这一建议的时候，他这么对她说，一副难以置信的样子。

说不清为什么，阿尔玛感到不快。那种节日确实充满商业气息，但是让她不悦的是他说话的语气，她的准男朋友用那种语气瞬间否决了一次可能的庆祝活动。

“很显然，我让步吧。”她力图把谎言说得完美一些，“但是我肯定玛拉·波斯基会欣赏这种做法。现代庆祝情人节的方式诞生于美国。你知道的，给你喜欢的男孩送卡片，装满夹心糖的心形糖盒、鲜花……而且，你想想，谁没写过情书呢？这会是一个容易讨论的话题。”

“还有差不多一个月才到情人节，为什么要担心呢？”阿尔玛心想，她刚刚又看了看天空，发现雨没有停的迹象。

雨依然下得很大。她看了看去风中玫瑰小区必然要穿过的桥和马路：冒险似乎不是个好主意。她准备离开躲雨的房地产公司，这时发现手机又振动起来。这次会是谁呢？

你想都别想：今天能做的事情不要拖到明天。二十三年的等待你觉得还不够吗？我对你的了解超出了你的想象。

可是，亚历克斯怎么知道她打算回家，不去拜访玛拉·波斯基了呢？她抬起头来，左右看了看空荡荡的大街。他正在某个窗户后面暗中监视她吗？她盯着前面的窗户。因为下暴雨，所有的窗户都拉上了窗帘，无法知道后面是否有人在监视她。

“这个毛头小子想什么呢……”她气恼地说，一边把大衣领子立起来挡雨。

她又看了看天空，心想如果她快跑的话，也许能在变成落汤鸡之前到达那座房子。

“我对你的了解超出你的想象。”她模仿亚历克斯的口气嘟哝道，“是吗？那你就看看我跑得有多快吧。等我明天告诉你那位女诗人有多么和蔼可亲时，看你脸上会是什么表情。”

“玛拉·波斯基在吗？”她问给她开门的古怪女人。

阿尔玛以为她是玛拉·波斯基的女秘书。她穿着一件长及脚面的黑色长衫，脚上只穿着一双袜子，每个脚趾的颜色都不一样。她脖子上戴着许多珠串，有的非常奇特，像一只扁平的银手，或者让她想到了牲畜用的颈铃。她乱蓬蓬的灰白色头发里突兀地伸出两支铅笔，像是一双中国筷子，甚至还有一支钢笔。这是在搞什么？化装舞会吗？

三四十秒过去了，阿尔玛没有得到回答。她开始在雨中焦躁地走来走去。大雨如注；她站在一所陌生的房子面前，一个女人斜靠着门框定定地看着她，仿佛她是标本盒里的一只蝴蝶。

她决定再试一次：

“玛拉·波斯基在吗？”

她的声音仿佛打破了某种魔法，那个女人动了动。她扬起下巴，斜睨着眼睛，好像在努力聚焦。

“您是哪位？”

阿尔玛不想告诉她自己的名字。两个月前，自己给她寄了一封信，信中承诺对她在波韦尼尔的事情保密，而现在，她却站在她家门口请求她出席一个公开活动。如果玛拉·波斯基看到自己没有信守诺言会怎么想她呢？

她去图书馆的那天下午看到的一个名字进入了她的脑海。

“米莱娜，她不认识我，不过……”

“那么，她为什么想见你呢？”

“不，她并没有在等我。是我想见她……”阿尔玛开始紧张起来。

她证实了下雨的时候也会出汗。她事先并没有考虑到会由其他人给她开门、她需要留下口信的情况。她感到一副重担落在她的肩上，于是肩膀不禁耷拉下来。

看到她无助的样子，玛拉·波斯基严肃的表情稍稍松弛下来。

她打开门，让那个虽然是人但是此刻更像一条鱼的家伙进去。尽管如此，她还是打定主意不能完全放松警惕。

“米莱娜，我该怎么向她通报呢？您来访的目的是什么？”

阿尔玛 / 米莱娜慢慢地走进去，生怕弄脏了她仰慕的作家的象牙塔。可是，她一走进去就发现那所房子不像一座宫殿，而像一家旧书店的仓库。满地涂涂改改的纸张指出了通往一间大厅的路，毫无疑问，这里就是女作家工作的地方。到处都是打开的书和被遗忘的书，墙上用图钉挂着一些纸，上面有用不同颜色的墨水写的字，还有比萨盒子和饼干盒子。桌子上有一瓶几乎空了的威士忌。

“我是一个来自波韦尼尔的女孩。我正在写一篇关于您作品的论文……”

她慌乱地说出这些谎言。那个目光犀利、满含嘲讽的女人令她方寸大乱。拜托！她和蔼可亲的玛拉·波斯基在哪儿？赶紧下来吧，不然她就走人了。现在她的心跳仿佛都有每分钟一千次了。

“我知道了。您先在沙发上坐下，我去看看导师是否愿意接待您。您要知道以前没有人口头约她……”

“我明白，我明白。”阿尔玛 / 米莱娜说，希望这个女人尽快消失。

几分钟的时间却让阿尔玛觉得很焦灼。她知道那个古怪的女秘书刚从楼梯那里消失了两三分钟，但是像十几分钟那么漫长。

克服了刚开始时屋里的杂乱和那个女人锐利的目光给她造成的不安之后，她渐渐地感觉自在了一些。她不由得走到钉在墙上的一张纸前。怀着一种近乎虔诚的崇敬之情，她仔细辨认着写得杂乱无章的每一个单词。她闭上眼睛，试图用这种方式来感受写出这些文字的那只手饱含的激情。

玛拉·波斯基静静地蹲在楼梯高处，偷偷地看着那只落汤鸡。她看见阿尔玛在客厅里走来走去，在她扔在地上的每一张纸前弯下腰来。阿尔玛捡起那些纸，把它们理平放在桌子上。整理完那些纸后，她又走到那些书旁，同样小心翼翼地把它们一本本合上以免弄坏了。女孩身上有种东西唤醒了玛拉·波斯基的柔情，所以她不仅没有生气，而且决定给她一个机会。一个这么用心对待文字的人难道不应该给她机会吗？

“请您随便坐。我是给您拿杯咖啡、茶还是水？”

“水就可以了。”阿尔玛/米莱娜回答，她不敢坐那么雅致的沙发。她身上还在滴水，怕把沙发毁了。

仿佛读懂了她的心思，那个女人拿着一个和她的袜子一样色彩斑斓的床罩走了过去。她把床罩铺在沙发的一处，然后做了一个手势示意她坐在上面。

“水就可以了。”阿尔玛/米莱娜又说了一遍，她又哆嗦起来。

说到底，那个女人在那里让她感到紧张。她还不知道她是谁，但是很明显，从她自如的言谈举止来看，她是玛拉·波斯基非常亲近的人。朋友？秘书？编辑？

玛拉·波斯基发现女孩的声音在发抖。她知道自己的样子很威严，她的眼睛锐利如剑，她的讲话方式更是令氛围雪上加霜。她感到好奇，觉得有必要缓和一下气氛，好了解一下她的对手。

她默默地去了厨房，然后端着一个托盘回来。托盘里只有一只空杯子和一个小勺。她把托盘放在阿尔玛 / 米莱娜面前的一张矮茶几上。像是要确认一下信息似的，她非常礼貌地弯腰问道：

“水吗？”

阿尔玛 / 米莱娜点了点头，眼睛一直没有离开那个女人的手，那只手正小心地拿起杯子。她打开一扇窗户，把胳膊伸出去，然后回到阿尔玛身边，嘴角没有露出一丝微笑。女孩看着她，眼睛瞪得像盘子那么大。女主人把杯子放在托盘里，这回杯子里盛满了水。

“我建议您等一小会儿。雨水有点浑浊，最好等它沉淀下来再喝，否则会让人感染的。”她说着把勺子递给她。

就在此时，玛拉·波斯基露出了此前没有的、转瞬即逝的微笑，短暂得让阿尔玛 / 米莱娜觉得像是一只幽灵飘过，但是其力量却足以感染她。女孩捂着嘴不让自己笑出来。玛拉·波斯基看了看她，然后大笑起来，引得女孩也一阵大笑。

接着她起身端着托盘走了。这次回来时端来一个玻璃瓶、一个起子和一个新的杯子。

“我是杜尔西内亚，玛拉·波斯基的秘书。她请您原谅她，她现在身体抱恙。即便如此，她仍然对您的来访很感兴趣。请您告诉我您的目的，我会转告她的。”

她看到了女孩脸上的失望。她乐不可支，心想让米莱娜进屋听听女孩的提议可能确实是个不错的主意，而不仅仅是拿她寻开心。

这么多天没有人聊天，她都开始担心自己疯了！虽然她也出去买东西，甚至到山区各个村子的咖啡馆寻找灵感，但是那些对话纯属商业交易，都不超过五句话，其中两句都是关于欧元的。

十一月的时候，她身边有了那只麻雀。她曾和它一连说了几个小时关于神明和人类的话题！但是那更像是自言自语，在她把可怜的小鸟放走之后，这些对话也就结束了。它能在她身边活下来真是一个奇迹，因为她根本就不会照顾任何种类的生物。

这让她想起了那个被她粗暴地赶出家门的红发女邮差。女邮差给她留下了一些小提示，这些提示无疑帮助她在与死亡的对抗中获得了小小的胜利。“为女邮差叫好！”玛拉/杜尔西内亚想。女邮差是她记忆中最后一个与她交谈时间比较长的人，不过因为威士忌的缘故，她的记忆有很多空白。

就像是一个接一个倒下的多米诺骨牌，这番回忆又勾起了她的另一段回忆：书信接龙。她完成了自己的“环节”。收到了她的信、作为她的倾诉对象的那个女人也这么做了吗？

最近两个月，她好多次因为想到那段经历而惊讶不已。这甚至成为她创作一首诗的灵感，她决定把这首诗献给那个让她加入接龙游戏的诗歌学徒阿尔玛。她欠阿尔玛一个人情。由于她的请求，在写完接龙信后，她打破了自己的创作瓶颈。她的创作力在进步，虽然缓慢，但是在进步中。

圣诞节她给纽约的编辑打电话时，她用了《国家地理》纪录片中的一个形象：她就像一艘一路开道向南极进发的破冰船一样前进着，虽然缓慢，但是不可遏制。那封信打破了她的大脑和灵魂所陷入的沉默。

“我们在波韦尼尔图书馆组织了一个读书俱乐部。我们特别希望玛拉·波斯基出席并主持开幕式。我们开始梦想……”

“开始梦想，”玛拉·波斯基心想，“你觉得第一个请求还不够吗？一位普利策奖得主、诺贝尔奖提名候选人，坐在农民老头老太太、中学都没毕业的长着粉刺的年轻人和家庭妇女中间谈论文学，这不已经是在做梦了吗？”她心想，“他们的美梦，我的噩梦。”

“请您继续，继续。”玛拉 / 杜尔西内亚假装很感兴趣。

“我们开始梦想……您在这里生活期间，能参加我们的俱乐部。”阿尔玛 / 米莱娜孤注一掷地全部说了出来。

“太过分了！”玛拉 / 杜尔西内亚心想。假如她是一个风俗主义作家或者人类学家，这种经历或许有价值。但是她是一位一流诗人，她的思想是一个偏僻国家的一个偏僻山村遥不可及的。然而，她也说不清为什么，女孩的真诚和勇敢让她产生了好感。

“我会把您的请求转告玛拉·波斯基。但是请您告诉我，开幕式计划哪天举行？”

“2 月 14 日。”

为了避免自己笑出来，玛拉 / 杜尔西内亚开始咳嗽起来。

“我会查一下日程看看导师那会儿是否还在这里。”第二次使用“导师”这个词之后，她自己吃了一惊，“顺便问一下，日期很奇怪。有什么特殊的原因吗？”

她用探询的目光看着女孩，女孩正试图拉平身上的黑色迷你裙。她毫不胆怯地回答说：

“我们认为既然玛拉·波斯基是美国人，而美国很喜欢庆祝情人节……而且，很多书信文学都跟爱情有关……”

玛拉/杜尔西内亚决定避开第一句评论。她在有些事情上是美国人，有些事情上并不是。比如在情人节这件事上就不是。但是米莱娜没必要知道这些。她把重点放在了这句话的第二部分：书信文学？那个村子的人跟书信发生了什么？所有的人都着了魔抑或存在一种基因缺陷？

“书信文学？”

“对不起！我还没告诉您俱乐部将围绕这个文学体裁开展活动。我们的目的是谈论书信，将它们提升到文学史上该有的地位。”

阿尔玛/米莱娜不知道如何解释这位秘书惊诧的表情。她嘴巴微张，侧着头，似乎想要更好地理解她的话。她总算成功吸引了她的注意吗？这个想法令她有些得意，她决定完美地结束这句话：

“您知道寄信是只需用心就可以到达任何地方的最佳方式。”

“小姐，这句话是您说的吗？”她饶有兴致地问道。

“要是我说的就好了！这是菲莉斯·泰鲁[1]说的。”

“您怎么理解这句话？”

“我们都需要逃避自己，需要成为他人，需要认识其他地方，需

[1] 菲莉斯·泰鲁（Phyllis Theroux，1939— ），美国散文家、专栏作家。

要靠近已经离去的、我们深爱的人，需要在远方的时候有回家的感觉……而对于大多数普通人而言，写信是实现这些愿望的一种可能的方法。在事情脱离了原来的轨道或者让人厌烦得快要窒息时，不是所有的人都能买得起机票或者逃离……”

最后两句话一出口，阿尔玛 / 米莱娜就后悔了。她看到它们像一片乌云飘浮在她和杜尔西内亚之间。如果可能的话，她早就把它们驱散了。玛拉·波斯基的女秘书会觉得她认为这位女艺术家是逃离纽约而躲在那里的吗？她会生气吗？

但是那番淳朴真诚的话不仅没有惹怒她，反而击中了玛拉 / 杜尔西内亚那颗僵硬的心。

“我不向您做任何承诺。我会如实地把您的来意转告玛拉·波斯基。我会问她 2 月 14 日是否能去给你们简单讲讲书信文学。但是在和您告别之前，我想知道您是怎么知道我们在这里的。”

阿尔玛 / 米莱娜惊慌地看着她。在最近二十四小时里她准备了一大堆问题的答案，但是这个问题却不在其中。

她叹了口气。她记起祖母曾对她说过：“说谎的人比瘸子更容易被逮住。”她从自己的名字开始已经撒了这么多谎，要想变变花样，最好说一句实话。她不记得自己在信中已经解释过此事，于是开始跟她讲大学交换生同学如何向她透露了伟大作家玛拉·波斯基的消息。她告诉女秘书，她的那位美国朋友，现在在一家文学杂志社工作，她知道阿尔玛非常喜欢这位女作家，于是告诉她作家去她祖母的家乡生活了。

玛拉/杜尔西内亚对此难以置信。同样的故事她也在信里听别人讲过。阿尔玛？米莱娜？究竟是哪一个亲历了这个故事？

她俩沉默了几秒钟。阿尔玛/米莱娜担心自己再次搞砸了一切。她心想，也许谎言更有效。

最终，玛拉/杜尔西内亚决定掷出色子。

“阿尔玛？”

女孩的脸红了。女秘书说出了她的名字？她听得对吗？

“阿尔玛·梅亚斯？”她又说了一遍。

女孩咽了口唾沫，什么都没敢说。她低下了头，脸上的表情像是一个嘴边还留着巧克力、被人撞见的小孩。仿佛在等待刽子手的斧头落下，她小声地试图再解释一下。

“我，我们，我不知道，是因为……”

玛拉/杜尔西内亚把她拽到了大门口。阿尔玛那张恐惧的脸让她联想到了某些表现主义画作。她竭力想保持严肃，尽管她全身所有的细胞都在哈哈大笑。

幸好雨已经停了。她把阿尔玛弄出门外，使劲关上了门。

玛拉/杜尔西内亚背靠在门上。她闭上眼睛想象那个诗歌学徒发现自己身处大街时的满脸惊讶，以及那种惊讶如何转化为失望，然后又转化为让人手足无措的疑惑。

“一,二,三。”玛拉/杜尔西内亚小声说道。

她转过身来，打开门，像是有人敲门似的。她露出一个最动人的微笑，就是她对发布新书充满期待时的那种微笑，然后煞有介事地说：

“下午好。”

阿尔玛的脸色变得很怪异，说不清是疑惑、欢喜、诧异还是惊恐。

“我是玛拉·波斯基。你呢？”女诗人伸出手，笑容可掬地说。

她的灵感的回归应该归功于阿尔玛，脾气暴躁、爱挖苦人的玛拉·波斯基有一颗感恩的心。

误会澄清之后，著名女诗人和诗人梦想家像两个亲密无间的老朋友似的，度过了几个小时飞逝的时光。女诗人走下神坛，剥去所有华丽的外衣和装饰，聆听充满渴望的女孩的激情和梦想。诗人梦想家则将自己的胆怯抛之脑后，忘记了重重顾虑，倾听已经功成名就的女诗人的经验和智慧。

玛拉·波斯基敞开了心扉，她确信阿尔玛能理解她，因而告诉了她自己数月以来所经历的创作困境。讲述了自己空虚痛苦的日日夜夜，她感觉轻松多了。她从女孩的眼睛里看出她对她的作品由衷地赞赏。阿尔玛对于玛拉·波斯基诗句的力量和真实充满坚定的信心，这深深地打动了她。

阿尔玛给她朗诵了几首她最早的诗作，她的声音让年迈的诗人又重新发现了自己。她讶异地问自己，她确曾发掘了那些形象吗？那个曾深入灵魂风景的人是她吗？

玛拉·波斯基跟她坦承，绝望之下，她一直在躲避催她下部作品的编辑、记者、同事的电话。她已经有三年工作不在状态了，而且越来越难给出解释。她没有多加考虑：几个好朋友跟她保证，在波韦尼尔，她会发现类似于天堂的所在。

“但是，阿尔玛，地狱和天堂同时存在于一个人的内心。”她亲切地对阿尔玛说，“我来到这里之后，在每张白纸上仍能看到那些恶魔。他们住在我心里。”

阿尔玛以她这个年纪少有的耐心默默地倾听她的哭泣、抱怨和恐惧。她像一个职业弓箭手，不时抛出一个总能击中靶心的问题。

起初，玛拉·波斯基诧异地回答着她。但是一个小时之后，这位经验丰富的诗人不再以年龄或者经验来评判她的新朋友了。她感觉她们两个人身上都跳动着诗意的脉搏，能够打破她们之间由年龄或文化差距所造成的隔阂。

“我就像一个在沙漠中迷路的女人一样如饥似渴地读了你的信。我对它爱不释手，一直看到最后一个句号。它充满了力量。”她对阿尔玛说，并把夹在一本书里的那封信拿出来给她看。

阿尔玛从豪爽的玛拉·波斯基的手里认出自己的字迹后颤抖起来。“即使我能活一百岁，”她想，“也永远不会再经历这样的时刻了。”

她试图将那个形象刻在自己的视网膜上，连同泪水咸咸的味道。

“你已经决定怎么处理你祖母的房子了吗，以及你的生活？”玛拉·波斯基突然问道，一边给她拿来一点面包和奶酪，“你发现我们两个人的命运已经不可避免地连在一起了吗？”

这个问题问得阿尔玛措手不及。自从那天深夜她下了那辆出租车，已经过去好几个月了。那天夜里她把钥匙插进门锁，径直去睡觉了，想着第二天一切会更容易解决。她一天又一天地推迟有关自己和房子未来的任何决定。书信接龙是第一件令她从自己的目标中分心的事情。她爱慕的亚历克斯则是第二件令她分心的事情。而读书俱乐部，正在变成第三件。

“我们永远都找不到合适的时机来面对我们关心的问题。”玛拉·波斯基接着说，和阿尔玛分享这些想法，“我不是说你对接龙、读书俱乐部和金发男孩的兴趣是假的。我敢肯定你是真的感兴趣。但是在你做出另外一个决定之前，你不会深入它们三个之中的任何一个。你对你的生活有什么计划？”

阿尔玛的目光凝视着镶木地板的某个地方。她咬了口面包，喝了口玛拉·波斯基给她倒的葡萄酒。“哎呀！这个女人说话真是直接啊。”她想。

“我给你说得简单点：如果这是一部小说，你的主人公梦想成为作家，她在一个村子继承了一栋房子……你会怎么写她？在最后一章会发生什么？做一个勇敢的作家。不要囿于常规。”

若是事后想起自己的那番话，阿尔玛仍会不知道它们是从哪里来的。在那一刻之前，她从来没有意识到那个想法一直躺在她内心的愿望盒里睡大觉。

“我的主人公会放弃在首府的舒适生活和她不喜欢的工作。她会拿上行李来波韦尼尔当作家。用不了几个星期，她就会发现她的积蓄没法让她生存下去，于是……”

“于是？拜托，别跟我说她又在村里的一家商店找了份收银员的工作。或者更糟，别跟我说她遇到一个白马王子，然后结婚了，靠租金生活，因为我们拒绝这种不劳而获的财富，不是吗？”玛拉·波斯基试图引出女孩的话。她希望听到女孩真正渴望的东西。

“也许她会在那栋大房子里为新人作家创办一个公寓。这样就能分摊费用，她就不必卖掉房子了。房子可以容纳五个未来的作家。诗人、小说家、剧作家……无论性别、年龄和国籍！他们只需满足一个条件：正在写自己的处女作，没有发表过任何作品。

不知不觉地，阿尔玛已经开始在客厅里走来走去，面前是兴致勃勃的玛拉·波斯基。她挥舞着胳膊仿佛想在空中比画出她说的每一个单词。一个想法没有说完，另一个新的想法又进入她的脑海。

“没有任何成本。他们只要付出劳动，帮助维护房子，在菜园里干活自给自足，如果某一天他们成名了，他们必须资助另外一位未来的作家……我会让他们在那里一直住到第一部手稿写得像模像样、可以寄给出版社为止。如果出版社接受了，那么就拜拜了，远走高飞吧。”

“这个想法我喜欢！我喜欢，真的好极了。”玛拉·波斯基眯缝着眼睛说道。

“那就更好了，因为在我的小说里，这个项目的主办人是一位著名的美国女诗人。说真的，你是我可以提出这个请求的最现成的人。”

玛拉·波斯基睁开眼睛看着她，然后笑了。

“你学得真快！可以问一下我的收容行动叫什么名字吗？”

“因为是国际性的，所以得是一个英文名字，在五大洲都容易发音。”

“想得很周到。”

“既然是一栋提供食宿的房子……‘文学食宿’[1]？”

“再努力想想……你可以的！”

阿尔玛向窗外望去，外面天已经黑了。几个小时之前夜幕就已经降临了，然而，她感觉从她第二次踏入这座房子到现在仅仅过去几分钟而已，抑或是一生？

“食宿联盟？”

“差不多但是不……”玛拉·波斯基表示认可，“作为朋友我要送给你的第一份礼物就是一个名字。‘住宿与初稿’。”

阿尔玛鼓起掌来。她忍不住开始满客厅转起来。她闭上眼睛，撞到一张桌子，一个书架，一盏落地灯。什么都阻挡不了她，直到她感到有一双手落在了她的肩膀上。

她睁开眼睛。玛拉·波斯基站在她面前，用探询的目光看着她。

她耸了耸肩膀。

玛拉·波斯基晃了晃她。

“你还等什么呢？你是你自己生活的创造者。把结尾写上吧。”

[1] “食宿”一词的原文为英文“Bed & Breakfast”。下文“食宿联盟”和“住宿与初稿”也为英文，原文是“Bed & Breakbloc”，“Bed & First Draft”。

宜早不宜迟

爱情制造惊喜，幽默则是生命的避雷针。

布里赛 · 埃切尼克[1]

亚历克斯感到很内疚。他对阿尔玛撒谎说他不能陪她去见玛拉·波斯基，因为他的父亲藏在了床底下。

在冒雨骑车去马斯坦的路上，他祈求不要被她看见。幸好风中玫瑰小区位于相反的方向，但是你永远不知道一个诗歌学徒是否喜欢绕远路到达目的地或者在暴雨中寻找自己的缪斯女神。他笑了，加快了速度。

他有一个不能告诉她的原因。至少现在不能告诉她。

他并不担心她们的见面，他知道阿尔玛自己会处理得更好。

"天下诗人都一样。她俩一定非常合得来。"他想。他试图用这种想法消除剩余的负疚感，紧接着他就依稀看到了邻村刚刚亮起的灯光。

[1] 布里赛·埃切尼克（Bryce Echenique，1939—　），秘鲁作家。

他沿着空荡荡的大街一路骑行，直到找到事先约好的咖啡馆。他推开门，扫视了一下。从最角落的一张桌子那里传来一个熟悉的声音。他点了一杯牛奶咖啡和几根油条，跟侍应生开了句玩笑，侍应生无动于衷地回到了吧台。

显然，虽然已经过去了十年，但是这里什么都没有改变。他的笑声让他回到了童年时期一些星期天的下午：母亲的厨房里散发着溶化的巧克力的味道，两个大男孩在玩拆装玩具，而他这个小不点儿则试图把他们搭好的每一块积木都拆下来。他的哥哥怒气冲冲地训他，哥哥最好的朋友却试图劝慰他："有一天你会有一套专属于你自己的玩具，我们得求你让我们玩呢，等着瞧吧亚历克斯。"

"亚历克斯，亚历克斯！"

这个声音让他回到了现实。一个又高又壮、不到四十岁的男人走到他身边，紧紧拥抱他。

"你还像以前那么爱神游，嗯？都没听见我叫你。"

听到哥哥最好的朋友的声音，亚历克斯感觉仿佛他们不久前刚刚见过。

"这是他的一个优点，"亚历克斯看着他想，"只用两句话、一个动作就让你感觉很舒服很友好。"

"你为什么回山里来了？我以为你在石油钻井平台赚大钱呢……你是回来请父母同意你同某个斯堪的纳维亚姑娘结婚吗？你真是变正经了呢。"亚历克斯开玩笑道。

"不是，不是……"

“让我猜猜，费尔南多。你来收拾你留在村里的东西，打算带走它们然后到更远的地方开始全新的生活？”

“更不对了，亚历克斯。”

“我投降！”

“做得好。我什么都不想收拾。而且，我想看看要不要把我的东西带到这里来。一切都取决于一件事。如果顺利的话……”

亚历克斯吃惊地看着他。他已经看惯了人们离开村子，而不是回到这里。费尔南多是最早离开的一批人。听哥哥说，他很顺利：有一份收入不错的好工作，朋友很多，烦恼很少。那么他为什么回来呢？亚历克斯百思不得其解。

“爱情把我带回了波韦尼尔。就是这么突如其来。我还能怎么办呢？等爱情降临在你身上，你就懂了，小不点儿。”

亚历克斯的脸不由得红了。他祈祷费尔南多没有注意到，但是他的运气不好。

“好哇，也就是说你的爱情已经降临了。我不会问的……暂时不会。”费尔南多说，“但是等我解决了我的事情，我就来过问你的事情。”

“喂！我可没请你帮忙。”亚历克斯羞涩地对他说。

“好吧，但是我却要请你帮忙，孩子。我需要你帮忙给我喜欢的人一个惊喜，设法让她说‘同意’，或者至少说‘有可能’。”

“就为这个，要搞得这么神秘？每一天在世界的每一个角落，都有恋人在表白！你大半夜给我打电话，不让我告诉任何人你回来了，在一个暴雨天把我约到邻村的一个酒吧。我觉得自己不是丘比特的助手，而更像是法国抵抗组织的成员。”

“这必须是一次效果非凡的惊人之举。”费尔南多表示，“我都已经想好了，现在我们要付诸行动了，你就从这里入手吧。答应我，这是你欠我的。”

“我欠你的？”

“我不止一次两次让你免挨哥哥的打，不是吗？要知道你那也是咎由自取。”他开玩笑道。

亚历克斯知道自己会帮他的，不过并不是因为这个。他一直都很喜欢费尔南多，他人很好。

“至少她有个名字吧……还是我要称呼你未来孩子的母亲为‘事情’？”

“我不知道你变得这么爱开玩笑了……你坐好了吗？等我说出她的名字你就会明白我为什么要这么小心谨慎了。”

“别啰嗦了，来，说吧！”

“她的名字很短，但是却蕴含着《圣经》般的力量：萨拉。”

亚历克斯的嘴巴张得大极了，有那么一阵子他都以为自己的下巴掉了。他所说的那个萨拉是他想到的那个萨拉吗？不可能……他脑中迅速地过了一遍波韦尼尔的电话簿，试图找出另外一个萨拉。

“几个月前我联系她，请她帮忙处理一封挂号信的事情。一件事情引出了另一件事情，于是……”

毫无疑问，他说的就是萨拉，那个有三个儿子的红发女人，村里的邮差，罗莎的邻居，他父母的朋友的女儿。书信接龙中的那个萨拉。

费尔南多花了十分钟，对亚历克斯讲述了他在北海值班时与在邮局上班的她在网上聊天的事情，还跟亚历克斯说起了新年夜的电话以及因为不能和她一起庆祝节日而感受到的思念之情。

“那天我躺在我的船舱里，周围都是陌生人，我突然意识到我想在这里过下一个圣诞节，在我的亲友……以及她身边。你想跟我说的那些困难，我早就知道了。她比我大？她有三个儿子？她马上要失业了？你不用费脑筋了。”

亚历克斯默默地看着他。他根本没有想到这些，他差点对费尔南多喊出来，但最终只是在心里说：“这对萨拉来说太好了！她值得。”

但他没有那么说，而是回答道：

“我会很高兴有个朋友回来了。我需要做点什么才能让她同意你呢？”

费尔南多告诉他，还有三天萨拉就满四十岁了。他想为她在村里举办一个充满惊喜的聚会，邀请她所有的亲朋好友参加。保守秘密很重要，因为他想成为礼物的一部分。

“首先，在我安排这一切期间，我需要一个藏身的地方。”

“你知道我家里有的是地方。”亚历克斯主动提出，也考虑到了自己的父亲。

“这个主意不是特别好。萨拉可能会去你家看望毛里西奥。而且，你住在村子中心！那样的话我只能一大早出门溜达，否则可能会遇见她。”

波韦尼尔唯一的一家小旅馆就在罗莎和萨拉家旁边。两人一致认为这个选择也非常冒险。

“可惜当下时兴的农家院没有发展到这片森林！不然就完美了。一栋远离市中心的房子，不引人注目，里面有足够的空间，供我们碰面，准备我们的惊喜聚会计划。但是那得是一所漂亮的房子哦，我可是很有品味的。”

亚历克斯一下子跳了起来。在波韦尼尔有一栋房子具备这些特点，只是女主人从未想过把它开发成旅馆。

“有了！一栋位于马斯坦和波韦尼尔之间的房子。现在住在那里的是一个女孩，我的一位朋友。她一个人住那里，我们可以向她借用房间。我敢肯定，几天愉快的陪伴再加上一部分费用对她来说挺合适。”

“一位朋友还是那位朋友？”费尔南多狡猾地问道，一边冲他挤眼睛。

已经晚上十一点了，阿尔玛仍然没有接电话。亚历克斯开始担心起来。她下午六点就去见玛拉·波斯基了，怎么可能还在那里？是在进她家之前把手机关机了，然后忘了再开机了，还是因为他爽约而在生他的气呢？

他把费尔南多留在了马斯坦的酒吧，骑上他的自行车去找阿尔玛。他认为最好看看发生了什么事，然后当面告诉她他的计划。

他在大房子门口坐了十分钟后，看见阿尔玛下了出租车。即便是在黑暗中，他也看得出她高兴极了。她向他跑过去，扑到他身上抱住了他的脖子。他猝不及防，两个人倒在了花园的地上。女孩开始在他脸上覆满细密的吻，一边断断续续地说着瓶颈、天堂和地狱，说到创造自己的故事的结局，开办一个类似于食宿项目的东西。

“必须善于利用机会。”他们进屋的时候，亚历克斯心想。

“说到食宿……我这里已经有了你的第一位客人。他不是作家，但是……”

阿尔玛诧异地看着他。

“喂，我还没有开办业务呢……我都不知道怎么收费。”

“这个你以后再定吧。先接下这个练练手。”

“亚历克斯，今天下午发生什么事了？因为我似乎错过了什么。”

“你很快就会知道的……我来把壁炉点着吧？寒气入骨呢。”

“呵！这得好长时间呢。”阿尔玛舒舒服服地坐在沙发上笑了。

亚历克斯饶有兴趣地看着她。这个女孩总是带给他惊喜。他把费尔南多的故事和他征服萨拉的计划告诉她时，她兴奋得像个孩子。

“丘比特的助手？我太喜欢这个说法了！为了让爱情成功，我做什么都行，包括在我家里收留一个陌生人。”

她开始觉得自己像是女邮差的守护天使：先是帮她保住工作，现在又帮她找到爱情。

“幸好，”她心想，“那天我在图书馆认识她的时候，觉得她很可爱。”

“他不是陌生人。”亚历克斯回答她，“阿尔玛，我从小就认识他。如果我不知道他是多么好的一个人，我也不会把他推荐给你。”

亚历克斯吹了一下她栗色的刘海，以一种保护的姿态拥抱着她。

她闭上眼睛，心想：一天之中还能有更多的奢求吗？她认识了她最喜欢的作家，虽然现在说或许为时尚早，不过她们似乎已经成了朋友。她的指尖已经触及了关于未来这个棘手问题的可能的解决方案。现在，她所认识的最帅的男孩，属于她的男孩，正在拥抱着她。

他们在等费尔南多过来。这时，他的一个问题结束了她的幸福状态。

“就是说，玛拉·波斯基同意14日来主持我们读书俱乐部的开幕式了？”

直到此时，阿尔玛才发现女诗人既没有对她说同意，也没有说不同意。

丘比特的助手

宴会的愉悦不应以食物丰盛与否来衡量，而应以是否有朋友相聚畅谈来衡量。

西塞罗

日期：1月25日

发信人：palvarez@correoscentral.com

收信人：snaval@correosporvenir.com

主题：回复：调任

下午好，萨拉。

我很抱歉，关于你是否继续留在现在的工作岗位还没有任何消息。我知道从你收到总局的电子邮件到现在已经过去几个月了，邮件告诉你他们可能会关闭波韦尼尔的邮局，将你调走。这样的决定无法在一夕之间做出。我想你也看到了总局一直在权衡各种利弊。当然，正如你在上一封邮件中所请求的那样，我们强调了村里邮件在不断增加。和你一样，我们也很震惊！请相信，鉴于我对你父亲作为邮差和为人方面的敬重以及我对你的敬重，我会尽快给你答复。

佩德罗·阿尔瓦雷斯

邮政区长

萨拉花了一上午时间，试图弄清楚隐藏在她上司这封邮件中的核心信息。她想象了一下他写信时的面容。他出汗了吗？他的脸色是严厉苍白的吗？如果是，那无疑是不好的信号。

佩德罗·阿尔瓦雷斯曾是她父亲的同事，两人之间的年龄差异并没有阻碍他们很快便意气相投。尽管很多年过去了，佩德罗马上就要退休了，但是他仍然记得早年那些温馨岁月里的趣事。她知道她的区长不想告诉她坏消息。

“这样的决定无法在一夕之间做出。”她又念了一遍。她从电脑前抬起头来。佩德罗在考虑什么呢？难道破坏她和三个儿子的生活、把她打包调到一个新的地方就可以在几个小时之内决定吗？她感到怒火中烧：她已经连续许多个星期生活在这种工作不定的忐忑中，她不喜欢这种过大的压力。

她深吸一口气，重新琢磨那封电子邮件。

“我想你也看到了总局一直在权衡各种利弊。”萨拉又看了一遍，同时在脑子里画了一个天平。她试着将坏处放在一个秤盘里，将好处放在另一个秤盘里。她试图猜想，对于总局的主管来说哪边分量更重：提高人力资源和机构效率的可能性，一个百年邮局的历史，收支的合理化，还是服务的人性化？

萨拉的背上冒出一阵冷汗。她从未和顶头上司谈过，但是她非常清楚什么更重要。

“当然，正如你在上一封邮件中所请求的那样，我们强调了村里邮件在不断增加。和你一样，我们也很震惊！”她忧心忡忡地朝库房看去。快两点了，卡罗尔已经走了一阵子，她去一个独居的中年女人家里干下一份工作去了。

“我知道你工作很忙，但这不是借口。”萨拉生气地对着一个女清洁工模糊的身影说。

这些日子她一直担心书信接龙中断。刚开始，她是担心自己的工作岗位。但是说句真心话，现在其他女人会怎么想也让她很苦恼。她们和她一样，也将自己的生活片段写在纸上与一个陌生女人分享了。

她们会有什么感觉呢？挫败？失望？难过？

一副重担落在她的肩上：目前只有她知道接龙快要断了。自己再寄一封信重启接龙会有失公道吗？或者最好是同卡罗尔谈谈，告诉她真相，请她写一封短笺？

她力图想出怎样才能尽量不违背这次匿名行动的精神，顺便朝办公室窗外看了看，然后她笑了。

“悲伤的盔甲骑士亚历克斯和他的‘杜尔西内娅’[1]阿尔玛来了。”她小声说道。看到他俩在汽车之间跑来跑去、互相追逐，她猜到了他俩之间的复杂关系。

男孩透明的幸福令她感到喜悦，减少了她的担忧。

“请她为我们提供餐饮服务，你确定这是一个好主意吗？”阿尔玛问。

亚历克斯点了点头，赶在他的姑娘再提出什么怪问题之前敲了敲厚重的木门。他们要为萨拉四十岁生日准备一个惊喜聚会，有许多细节需要考虑，其中包括为几十个男女老少村民准备饮食。

费尔南多回来的那天，他们和他一直商量到凌晨三点。“必须办得豪华点，”费尔南多跟他们说了很多次，“你们不要省钱，都算我的，也不要惜力。”这是他们的事情：这个被阿尔玛称为“来自寒带的情人”的男人不能冒险让萨拉在大街上看到他。

亚历克斯和阿尔玛将成为他的手和脚。

“你们也是我的耳朵和眼睛，好让我知道萨拉怎么样，是否在惦记她的生日或者想要和哪些人一起过生日。”他非常严肃地对他们说。

第一个决定，即聚会在哪里举办的问题，很容易就定了下来。因为担任丘比特助手而兴奋不已的阿尔玛，在无人要求的情况下主

[1]《堂吉诃德》中堂吉诃德钟情的女孩的名字。这里表示心上人。

动贡献出了自己的房子。两个年轻人觉得这个主意太不可思议了。那个地方既漂亮，又有些神奇，但是同时又很实用——费尔南多可以按照自己的喜好准备场地，并且不用担心被发现。

“来自寒带的情人”拥抱了阿尔玛好多次以示感谢。这位诗歌学徒没有告诉他，她这么做并不是完全没有私心。

“如果我们能让萨拉和费尔南多的美好爱情——一个人生第二春的故事——修成正果，那么我的房子所背负的恶业，就会连同我祖母的失恋经历一起彻底消失。”她对诧异的亚历克斯说。

阿尔玛真心相信，无论路易莎·梅亚斯在哪里，分开了这么久、相隔这么远的两个恋人如果能在她家的李树下献上初吻，那么她会很高兴的。

“你们说什么呢，孩子们！你们都没有好好考虑过。”女人说。她正在厨房里弄这弄那，准备好吃的。

阿尔玛看了看亚历克斯，跟他打了个哑语，意思是“我早就跟你说过了”。男孩根本不动声色，继续盯着桌上那个盛着几块火腿的盘子。

他凭经验知道时间对他有利。小时候他在那个厨房吃过许多次午饭和下午茶，那个厨娘是可靠的人选，尽管希帕蒂娅自己表示怀疑。

他闭了一会儿眼睛。在他对面，阿尔玛所在的地方，出现了他的朋友米格尔那张圆圆胖胖、布满伤疤的脸。想起小时候，他俩调皮捣蛋，因此希帕蒂娅威胁他们不给他们巧克力吃，他笑了。

那个女人就是希帕蒂娅，这会儿她正一边念叨，一边切面包招待意外来访但很受欢迎的客人。

“我怎么知道那些挪威人爱吃什么？”

阿尔玛正想纠正她，告诉她参加聚会的不是挪威人，而是在挪威附近的钻井平台工作的一个男人，这时亚历克斯对她做了个手势让她不要说。男孩笑了。

“你们说有多少人？四十还是五十？”她转过身来，若有所思地盯着亚历克斯，“你们还不确定。嗯……还有不到三天了，你们却还不知道。”她耸了耸肩。

希帕蒂娅打开冰箱，取出一瓶饮料递给阿尔玛。

“你们说预算不是问题，但是对于我来说却是问题，请原谅我跟你们这么说。”她似乎在责备他们，一边从橱柜里拿出三个杯子。

她把杯子递给亚历克斯。

“厨师都得服从数量：人的数量、肉的数量、盐的数量、分钟的数量、叉子的数量、钱的数量。事情就是这样，不是我可以凭空决定的。如果不知道，我们什么都做不了。像我这么古板的人，会因为买多了或者买少了而不痛快。”

希帕蒂娅站在她的王国中央，也就是家里那间小小的厨房里。她第一次仔细打量那两个年轻人。她发现阿尔玛正在把火腿上的油剔下来，阿尔玛感到很不好意思。她低下头，手指僵在那里。

“我从没做过这种事……你刚才说一次什么来着，姑娘？”

亚历克斯试图掩饰笑意，结果被气泡噎住了。

“一次餐饮服务，希帕蒂娅夫人。我们请您为我们完成一次餐饮服务。”

突然，阿尔玛也特别想笑：在波韦尼尔的那间厨房里，在那位经验丰富的家庭主妇面前，那个词语失去了意义。兵豆、炖菜、汤、面包圈、米饭、丸子、里脊……这些才有意义。她想，他们请她给出不考虑人均费用、有多种菜式选择的餐饮服务的预算，或许没有抓住关键。

“承认错误就是智者。”女孩想。

“丸子、俄式沙拉、苹果酒熏肠、米饭沙拉……”希帕蒂娅第三次重复道，试图记住她和两个年轻人商定好的所有食物。

女人忽然不作声了，仿佛突然意识到厨房里不止她一个人。她感到难为情：从衣着和教养上看得出来，亚历克斯带来的那个女孩是城里小姐。她的祖父母肯定既会读书又会写字，甚至做过文员或者老师。

一种奇怪的感觉动摇了她参与萨拉的聚会的决心。她很敬重这位邮差，愿意为她这样的好邻居做任何事情，特别是知道她的工作命悬一线之后。万一这是萨拉最后一次在村里过生日，她希望这次活动圆满举行。需要有人帮那两个好心的门外汉准备饮食。

“要么我好好干一场，要么我们所有的人感染沙门氏菌住院，或者更糟。”厨艺专家想。

“打扰一下两位，这是我准备的购买清单，都在脑子里。”她谦虚地笑了笑，“因为你们跟我要的东西太多，我只好多重复几遍，不然就忘了。”

“您为什么不写下来呢？”阿尔玛喝了一口饮料，天真地问道。

希帕蒂娅仔细地看了看她。她的问题里没有一丝无礼或者恶意。她那双蜜色的眼睛似乎在重复她从嘴里刚刚问出的问题。显然，对于她来说，读和写就和吃饭或者洗澡一样正常。

坐在她厨房的那个小姑娘是谁？按照亚历克斯的说法，是要帮助他组织这次惊喜聚会的一个朋友。

她心想，村里所有的人都互相认识，阿尔玛不是波韦尼尔人，也不是山区的人。她的肤色属于城市，尽管她在村里过了几个星期后已经开始让人看不出来了。但是，她说话的方式和热情快乐的语气似乎试图证明她同他们、同那片森林居民的关系由来已久。“不管怎样，”希帕蒂娅在心里对她说，“你让亚历克斯感到幸福！仅仅因为这个，我也要祝福你。”

“你们说聚会是在三天后？好吧，如果我今天开始写的话，或许到聚会那天我能把购物清单写完。当然了，错误肯定不止一个。然后就差第二个步骤了：去超市看清单。这个对我来说更容易些，一上午时间再加上一点运气，我能看明白这么长的一份清单。”

亚历克斯向阿尔玛投去一瞥责备的目光，她明白之后脸红了。她闭上眼睛试图找到一句话，一句评论，来弥补自己的失言。她为想当然地认为所有人都会读写而感到自责。

她正要道歉，但是脸颊上一个响亮的吻让她摆脱了顾虑。她睁开眼睛。一个身材矮小的女人正带着真诚的笑容，用一双短粗的手捧着她的脸。

“小姑娘！你白得像雪一样。亚历克斯，你是不是该多带她去山上透透气……”希帕蒂娅温柔地抚摸了一下阿尔玛的头发，“我识字不多，写字更差，但是……”

“但是在整个波韦尼尔、整个山地地区甚至是首府，你都算得上最好的厨师，只是他们不知道。”男孩当着希帕蒂娅的面非常开心地说，令她十分得意。

“这倒是真的，萨拉生日那天你们会证实的。等你回家后，你必须告诉所有的人：你在波韦尼尔吃到了世界上最好吃的油炸蛋皮面包片。”

“我一定会的！我会给你带来客人。”感到释然的阿尔玛回答道。

“客人？”女主人惊讶地问道，她正站在炉灶前准备丈夫的午餐。

“对！”亚历克斯喊道，像是发现了一片新天地，“我以前怎么没有想到呢？”

“想到什么，小子？”厨娘说，一边把平底锅放到火上。

她放入油、一点蒜和碎西红柿。

“我们可以开办一个公司。你做菜好极了。你自己说过好多次，儿女不在身边，有很多时间你不知道该做什么。你喜欢烹饪，不是吗？”

希帕蒂娅承认了，不是因为她很确定中午的那番话将把她引向何处，而是因为那两个年轻人的热情。

“你想象一下你会因为做菜获得报酬！做你最喜欢的事情同时还能赚钱。”亚历克斯兴奋地对她说。

女人的目光离开正在煸炒的佐料，落在儿子的朋友身上。一时间，她又惊讶地看到了母亲去世、父亲生病之前的那个爱做梦的少年。怎能让他失望呢？怎能告诉他她对金钱不感兴趣呢？托马斯赚的钱已经很多了，而且什么都和她共享。不仅如此，她有的孩子生活得很好，经常送他们很好的礼物。

阿尔玛默默地看着此情此景。说不清楚为什么，她隐隐约约地猜到了希帕蒂娅的想法。她笑了，用甜美的声音说：

“希帕蒂娅夫人，您想象得出您家乡的菜谱传到首府会怎样吗？那里的人将尝到您母亲做的那种油炸蛋皮面包片，您外婆发明的砂锅炖兔肉或者几个世纪前的牧人们发明的炖什锦……

“山区的米饭是最好的。对了，或者是炒蔬菜碎。你知道吗？医生们说这道菜里含有一个成人一个星期所需的所有维生素。”她激动地挨着女孩坐下。

“肯定的，夫人！”

“叫我希帕蒂娅。”她抚摸着她的脸颊说。

“谢谢。希帕蒂娅，我实话告诉您，我们首府的人吃得可差了，东西都是冷冻的、预先做好的、真空包装的……”

“真是的，真是的……每天去市场买东西的乐趣呢？闻着水果的芳香，看着色彩缤纷的蔬菜，欣赏一块切割漂亮的羊肉……”

“我们没有时间，我们没有时间……”阿尔玛难过地承认。

希帕蒂娅满腔热情地对着她搅拌佐料的木勺说话。

“哎呀！这些疯狂的孩子，竟然认为我能领导一家公司！那些数字呢？文件呢？我跟他们说我不会写字也几乎不识字，却跟我说那些事！”

“不过那不是问题，希帕蒂娅！”亚历克斯喊道。

“不是吗？”

“我来负责那些数字，准备广告、接订单、陪你买东西……”

“那不行。”

“不行？”阿尔玛惊诧地问道，她正幻想着自己可能已经参与了波韦尼尔第一个餐饮服务项目的诞生。

“买东西得让托马斯陪我，”她一边将排骨放进平底锅一边说，“我们一直是这样。我们都知道对方的心思。”

阿尔玛笑了。哇！将来的某一天她和亚历克斯也会这么默契吗？现在说这个为时尚早，但是她由衷地羡慕希帕蒂娅和她的丈夫，羡慕他们水乳交融的生活。

“不管怎样，”这个富有经验的家庭主妇说，“像我母亲说的那样，我们从头做起，自然会水到渠成。一个接近五十人的宴会是我的第一个任务。你们等着好结果吧。我希望萨拉过一个配得上她的生日。”

在关上大门之前，希帕蒂娅微笑着看着阿尔玛。

“姑娘，我知道你来自首府，在波韦尼尔才住了几个月。但是，你别笑，你好像一直都是这里的人！我觉得你很亲近。或许你不知道，你原本就属于这里。”

女孩的眼睛亮了。

她低下头，亲了亲厨娘的脸颊。

“如果您知道……”

孤独

独自哭泣并非难事，但是一个人笑却几乎不可能。

杜尔塞·玛丽亚·洛伊纳斯[1]

“钟表你不要显示时间 / 因为我要疯了 / 等到下一个黎明，她将永远离去 / 我们只剩下今天晚上 / 体会我们的爱情 / 你的滴答声让我想起 / 我无法弥补的伤痛 / 钟表请停下你的脚步 / 因为我的生活已经熄灭 / 失去了你的爱情，我一无是处。”

卡罗尔一边拉起百叶窗一边放声高歌。

她不理解曼努埃拉夫人为什么非要让整个屋子一片昏暗。她到这儿之后第一件事就是打开窗户：这套公寓很简朴，很小，但是采光很好。客厅的窗户朝向波韦尼尔的公园。屋里可以听到在公园里玩耍的孩子们的声音，但是这对她来说是一种陪伴。

三个星期前，当她正在邮局打扫卫生的时候，一个女人来敲门。

[1] 杜尔塞·玛丽亚·洛伊纳斯（Dulce María Loynaz，1902—1997），古巴女诗人。

她用手势告诉她邮差出去了，没有人接待她。但是那个女人坚持要进去。

“我得取我的信。就一小会儿。”

“抱歉，可是萨拉不在。”卡罗尔停下手里的活对她说。

“我不知道谁是萨拉，看起来她不在，也没有别人在。”曼努埃拉/萨拉伊傲慢地回答，打算穿门而过。

卡罗尔让开了。她不喜欢争执。

“萨拉是这个邮局的邮差。”

“您不用担心。我自己可以弄：我有一个信箱。咱俩争执更耽误时间，不如让我过去，打开信箱，拿出信，关上信箱，跟您说再见。”

卡罗尔耸了耸肩，笑了。她想起她的母亲常常跟她说，一个适时的微笑是对付敌人最好的武器。她看到那张脸变得温和起来，于是再次体会到那个秘鲁农妇说得有道理。

“您不知道您帮了我多大的忙。我正在等一封重要的信。”曼努埃拉/萨拉伊小声说，仿佛想要请她原谅。

她不喜欢咄咄逼人，她以前不是这样的，曼努埃拉一边向她的信箱走去一边想，但是最近她觉得整个世界都在和她作对。她感到迫切需要保护自己，尽管她也说不清楚是什么危险。

“您自己弄吧。”卡罗尔说，一边继续扫地，眼睛却没有离开她。

看到那个女人脸上残留的浓妆时，她很惊讶。女人穿着一件彩色的运动服。“我可不认为你很爱运动，”女清洁工心里暗笑，“你更像是在一个工作日的午后刚起床。"

不知不觉地，她开始臆想把钥匙插进 080771 号信箱锁的那个女人是谁。有两三个小孩子的家庭主妇？她的丈夫应该赚钱不少，因为她可以穿最时髦的衣服，在工作日的上午睡大觉。她应该住在郊外的一栋大房子里，或者，住在市中心的那种石头房子里，那种房子又漂亮又有城市气息！家里肯定有祖传的家具。

卡罗尔弯腰去捡地上的一张纸。站起身来的时候，她碰到了那个女人好奇的目光。

"抱歉，您刚才说什么了吗？"

"您能去另外一家做几个小时吗？一周去两天。"

曼努埃拉 / 萨拉伊开始觉得那个又脏又乱的家让她受不了了，但是她没有力气改变。她整夜工作，整个白天都在睡觉。下午起床后，她只想吃点东西，出去转转见见太阳。她心想，也许她眼前就有一个解决问题的办法。

既不是郊区的别墅，也没有祖母的家具。当卡罗尔第一天去打扫的时候，她看到的是一套又小又乱的公寓。她觉得那只是一个临时住处：既没有照片，也不温馨。卡罗尔心想这里不像家，更像是膳宿公寓。她甚至觉得自己住的地方都比这里更温馨，尽管她和几个移民一起合住一套公寓。她房间里有一幅家乡的风景画，一个印有他们国家的名胜古迹照片的挂历以及她孩子的画。在餐厅墙上的搁板上，所有的室友都放了自己家人的照片，并且设法让旁边的花瓶里鲜花不断。

在曼努埃拉夫人餐厅的书架上，只有几本被遗忘的电话簿和一本当地的动植物指南。卡罗尔从书上堆积的灰尘看出，已经好久没有人看过它们了。

“让时间停留在你手中/让今晚成为永恒/为了让她永远不离开我/为了让黎明永远不要到来。”她一边收拾吃剩的比萨和沙发上的一份旧报纸，一边继续唱道。

对她来说，打扫卫生就像跳舞。

在国内，她只在自己家打扫卫生。刚到国外时，在别人家干活对她来说很难。她是一个来自山区的女人，吃苦耐劳，所以什么都乐意干，只是觉得这种工作非常无聊而已。在她熨丈夫的衬衫时，她知道她的奖励就是看见丈夫穿上它。收拾孩子的玩具或者清洗用过的盘子，她觉得很正常，从来没有想过自己喜不喜欢做。但是当她开始洗别人家的孩子用过的盘子时，她发现很没意思。

“你得给事情加点调味剂。”她的多米尼加室友曾对她说。她问对方是什么意思。“这要看是什么事情，姑娘。”她的朋友回答道，并向她透露，她在用洗衣机洗衣服或者炸鱼的时候会自己编造一些人物，她设想他们的长相、穿着以及进门后会说什么。“这要看你喜欢什么，”她还说，“我一直都非常喜欢电影。”

卡罗尔长大后才去电影院。她并不讨厌，但是也不喜欢。“也许是没养成习惯。”她笑着告诉多米尼加室友。但是她非常喜欢博莱罗歌曲，它们也不失为很好的故事。于是她决定为工作加点音乐。她一天也不曾后悔过：她一边扫地一边唱歌、扭胯；一边洗餐具一边晃动肩膀，一边整理床铺一边用脚打拍子。背景音乐取决于她的情绪或者她对所做家务的讨厌程度。那天中午她想家了。那一天本来是她父亲的七十岁生日，于是她决定唱他最喜欢的博莱罗歌曲《钟表你不要显示时间》来纪念他。

“客厅搞定。下面是厨房，这里应该换一首歌曲。”她心想。

面对大理石桌子，她闭上了眼睛，在记忆里搜寻另外一首歌曲。几秒钟之后，她笑了。她戴上手套，开始和着节奏擦洗起来，嘴里唱着：

“我们是恋人，因为我们两个爱得深沉，我们因此成了这个世界上最大的赢家。我们相爱，我们亲吻，作为恋人我们渴望对方，有时甚至是无缘无故，无缘无故我们也会生气。”

她周二和周四的 14 点到 15 点 30 分在那家干活。“既不能早到一分钟，也不能晚走一分钟。”曼努埃拉夫人在雇用她的时候告诉她，“我在家的时候不喜欢家里有人。”她跟她解释说。

曼努埃拉夫人给她立下的规矩不止这一个。有一个房间，卡罗尔无论如何都不能进去。夫人也不喜欢别人翻她的抽屉或者衣柜：她的房间她自己打扫。“这样更好，”卡罗尔想，“厨房、卫生间加上餐厅对我来说就够多了。”尽管这个规矩听起来有点像是继母、被绑架的公主和蓝胡子[1]之类的故事，但是她需要工作，所以现在不是挑剔的时候。

“我们寻找最黑暗的时刻交谈，给对方最甜蜜的吻，回忆樱桃树是什么颜色，不再做任何评论。我们是恋人，我们是恋人。”她一边擦地一边继续高声唱着。一个人在家还是有好处的，她想。

她看了看表，还有卫生间没有打扫。“幸好很小。”她心想。

她就在“禁屋”旁边，她心里就是这么称呼那个房间的。走近房间时，她听到屋里传出一声闷响，紧接着是无数细碎的声音。应该是什么东西掉了，碰到瓷砖后摔得粉碎。

她的歌声戛然而止。这是她第一次在干活的时候听见动静。惊吓之余，她好奇起来。她把耳朵靠近房门，里面似乎有人或者有什么东西在爬。

她一只手拿起扫帚，另一只手慢慢地打开了门。她的眼睛盯着地面。她原以为会看到某种动物，没想到却看到了那样一幅景象：只穿着一半睡衣的曼努埃拉夫人正躺在地上自己的呕吐物上，拼命想站起来却无济于事。她浑身都在发抖。从她不正常的脸色和额头上冒出的汗珠来看，卡罗尔推断她在发高烧。

她在曼努埃拉夫人房间的扶手椅上已经坐了两个多小时了。百

[1] 指法国诗人夏尔·佩罗（Charles Perrault）创作的童话故事《蓝胡子》。蓝胡子接连杀害了自己的几位妻子，把她们藏在密室中，并禁止自己的新任妻子接近密室。

叶窗拉下了一半。曼努埃拉夫人的高烧终于退了，脸色现在好多了。

卡罗尔费了很大的劲儿才把她弄到床上。她处于神志不清的状态，尽管卡罗尔用力抓着她的胳膊，她还是无法站立。卡罗尔脱掉她的衣服，用蘸了酒精的毛巾给她擦拭身体，然后从她的衣柜里找到一身干净的睡衣给她穿上，撩开她脸上的头发，让她靠在床上。

幸好那天下午卡罗尔不用去其他人家打扫卫生，因此她认为自己最好留在那里，喝杯咖啡，等着看看病人的病情发展情况。她利用这段时间给她的孩子们写了一封信，看了一本杂志，然后打了个盹——打盹总是件舒服的事情。

“你刚才在唱什么歌？”

卡罗尔睁开眼睛。她似乎听到了一个微弱的声音。她一言不发地静静等待着。

“那首歌我好像听过……但是我记不清是哪首歌了。”

“我不知道……”女清洁工有点担心地说，“我不想打扰您的。您怎么样了？刚才我打扫卫生间的时候，突然听到一声闷响，我就进来了。我很担心，因为我看到您情况很糟而且……”

“我们寻找最黑暗的角落，你刚才说……”

卡罗尔看着她。曼努埃拉夫人试图调整一下姿势，或许她仍然有点发烧。

“《我们是恋人》，我父亲最喜欢的博莱罗歌曲。”

"当然了！阿曼多·曼萨内罗[1]。"曼努埃拉/萨拉伊说，似乎突然有人点亮了灯，找到了出口。

"我希望没有打扰到您。如果您感觉好点了，您想喝杯茶吗，还是想一个人安静一会儿？"

"好，好……"她赶紧说道，但是声音很小。

卡罗尔站起身来。

"那么，咱们过两天见。"

她还没有走到门口，就听见一个声音诧异地叫住她：

"什么过两天啊？为什么不现在把茶端来？你不懂西班牙语还是怎么的？"她用一贯生硬的口气说。

清洁工委屈地向厨房走去。她一时后悔给自己找了这么多麻烦。

"谢谢，卡罗尔。"

"我给您加了点柠檬，我觉得对您有好处。"卡罗尔急忙回答道。

她看着令她望而生畏的夫人，不知道该走开还是重新坐下。如果按照她自己的意思，她会坐下。但是既然她的雇主不太喜欢别人陪，她不想打扰她。"我们为什么要自欺欺人，"她想，"我也不想惹她生气。"

"你干吗站在那里发呆啊？"她仿佛看透了她的心思似的对她说，"你得走了吗？"

[1] 阿曼多·曼萨内罗（Armando Manzanero，1935— ），墨西哥音乐家和作曲家。

“不，我还有点时间。”

“你把百叶窗拉上去，把扶手椅挪过来。我说话很费劲，我可不想大喊大叫的。”

卡罗尔有点腼腆地照做了。“瞧瞧夫人是个什么样的人，”她心想，“即便是求人帮忙也像是在下命令。”

太阳已经落山了，细小的雨滴敲打着玻璃。她还没转身就听见一个虚弱的声音说道：

“人们在奔跑吗？”曼努埃拉突然咳嗽起来。

“您说什么？”

“今天下午我看见雨在下，我看见人们在奔跑，而你不在。”她回答道。

卡罗尔听懂歌词后笑了。她向窗外望去。

“一只猫。不过我觉得它不是因为下雨才跑的，而是因为有狗和老太太在追它。”她说着，转过身来，但是不敢看夫人。

夫人点了点头，做了个手势请她坐下。

“是一条穿着方格外套和小靴子的卷毛狗吗？”

卡罗尔的眼睛瞪得像窗户一样大。她怎么知道的？曼努埃拉 / 萨拉伊察觉到了卡罗尔的惊讶。

“没有什么奇怪的。那个夫人住在对面，每天这个时候，她都出门遛狗。她梳着高高的发髻，像是画报里的老奶奶。不是吗？”

卡罗尔点了点头。

“那么现在是五点刚过。如果你仔细看，再过十分钟左右，你就会看到放学的孩子们穿过公园，成群结队地从这里走过。有一对像是兄弟，因为都长着红头发，我觉得是那个女邮差的儿子或者外甥。我在这里住了这么长时间，还没见过其他人长这样的头发。”

她第一次和曼努埃拉夫人说了这么多话。签劳动合同的时候她们只说了两句话，内容是确定工作时间和报酬。从那之后，她只在楼梯上碰到过她一两次。卡罗尔很诧异，像她这么不爱交际的人居然会如此仔细地观察她的邻居。

卡罗尔像是第一次见她似的看着她：她的脸虽然说不上和善，但是看起来柔和多了。

“你喜欢博莱罗歌曲吗？”

一个新的问题将卡罗尔从沉思中唤醒。

“非常喜欢！它们让我想起我的父亲。他以前总爱唱。”

“你唱得不错……”

“啊，哪里！您应该听他唱，曼努埃拉夫人。不过，您听不到他唱了，但是……”

“因为他生活在秘鲁？”

“因为他在天上。”卡罗尔似乎漫不经心地说道。

“唉！”病人感叹道。

“人生啊。”

“我的母亲也是。”

“她也在天上吗？”

“她唱博莱罗唱得也很好。”曼努埃拉/萨拉伊发自内心地笑了，

"只有她知道她在天堂还是地狱。"

"你可以给我唱《今天下午我看见雨在下》吗？我想起了这首歌，怎么也无法把它从脑子里抹去。但是我记不清了……"

卡罗尔很犹豫。曼努埃拉/萨拉伊带着悲伤的微笑说：

"我多么想听啊！"

她恳求的语气让卡罗尔非常惊讶。她站起身来，走到窗前，她的目光穿过了房间，穿过了那个家和那条街道。她任由目光的焦点在森林上空游动直至消失，然后她用平静的声音唱起来：

"今天下午我看见雨在下，我看见人们在奔跑，而你不在。一天晚上我看见一颗蓝色的星星在闪烁，而你不在。一天下午我看见一只热恋中的鸟儿亲吻它满怀喜悦的爱人，而你不在。今天下午我看见雨在下，我看见人们在奔跑，而你不在。我看见秋天来了，我听见大海在歌唱，而你不在。我已不知道你爱我有几分，是在想念我还是欺骗我，我只知道我看见雨在下，我看见人们在奔跑，而你不在。"

一种温柔的沉默抚摸着两颗伤痕累累的心，暂时减轻了几乎已被遗忘的痛苦。

"多年前我离开了我的孩子，然后就再也没有他们的消息了。"

"您肯定特别想念他们，曼努埃拉夫人。当然，您那么做可能有您的理由。"

曼努埃拉/萨拉伊迟疑了几分钟。她想念他们吗？肯定不是特别想念。但是可以肯定的是，她越来越频繁地想象他们此刻可能在做什么。如果她在一家商店看到一件漂亮的毛衣，并且估摸着是她大儿子现在的尺寸，她就会想象自己买下来送给他。但是仅此而已。她从未想过再去联系他们，从未找过他们。她还是更喜欢她的自由。

“我有我的生活方式，”她回答道，并没有撒谎，“很难解释。”

看到她那双棕色的眼睛里裂开的黑暗深渊，卡罗尔吓了一跳。她感到晕眩。她有什么资格评判别人的罪过呢？她心想，她自己的过错已经让她难以喘息了。

“您小时候真的在这里生活吗？”

“是的，你都看到了！”

“太好了！回到您的故乡您肯定很开心，曼努埃拉夫人。您的故乡很美。”

“我不知道怎么跟你说……我没有回我原来的街道。据说最好不要再回到曾经感到幸福的地方。以前那里有一栋非常漂亮的房子……我很多次梦见自己走进那房子……你知道吗？那里有一棵漂亮的棕榈树、一个池塘、一个带柱子的大门。我常常透过栅栏看着里面的一切。”

“您真的没有再去过带给您美好回忆的那个街道？”

卡罗尔迟疑了一下又说：

“如果您愿意的话，哪天我们可以一起去。您知道吗？一个人回到曾经感到幸福的地方是个错误，但是如果有人做伴就不一样了。我很乐意您给我看些新东西。”

“你不必为我这么做。”曼努埃拉 / 萨拉伊咕哝道，她已经不习惯别人的关心了。

“我是为了我自己！我喜欢散步。在我的家乡，我每天下午都和我的母亲、嫂子、女友一起出去。在这里，只有我一个人，就不一样了……”她说，一边看着自己的脚，仿佛是求它们原谅她无法让它们走动。

“你的家乡是什么样子？”

“改天我再告诉您，今天太晚了，夫人。”卡罗尔说，一边站起身来。

她走到窗边拉下百叶窗。

曼努埃拉/萨拉伊一边看着她干活，一边想，就去一次没有关系的。可能就是一次半小时的短途散步，去去就回。这并不意味着她们必须每周都得一起出去，必须成为朋友或者告诉对方自己的秘密。她们只是一起在街上走走。如果去了，就可以知道她梦中的房子和童年的街道现在什么样了。

“发烧让我的心变软了。”她用这个理由说服自己。

“实际上，我想我一直在找一个已经不在的人。”看到女清洁工马上要出门了，她赶忙说。

“谁？”卡罗尔问，她诧异地停在那里。

“一个女孩。”

“女儿？侄女？”

曼努埃拉/萨拉伊摇了摇头。突然她又觉得冷了。她把毯子拉上去，试图裹住肩膀。

“找我自己。”

卡罗尔一边系围巾，一边无比温柔地看着她。

“为此您只需照照镜子就行了。”

夜幕已经降临。已经很晚了。即使如此，卡罗尔还是绕了一点路回家。她想路过中央大街。一到中央大街，她就找到了她要找的东西。她蓦地停住了，打开了挎包。

她拿出一个信封和一支圆珠笔。写上地址之后，她把信从邮筒口投了进去。

“来，去陪伴曼努埃拉夫人吧！快点飞，我的信儿，她在等你，尽管她并不知道。”

三十九种对你说我爱你的方式

我像爱情那样爱着。
除了爱你，我不知道其他爱的理由
假如我想要对你说的是我爱你，
那么除此之外，你还想要我对你说什么呢？

佩索阿

萨拉任由三张一样大小的信笺滑落到地上。她空空的双手向上张开着，似乎想要更多的东西。

“我爱你是为了爱你，不是为了被爱，因为没有什么比看着你幸福更让我快乐。乔治·桑。”

“通过一个吻，你会知道我没有说出的一切。巴勃罗·聂鲁达。”

“当我的声音随着死亡而沉默，我的心将继续和你说话。拉宾德拉纳特·泰戈尔。”

她看了看周围，不明白是怎么回事：一地白色的信封，一直蔓延到她的脚下，将她小小的办公室占去了一半。它们在默默地请求打开。

这是一个普通日子的8点33分。一个半小时之前，闹钟响起时，没有任何征兆表明会有这样的事情发生。孩子们像往常一样懒洋洋的，出门上学都晚了。所以，她站着把咖啡牛奶喝了，把蛋糕放在包里拿到办公室吃。

她不喜欢让邻居们等，第一个小时是波韦尼尔邮局的高峰时段。她筋疲力尽地赶到邮局。当她把铝合金门拉上去，打开房门时，教堂的钟显示的时间是八点半。

自己通过了考验，她想，然后她的眼睛就发现了那一地的信。她惊诧地看着它们，就像现在一样。当时她还没有发现所有的信都是寄给她的，信的大小相同，都盖着马斯坦的邮戳，日期是前一天。

她一直退到门口。她在门上挂上"我们在送信"的告示牌，用钥匙把门从里面锁上，然后坐在地上。她颤抖着伸手又拿起两个信封。这些信没写寄信人：在她村子里开始流行不说写信人是谁了。

"当你发现另一个人独一无二时，你就是恋爱了。豪尔赫·路易斯·博尔赫斯。"她念道，叹了口气，"去爱吧，做你喜欢做的事情。你若沉默，请出于爱而沉默；你若呼喊，请出于爱而呼喊；你若改正，请出于爱而改正；你若原谅，请出于爱而原谅。圣奥古斯丁。"

她又拿起一个信封。她闭上眼睛又睁开，仿佛这样会从不属于自己的梦中醒来。但是没有作用：这封信仍然写着她的名字。有人想告诉她什么事情，但是是什么事情呢？最重要的是，是谁呢？

“一个人可能爱着但是并不幸福；一个人可能没有爱但是很幸福；但是爱与幸福都是奇迹般的存在。奥诺雷·德·巴尔扎克。”法国人当然很懂爱情了！她心想，一边放下这张信笺读下一张：“爱情不是互相看着对方；而是一起看同一个方向。安托万·德·埃克苏佩里。”这位飞行员说得多么有道理！“不像我丈夫，”她心想，“在厌倦了我的时候，不是把注意力放在我们的孩子身上，而是去看别的女人。”

这个想法令她大吃一惊。她已经许多年没有想起那些事情了。大概是与费尔南多的交往让她重新想起了往事。几天前他跟她说来看她之后，他们没有再提起这个话题。

他们每天都聊天。他跟她聊挪威的寒冷或者是平台上的中国厨师和他单调的伙食。他已经吃腻了三鲜炒饭。

而她终于可以告诉他卡罗尔已经写好信寄出去了。当她看到卡罗尔走向080771号信箱的时候，她几乎不敢相信。那个信箱几周前就收到过一封信。这个女清洁工和那个不可理喻的中年女人怎么会认识呢？暂时还没有人来取信，她告诉CASTAWAY 65。那封信正躺在一个白色的金属棺材里。

“你尽管怀疑星星是火焰，你尽管怀疑太阳会转移，你尽管怀疑真理是谎言，但是你永远不要怀疑我爱你。威廉·莎士比亚。”“你爱我吗？”女邮差不知不觉地大声喊道，“你都不认识我，怎么可能呢？”她对着一个假想的听众怒斥道。

“应该倾听大脑的声音，但是让心说话。玛格丽特·尤瑟纳尔。”“为了你的一个眼神，我可以献出整个世界；为了你的一个微笑，我可以献出整片天空；为了你的一个吻……我不知道为了你的一个吻我应该献出什么。古斯塔沃·阿道弗·贝克尔[1]。”

她把头斜靠着柜台，闭上眼睛，思绪飘得很远，直到遇见了初恋的回忆：一个有点斜视、长着兔牙的同学，只有十二岁的她觉得这些特征非常有趣。

一天放学后，他在回家的路上等她。他谨慎地隔着一段距离跟着她，等到旁边没有人了，才走到她身边。许多年过去了，但是她仍然记得他如何颤抖地递给她一张折叠的纸片。他眼里的焦急似乎表明了一切：她看完后大笑起来。她的爱慕者写了贝克尔的这句诗。经过这么多的兜兜转转，生活又把它还到她的手里。她试着想象那个男孩后来怎么样了。她仍能看见当时他绝望地跑走了，脸红得像西红柿。他再也没跟她说过话。她知道的关于他的最后一个消息是他在首府学法律。

如果她给了那个他委婉相求的吻，那么会怎么样呢？他们会成为情侣，然后成为夫妻吗？她仍会和他在一起吗？

下一个名言似乎对这一句是个补充：“初恋的魅力在于我们不知道它是否会有结果。本杰明·迪斯累利。”那份初恋对她来说已经相

[1] 古斯塔沃·阿道弗·贝克尔（Gustavo Adolfo Bécquer，1836—1870），西班牙诗人、作家，被视为西班牙现代诗的先驱之一。

隔太远了！

重新恋爱会不会太晚了呢？

她用一只手挥散了这个想法，伸出另一只手打开了下一个信封："对于一颗高尚的心来说，任何忘恩负义都不能将它关闭，任何冷漠都不会令它疲倦。列夫·托尔斯泰。"小卡片上这样写着。她撕开另一个信封，觉得信笺上的话非常适合她："只有在分开后才能体会和理解爱的力量。费奥多尔·陀思妥耶夫斯基。"她从未与费尔南多分开过，如果最终他决定来的话，也许他们的第一次约会和那之后的告别会透露出她对他的感情有多么强烈。"以及他对我的感情，"她心想，"我不想成为北极黑夜中的海市蜃楼。"她摇了摇头。

"因为爱我们才活在这个世界上。只有为别人而活的生活才有存在的价值。阿尔伯特·爱因斯坦。"萨拉认为，在这一点上她完全赞同这位德国物理学家，以及她的这位暗恋者。难道还能用别的方式来称呼那个人吗？他花费了很多时间来找这些关于爱情的美妙句子，用优雅的字体把它们写下来，然后又一一装进信封，并且给每个信封贴上邮票！她笑了，同时感觉手指痒痒的。"吻就像是在田间发现的一小块金子或者银子，没有太大的价值，但是很宝贵，因为它们表明附近有矿藏。乔治·维利尔斯[1]。"

从那个没有实现的初吻到第二个吻中间隔了三年。那是在她十五岁生日的时候。这天上午，萨拉坐在办公室中间的一堆信中，

[1] 乔治·维利尔斯（George Villiers，1592—1628），英国政治家，詹姆斯一世的宠臣。

若是能让她记起那个男孩的名字，她愿意付出任何代价。但是她没有想起来，只知道那个吻是巧克力味道的，大概是因为那是她最喜欢的蛋糕。

费尔南多的吻会是什么味道呢？一想到这里，她的脸红了。她慌忙往办公室左右看了看，仿佛有人能听见她的想法似的。

接下来她这位陌生的朋友对她喃喃而语的句子是“心是一个孩子：期待自己想要的东西。俄罗斯谚语”和“爱一个人就等于告诉他/她：你会永生。加布里埃尔·马塞尔[1]”。

“同意，”她评论道，仿佛他就在眼前似的，“我明白了你的信息：你在跟我谈论爱情！或者更确切地说，”她暗自发笑，“你在利用豪华的第二阵容让他们替你告诉我。”

她想起了她和真正的初恋男友在去首府的途中看的电影《大鼻子情圣》。她的初恋男友叫米格尔，和电影中的主人公一样有一个比他们的脚尖早一刻钟到达目的地的大鼻子。“你是个好男孩，米格尔，”萨拉对他的幻影说，“枯燥但是人很好，现在我可以对你说实话了，我母亲比我更喜欢你做男朋友。当然，是指做我的男朋友。”那个电影给她留下了美好的回忆：她觉得西哈诺的诗句非常优美，特别是在那位绅士躲在窗下表白，而他的心上人却看不见他的那个情节中。

空信封在她身边逐渐堆积起来，无声地见证了信中饱含的激情。

[1] 加布里埃尔·马塞尔（Gabriel Marcel，1889—1973），法国存在主义哲学家。

她将那些信笺一张张地随意放在膝上。她想近距离地感受它们，似乎这样可以感受到书写它们的那只手的力量。

说得太对了！她不禁感叹："爱情的抚慰就像是雨后太阳的光辉。威廉·莎士比亚。"在一种孩童般的喜悦的驱使下，她抓起了一大把信封。她完全不知道是谁在给她写信，但是她根本不想去追究魔法的来源，而是更喜欢沉迷其中。她感觉那些文字通过她的眼睛进入，然后掠过它们，直抵她的心脏。每读一句话，萨拉的内心都会感到一阵温柔。

"我的心有你的胸膛足矣，你的自由有我的翅膀足矣。巴勃罗·聂鲁达。""在爱情方面疯子最有经验。关于爱情你永远不要问理智的人；理智的人爱得理智，这就如同没有爱过。哈辛托·贝纳文特[1]。""只有在爱你的人面前你才可以表现出软弱而不会挑起暴力反应。特奥多尔·阿多诺[2]。"

马斯坦有她的爱慕者吗？怎么可能呢？她都不怎么去邻村，只有派到那里的同事生病时才会去一下。

她开始在脑子里回想所有她认识的人，试图猜出会是谁这么大费周章。药剂师？"可是他都快七十岁了！"她心想。波韦尼尔的水管工退休后就去马斯坦当水管工了。那是一位和蔼的中年男人，不

---

[1] 哈辛托·贝纳文特·伊·马丁内斯（Jacinto Benavente y Martínez，1866—1954），西班牙作家，获1922年诺贝尔文学奖。

[2] 特奥多尔·阿多诺（Theodor W. Adorno，1903—1969），德国法兰克福学派哲学家、社会学家。

过早已同一位女教师幸福地结婚了！她找不到那位神秘的写信人。

她心想在某封信里应该藏有明确的线索，她确信无论那人是谁，他都希望别人知道。

“没有人爱只是普通的不幸。真正的不幸是不懂爱。阿尔伯特·加缪。”她松了口气：她懂爱。她爱极了她的三个儿子，就像以前爱自己的父母一样。她对罗莎、毛里西奥和他的儿子亚历克斯都充满柔情。她有很好的闺蜜。她敢肯定所有这些人都会在加缪面前承认她的说法。费尔南多会承认她的说法吗？她爱费尔南多吗？作为回答，她感觉自己的心跳加速了。借用路易斯·德·莱昂修士[1]的说法，她大声念道：“真正的爱情不会等待被邀请，而是主动发起邀请。”

那么她应该迈出第一步吗？怎么迈呢？

她在下一封信里找到了勇气。“爱情可以让任何一个懦弱的人变得勇敢，成为英雄。柏拉图。”

她突然感到一阵羞愧：她收到这些情书并且还仔细阅读，不是在背叛费尔南多吗？更糟糕的是，她因为收到这些情书而感到幸福。如果他知道了会怎么说呢？“求你不要生气，好久没有人对我说这么动听的话了！”她嘀咕道，好像那位挪威落难者能够听见似的。

“爱过又失去总比没有爱过好。阿尔弗雷德·丁尼生”，“我的心的时间：希望与绝望的时刻。安东尼奥·马查多”，她继续念道。

[1] 路易斯·德·莱昂修士（Luis de León，1527—1591），文艺复兴时期西班牙诗人、学者。

“一个人如果不爱一样东西，就学不会理解它。歌德”，“出于爱所做的一切超越了善恶的范畴。尼采”。

看起来她的爱慕者知道很多美文。她试着想象他坐在某个房子客厅桌边的样子。天色已晚，他点亮了一盏灯。他正俯身在纸上不停地写着，面前堆满了词典、谚语和要引用的书。他不时抬起头来，目光游移在家具之间，然后叹口气。他在想她。

想象自己在不知不觉中陪伴了某人整整一个晚上，对她的回忆给了他写下这些美句的灵感，萨拉很是激动。

“我在读你。不管你是谁，你并不孤单。”她悄悄地说，感觉眼里慢慢盈满了泪水。

“这个世上最美好的东西既看不到也摸不到……但是可以用心感受到。海伦·凯勒。”“爱情没有年龄。它总是在诞生。帕斯卡尔。”也许对她来说还不晚。对于所有像萨拉一样在等待第二次机会的女人来说都不晚。“只要我们勇敢一点。”她想。“爱情是一朵很美的花，但是必须用勇气去悬崖边采摘。司汤达。”

泪水拂过她的脸颊，她等了一会儿才将它们拭去。有一滴眼泪落在了下一张信笺上，洇湿了第一个单词：“那些用心去爱的人只会用心去交谈。弗朗西斯科·德·克维多[1]。”

“我们对爱情唯一的了解就是一切都是爱情。艾米莉·狄金森”，“爱情就像火；外面的人先看到烟，里面的人先看到火焰。哈

[1] 克维多（Francisco de Quevedo，1580—1645），西班牙政治家、作家。

辛托·贝纳文特”，“当理智绝望的时候，爱情仍然可以等待。乔治·W. 利特尔顿[1]”。

只剩下三个信封没有打开了。她颤抖起来。她想让幸福再持续一会儿。

她要等几分钟再打开。起身时，她捡起了放在腿上的那些信笺。她把剩下的三封信放在柜台上，其余的都装进了包里，同时努力思索藏匿这种宝贝的最佳地点是哪里。把它们放在手边重读可以帮她度过日历表上那些单调的灰色日子。

她去给自己冲咖啡。接近上午九点了，“我们在送信”的告示牌所提供的借口很快就会用完了。她必须打开办公室的门，尽可能地摆出一副办公的邮差面孔。

“通过一个吻，你会知道我没有说出的一切。巴勃罗·聂鲁达。”

她打开了下一封信，并不知道她最终会在这里找到线索。信里面是拜伦的话：“如果你看见的那些我不会轻易流下的眼泪，我和你分别时的激动，我所说所做的一切，都没有表露出我对你的真实情意，我的心上人，我没有其他的证据可以献给你……让上帝保护你、宽容你、祝福你，直至永远，甚至是在另一个世界。”

“这么说我认识你。”萨拉若有所思地低声说，“我见过你，你跟我说过话……”她一边背诵，一边亲吻最后一张信笺，她把它放在脸颊边。“我爱，你爱，他爱，我们爱，你们爱，他们爱。但愿这不是

---

[1] 乔治·W. 利特尔顿（George William Lyttelton，1883—1962），英国教师、作家。

变位而是现实。马里奥·贝内德蒂[1]。”

她大声数了数，一共三十九张信笺。这个奇怪的数字证实了她的猜测：无论她的暗恋者是谁，他知道这是她的年龄……没剩下多少小时就是她的生日了。他为她度过的每一年都送了一句情话。

她笑了，她猜想从某种程度上来说，他想告诉她，他很久以前就爱上她了。也许一直都爱她，甚至是在他自己觉察之前。又或许他想要补偿她所有那些无法向她表白心迹的日子。

萨拉一个人站在那个她熟悉的地方，她的邮局办公室，哭了起来。她的眼泪里夹杂着幸福、长久以来缺乏爱情的痛苦以及对所有她曾爱过但已不在身边的人的思念。

她转过身来，也许很快她又要哭了，因为那个地方将布满灰尘，被关闭、被遗忘。她努力把那一刻保留在她的视网膜里，保留在她的心里。

如果她不是这么沉浸于自己的思绪里，她就会发现大街上有两个人正在偷窥她。那两个人个子一样高，头发几乎一样短，脸上的笑容也很相似。

亚历克斯的绿色眼眸闪烁着光芒。阿尔玛觉得那双眼睛也流出了一滴羞涩的眼泪。他俩相望着，她握住了他的手。像是被相同的想法所驱使，他们不约而同地沿着街道往下跑去。

他们必须告诉费尔南多，他的情书已经直达目的地，也就是萨拉的心里了。

[1] 马里奥·贝内德蒂（Mario Benedetti，1920—2009），乌拉圭诗人、小说家。

卑鄙的打击

多么不公平，
多么该诅咒，
卑鄙的死神
不是杀死我们，
而是杀死我们所爱的人。

卡洛斯·富恩特斯

阿尔玛猛地合上了她正在看的书。她无法集中精力。

隔壁房间传来快速、有力、平稳的键盘敲击声，让她每看两三个单词思路就中断一次。她一个人在这所大房子里住了四个月，和费尔南多一起住了还不到两天。难道她已经变成隐士了？

看着房间的天花板，她哼了一声。一只小蜘蛛统治着那里：它不停地从一边爬到另一边，确保没有人未经它的允许进入它那油漆剥落、已有裂缝的领土。

“该给它刷一遍漆了。”她叹道，一边审视着孤独在墙壁和地板上留下的足迹。她想起从厨房通向菜园的那扇门，每次她打开时都会发出令人毛骨悚然的声音，还有二楼的一扇外窗，关不严实，一有暴风雨就响个不停。

“也许亚历克斯能帮我修理房子。”她想。

自从她认识玛拉·波斯基以后，这位女诗人对她说的一句话就不停地在她脑中回荡：“你人生的命运和你祖母的房子的命运息息相关。”两者都掌握在她的手中。“路易莎·梅亚斯，你给我找了个好大的麻烦。”她嘟哝道，“你别跟我说这不是存心的，我可是很了解你的！”

创办青年作家公寓的想法，最初她觉得像是一个不可企及的梦想，但是现在它开始有说服力了。她把这个想法告诉了男朋友，男孩马上兴奋起来，不是因为他对文学感兴趣，而是因为阿尔玛第一次考虑在波韦尼尔待很长一段时间。

“我本来只想来这里住一个星期，但是我不断地找借口让自己一辈子留在这里。”想到书信接龙，想到她的男朋友，想到马上就要启动的读书俱乐部，她笑了。

“天啊！这个人孜孜不倦地在写什么呢？他的回忆录吗？”阿尔玛绝望地问自己。因为没法继续看书，她已经把灯关了准备睡觉。但是睡觉也是一个徒劳的决定。

她在黑暗中伸出手，拿起床头柜上的手机看了看时间：凌晨两点。

她习惯整夜都开着手机，这是她母亲的要求。母亲不能理解她的女儿怎么能一个人住在牧场中间这么大的一栋房子里，它距离最近的住户也有两公里。

“如果小偷进去，如果房子着火了，如果你心脏病发作……你得赶紧通知别人！你要跟我保证手机一直不离身。”她对阿尔玛说。

阿尔玛回答母亲说她一定是电影看多了。虽然不情愿，阿尔玛还是答应了母亲的要求。由于最近事情繁多，她就把这事告诉了亚历克斯。令她惊讶的是，男孩竟然认为她母亲说得有道理。当她跟他说，她从未想到一个在山区长大的青年梦想家和一个四十多岁的家庭主妇会想到一块儿去，他的目光盯住了她。

“放心，”他回答说，“虽然我和她之间有很多差异，但是却有非常重要的一点把我们联系起来：我们都爱你，我们都关心你。”

“你爱我吗？”她俏皮地问他。

但是她没有得到回答。亚历克斯已经若无其事地继续往前走了，好像他没有说什么重要的或者表露感情的话。他是个话不多但很有分寸、简单明了的人。阿尔玛必须要习惯这一点，即便很难。

她突然吓醒了。她没有睁眼，努力辨认令终于睡着的她惊醒的声音。费尔南多的电脑键盘已经默不作声了。不是它们的过错。

两秒后，手机铃声再次吓了她一跳。

她的手似乎不肯拿起手机，仿佛知道深夜来电只会带来坏消息。铃声响到第四声的时候，她向事实屈服了：如果有人想告诉她什么事情的话，她是逃不掉的。

“亚历克斯……”

她得到的回答只有沉默。

“亚历克斯，发生什么事了？你为什么这时候给我打电话？”

她听到电话另一端低低的啜泣声。

她在床上支起上身，打开床头灯。她等了几秒钟，却感觉十分漫长。

“如果你不告诉我你发生什么事了，我没法帮你……”她忧虑地说。

她感到一阵胃痛。她蜷缩起来，试图在毯子下面缩成一团。感觉到亚历克斯的痛苦令她害怕。她猜测泪水正滑过他的脸颊，她却不知该如何安慰。她觉得泪水会让他俩窒息。

他还没有说出口，她已经猜到了：

“我父亲。”

“不，不，不……”阿尔玛内心不断重复道。

她透不过气来，不知该说些什么。她张开嘴巴寻找空气和话语，就像一个暴风雨中的遇难者试图同时呼吸、大喊，而海浪却即将把她带入大海深处。她抓紧手机，仿佛那是她的救命稻草。她必须保持镇静，否则两人都会沉没。

尽管她对答案有一种奇怪的笃定，但是她还是问道：

“他怎么了？”

她听到背景里有一个她不熟悉的声音在问保险单据的事情。那个回答的女声听起来很熟悉，像是邮差萨拉。

“你和谁在一起，亚历克斯？”

“你过来。”

这句话的命令口吻把男孩自己都吓了一跳，他试图缓和一下语气：

“你叫辆出租车。马斯坦有二十四小时叫车服务，或者叫醒费尔南多，假如他……”

阿尔玛已经没有在听他的建议了。她仿佛一生都在等待亚历克斯对她说“你过来”的时刻，她早已从床上跳起来，手机扔在了床垫上。

她随手抓起衣服穿上：一条灯芯绒裤子、一件厚毛衣、一双登山靴。这时是凌晨四点，外面应该很冷。她围上围巾，戴上帽子，穿上外套。这时她才发现被扔在一边的手机。

“亚历克斯？”她问道，一边飞快地冲出了房间。

但是亚历克斯已经挂了电话。

在松林间奔跑的时候，阿尔玛觉得自己刀枪不入。到处都一片黑暗：天空像是在哀悼，月亮已经不见了。猫头鹰的眼睛从高高的树枝上盯着她的后背，她觉得猫头鹰似乎在用叫声警告其他夜行动物，不许碰那个栗色头发、蜜色眼睛的女孩。

她不知道自己从哪里来的力气，几公里的路程她跑起来大气不喘，而且毫不惧怕。爱情就是抵挡一切危险的最好的盾牌。她从石头上跳过，不理睬森林里的声响，她的动力来自她从未见过的亚历克斯的哭泣。

“人会在五个小时内衰老吗？”亚历克斯为她打开房门时，阿尔玛想。还没来得及给出答案，她就感到男孩一边把她往屋里拉，一边在她的怀里寻求安慰。他既没有哭，也没有说话。

她刚到，萨拉和医生就走了，他们答应一大早再来处理遗体等各种事宜。

家里一片沉寂。悲伤匍匐在那里，征服了一个曾经充满活力和梦想的家庭空间。在走廊尽头，毛里西奥的遗体正在他的房间里等待最后的仪式，他的葬礼。

亚历克斯和阿尔玛已经在餐厅的沙发上坐了几个小时。他俩依偎在一起，她尊重他的沉默。他不停地把她的头发弄乱又梳好，以此打发时间，好像这么做能让他平静下来似的。

她任由自己的思绪飞扬，想起刚到波韦尼尔时第一次遇到他的情景。在老教堂里，她闭着眼睛伸手去摸门环上的斜眼天使。她没有摸到门环，却摸到了亚历克斯的脸。她吓了一跳。如果在她看到他逃跑时，有人告诉她，有一天他们将不只是朋友，她会大笑的。她还没有把布鲁斯·查特文的那本书还给他，他原本清白的借阅记录里肯定已经被记上了一笔违约。

阿尔玛很惊讶，自己居然在这个时候想起了那些日常琐事，她不禁感到内疚。

她觉得，在这样的时刻她应该再摸摸男孩的脸，她的三根手指在他的脸上轻轻滑过。这与其说是本能反应，不如说是她自己的决定。他似乎对她笑了。他的目光消散在昏暗中的某个地方，他自己的世界的某个地方。

女孩闭上了眼睛。一时间，她以为亚历克斯的父亲要进来看他妻子的照片，就像他每天所做的那样。她知道这不可能了，但她还是等待着。这是她第二次去那个公寓，但是连她都感觉到了那个男人的离去所带来的沉重感，虽然她只见过他一次。

她试图想象，在疾病将他的记忆变成筛子之前，甚至是他妻子去世之前，他是什么样子。某一天，等到这一切都过去了，她要请亚历克斯给她讲讲他的父亲。她想帮他留住那些记忆。

阳光透过窗帘照了进来，先是照亮了墙壁，接着渐渐下移到家具、画和相框上，最后爬上他们的脚，然后照在他们的脸上。

教堂的钟声响了，响了七下。

仿佛这就是亚历克斯整夜等待的信号。他既悲伤又害怕地看了看她，用细弱的、破碎的声音说：

“他走了。”

你所在的地方

1月28日

父亲：

死去的人知道自己死去了吗？

你现在在哪里？

在这里，家里，只剩下了你的躯体。但是那副皱巴巴的皮囊不是你。萨拉现在抓着的那双僵硬的胳膊不是你。她正在给你穿你那套最雅致的西装，那双似乎拒绝伸进袜子的苍白的脚也不是你。我摸了你一会儿。我想在你的额头上给你一个告别的吻：你特别凉。我气恼地擦了擦嘴唇，因为我不喜欢你留给我这样的回忆。

这不是你。你刚才已经离开这个家了，就像几个小时之后这具陌生的躯体也将去墓地一样。我以前从未见过死人。如果不是想到昨天以前你一直生活在这具躯体里，它只会让我想起一具空皮囊，想起小时候你在圣诞节送我的那种木偶。哥哥为了惹我生气，在我操纵木偶跳舞的时候剪断了它的线。然后它就倒了下去，像一个没有生命的重物，像一团布和棉花。

是谁剪断了你身上的线？

我猜想，对于你来说这是一种解脱，对吗？我讨厌这种想法，但是我知道，如果你能够求我剪断你的线的话，你早就这么做了。你成了一具已经不听你使唤的躯体的囚徒。它像一条锁链，把你捆在一个广阔但陌生的世界。我可以肯定的是，一开始，我的存在缓解了你的不安，因为妈妈去世、你生病而变得荒唐的生活也暂时有了意义。但是最后连我也弥补不了你这么多的思念和痛苦。

你也不是你了。

最近几年我照顾的是一个陌生人，我每天都要学着了解他。你每天都不一样。有时我都要疯了，因为你甚至一个小时一变。

偶尔我能认得出你，尽管你不相信。有时你像是默默地来我们家做客。我看见你难过地看着我，我很生气。我想告诉你，不要同情我，我选择留下来陪你是因为我愿意，因为我爱你，至少在你还是你的时候我是爱你的。医生跟我说那只是我的想象，你不可能为我难过。他告诉我说，毕竟你不知道我是谁，也不知道什么是难过。

我和妈妈一样，没病的时候才会相信医生。

我是自愿留下的。我本来可以离开的，像我的朋友们那样，像我哥哥那样。在你还能跟我说这些的时候，你跟我说让我离开。后来，你就只能胡言乱语了，你知道这比沉默更糟糕吗？有时候我希望你不要讲话了。很抱歉，我宁愿你不说话也不愿听你翻来覆去讲同样的事情。你很失望，因为你总是问我荒唐的问题，而我不知道该怎么回答。人们都说沉默很可怕，他们错了。听糊涂的你讲话要糟糕得多，就像明知道我的话对你来说是无法理解的噪音，我却还要跟你讲话。有时你捂住耳朵，用这样的方式告诉我你不想再听噪音了。

我的父亲，那个曾经教给我很多东西、多次安慰过我、多次逗我笑的男人，现在不停地问我，他的母亲几点来给他吃午后点心——祖母已经去世三十多年了，怎么可能呢？

从某种意义上来说，也许这一切是为了让我做好思想准备来承受今天的这一刻，是为了让我更容易接受与你分离。哪怕是在生病这件事上，生活都是明智的。在我看来，你的病是糟透了的事情，或者命运的一个沉重的玩笑，然而它千变万化的面孔实际上是为了让分别不那么痛苦的一种准备。

我不会告诉你我希望你离去，因为这不是真话。但是我知道你渴望随妈妈而去，我看着你每天受苦，这让我接受这件事的时候不那么气恼了。你最终在深夜大喊着走了。护士叫醒了我，我跑去你的房间，刚好还来得及在你停止呼吸之前抓住你的手。你察觉到了吗？我想在最后一刻陪着你，让你不觉得孤单。但愿你感觉到了。

昨天下午看起来就是一个普通的下午。假如那时我知道今天我将一个人吃早餐，我会大声对你说我爱你！

你走了，让很多东西留在了我的心里。那些我想告诉你但是你无法听到的东西。因此我写给了你，为了说出它们，让它们随你而去。它们是写给你的，把它们带走吧。

我必须告诉你，妈妈的死不是你的错。我没有怪你，但是我想哭，而你的悲痛掩盖了我的悲痛。我不能哭，因为你比我更难过。我咽下了泪水。你知道发生了什么吗？阿尔玛说我的心在悲痛中窒息了——看得出来她是诗人。你那天已经认识她了，我对此很高兴。

你爱妈妈，我们也爱她。

我已经跟你说了，你生病后我是自愿留下来的，因为我也爱你。当然，有的日子很艰难。你能想象一个囚犯给自己判刑吗？十年零一天，强制劳动，流放。我这么做了：我把自己关在这里，没有出去的那天。所有的人都走了。很多日子我都憧憬着我也能离开村子一阵。

我一直没能与你分享我的旅行梦。我想做的事情就是走遍世界的每一个角落。我希望踏上我在地图上用手指走过的各国的土地，在外国的海滩上沐浴，在庙宇前拍照，手里拿着一杯朗姆酒开怀大笑，同新认识的人交谈，踏上开往陌生目的地的列车。我要工作攒钱，等到有钱了我就出发。我会请求阿尔玛和我一起去，因为我已经习惯了和她一起去任何地方。我喜欢她。我们在一起的时候，一切似乎都简单多了。和阿尔玛在一起，生活很轻松。但是我们还是会回到波韦尼尔。我喜欢我们的森林、老教堂和石头房子。她虽然还没意识到，但是也已经把它们装进了心里。我看出来了。

小时候我喜欢上学。等我旅行累了，也许我会再去读书。我对地理、历史、人类学等很多东西都很有兴趣！我的年龄不算太大，还可以尝试。目前我们即将在波韦尼尔图书馆启动一个读书俱乐部。

在阿尔玛、萨拉和其他人的帮助下，我们决定读书信集——类似于我给你写的那种信。我很激动。

我的生活原本像一个已经写好的剧本，但是最近几个月发生了很多转变。我经历了很多事情，我很愿意与你分享。俱乐部是其一，阿尔玛是其二，还有一个为了挽救萨拉的工作岗位而发起的匿名书信接龙。

有一天我收到了一位美国女诗人的信，她邀请我参加接龙。她给我讲了她跌宕起伏的生活，甚至她的一些秘密。我也写了信。你知道是给谁吗？是给我的朋友米格尔的母亲希帕蒂娅。接龙继续下去了。我不知道我们是否能不让萨拉被调到首府去，但是我知道那些信有魔力，从某种意义上讲，它们改变了所有收信者的生活。

我多次问自己，是谁想出了接龙这么好的主意。如果我知道的话，我会对他千恩万谢。

萨拉刚刚通知我说到时间了。他们已经到了，要带走你的躯体。我还有一分钟和它告别。今天下午，在灵堂，我将只能看见一副棺木。

在你所在的地方，不要忘记我，爸爸。我仍然在这里。

亚历克斯

他把圆珠笔放在桌子上，没有重读写下的内容，把纸折了两折。亚历克斯动笔写信时流下的泪水已经干了。在信封上写下那个不可能寄到的地址时，他感到一种奇特的安宁：

毛里西奥·萨尔万

正义者大街

天堂王国

加急

告别的方式

他们告别了，而在告别中已经蕴含了欢迎。

马里奥·贝内德蒂

萨拉的生日 1 月 28 日到了。

庆祝所需的一切都已准备就绪，都是费尔南多安排的。他甚至还不顾阿尔玛的反对雇了一个乐队。阿尔玛不知道客厅怎么摆放家具才能盛得下打击乐器、键盘乐器和三个合唱姑娘。

希帕蒂娅已经快两天没睡觉了，一直在准备宴会。她负责通知罗莎，让她在聚会上完成一项特殊的任务。这位老太太对参加聚会表现出了极大的热情，她给他们拿来了一大堆照片，上面记录了对于萨拉来说最幸福的时刻和最重要的人。阿尔玛用这些照片做了一个短片，打算在聚会上放映。幸好，女孩还没有必要当面认识她祖母的这位朋友。她知道她们的轨迹随时都会相交，但是她希望越晚越好。

然而那天晚上十点，罗莎得扮演一个关键的角色：她必须把萨拉骗到梅亚斯家的大房子来。他们不知道罗莎怎么做才不会引起怀疑，但是老太太跟他们说不用担心，把事情交给她就是了。她跟他们保证，她从女邮差还在母亲肚子里的时候就认识她了，因此她知道怎么做。

世界在四十八小时里已经颠倒了，阿尔玛心想，一边看着一言不发的希帕蒂娅和费尔南多。他们三个正坐在客厅里喝咖啡。

上午九点，一离开男朋友家，渴望成为诗人的女孩便召集了一次紧急内阁会议。因为亚历克斯的父亲去世，大家质疑举行聚会是否合适。一方面，亚历克斯是整个事件最积极的推动者之一。他充当了费尔南多的手和脚，把三十九封情书送到邮局办公室，买了那位“来自寒带的情人”临时想到的所有东西：四十朵白玫瑰，一张萨拉最喜欢的歌唱家的CD，一件他可以在当天穿的新衬衫……如果亚历克斯父亲的去世还不够严重的话，那么还要考虑到邮差家和男孩家是世交。

“没有必要取消整个聚会。”阿尔玛说，打破了悲伤、厚重的沉默。

“这是什么意思？”希帕蒂娅问道。

“我们可以把聚会推迟到毛里西奥的葬礼之后，推两三天。这同样能给萨拉带来喜悦。我肯定能说服亚历克斯至少过来给她一个吻……”女孩回答道。

“不行。”费尔南多非常严肃地回答。

两个女人吃惊地向他望去。她们认识他的时间不长，但是到目前为止从未觉得他是一个专断或者固执己见的人。

“明天下午我就必须走了。今天上午六点，头儿从钻井平台给我打来电话，说那个留下来替代我的门外汉得了单核细胞增多症，他们不得不把他送回了岸上。”他愁眉苦脸地说。

“说真的，食物也放不了那么长时间，”希帕蒂娅像是请求原谅似的补充道，“那样的话我们得把它们全部扔掉重新做。”

厨娘无可奈何地叹了口气。

三位组织者又陷入了沉默。

“要是我们来个‘petit comité’[1]的庆祝呢？”阿尔玛问。

另外两人似乎在犹豫。

“你说的是什么意思？”希帕蒂娅怯怯地问，“‘petit comité’是什么？”

女孩还没来得及回答，费尔南多就发表了意见：

“就是说我们低调地庆祝一下。人很少，不太豪华，就一小会儿……”他低下了头，“我觉得不好。聚会无论大小，都是聚会。如果要选择的话，应该给萨拉办一个大的。”

“你说得对。”阿尔玛叹道，眼看着自己的主意已经用光了。

“而且，”团队里的老将补充道，“我们已经通知了所有的人，他们都已经买了礼物……今天上午我在面包店遇到了邮局的清洁工卡罗尔，她激动地跟我说，这是她来这里之后受邀参加的第一个聚会。

[1] 法语，意思是在小范围内。

她高兴地告诉我，她甚至在理发店约好了时间做头发。”

两个女人不约而同地看向费尔南多。既然卡罗尔都这么期待这次聚会，那么假如它真的要取消了，这位穿越了整个欧洲来组织聚会的恋人会有怎样的感受呢？她们俩觉得很内疚，面前的费尔南多正心不在焉地不停转动着咖啡勺。

希帕蒂娅打电话给罗莎，把他们的踌躇告诉了她。罗莎花了几分钟听完了所有的理由，一次也没有打断她。

阿尔玛和费尔南多紧张地等待着。他们从亚历克斯和希帕蒂娅那里得知，有关萨拉的事情，罗莎的意见几乎就是圣旨。这位老太太是萨拉一辈子的邻居，但是也是她的朋友，在某种意义上也是她的家人。罗莎喜欢称女邮差为“她的姑娘”，她了解萨拉的心声。

而且，她还是一个明智的人，在村里很有威望。她的意见有可能让他们摆脱困境。

“罗莎？你还在那儿吗？”厨娘问道。

另外两人用探询的目光看着她。为了让他们安心，希帕蒂娅肯定地点了点头。

“用免提。”费尔南多紧张地说。

希帕蒂娅看他的眼神好像别人在用中文跟她讲话似的。

阿尔玛拿过她的电话，打开了扬声器。

“你们问过亚历克斯了吗？我认为在这件事上他有发言权……或许和你们预想的不一样。”

三位密谋者面面相觑，事实上，他们甚至都没有问过他，就差点替他做出了决定。

阿尔玛已经盯着她的手机看了32分20秒，却不敢给亚历克斯打电话。她独自坐在壁炉对面的沙发上。她看向窗外，想起了那个下雨天她在那个男孩骑车发生事故后救了他。“真是装模作样，”她心想，“我们都一起经历了多少事情了！”尽管她认识男朋友的时间很短，但是她觉得他们之间已经建立了非常牢固的关系，这是因为他们花了好几个小时在一起讲述各自心底的梦想和秘密。“现在，”她叹了口气，“我们竟然这样。”

她想，在这种时刻她恰好在那里，在波韦尼尔，在亚历克斯的生活中，这是天意。

她努力鼓起勇气给他打电话。两个小时之前，她让他一个人留在家里等待殡仪馆的人。他看上去很平静，但是阿尔玛觉得他那双平静的绿色眼眸里隐藏着痛苦和恐惧。

一时间，她后悔答应希帕蒂娅和费尔南多给亚历克斯打电话了。他们应该继续进行还是取消萨拉的生日聚会，她觉得对亚历克斯来说这是一个荒唐的问题。怎么跟他提呢？他会怎么想呢？她紧张得开始咬指甲，埋怨起已经回家的厨娘和关在自己房间为恋人准备惊喜的费尔南多。“好啊，”她对着虚拟的他们谴责道，“你们挑简单的做，让我做为难的事。”

她很清楚时间在跟她对着干。她可以抱怨，可以把手指头都啃光，或者把储藏室里的东西都吃光，但是这都无济于事。他们只有不到十二个小时来决定筹办还是取消这个世纪聚会了。

阿尔玛不知道此刻这两个选择中哪一个更让她害怕行动。决定将由亚历克斯来做。她和希帕蒂娅、罗莎、费尔南多像是忠诚的士兵，准备服从他的命令。

“我还记得我父亲的六十岁生日。”

亚历克斯的声音时断时续。就在那一刻，阿尔玛咒骂自己提出了那个问题。她知道那不是个好主意，她在心里默念了好几遍。

“亚历克斯不……”

男孩不听她讲话，继续抽拉回忆的线团：

“他生日好几个月之前，我母亲就开始考虑我们怎么庆祝了。她想和所有的亲朋好友一起给他一个惊喜，让他永远记住那个日子。”

她感觉他在歇气：

“要是他记得那个日子的话……在他还有记忆的时候，他是记得的！”

“那是一次很美好的聚会吧？”女孩大着胆子温柔地问。

“她没有办成。那个星期，母亲被送进了医院。那是她第一次被送进医院，后来又去了许多次，但是当时我们并没有想到后来的事。母亲告诉我们以后再庆祝，让我们不要担心。所以我们就保存着我们给他画的画、给他写的诗。亲戚们也保存着礼物。所有的人都期待等她好了可以为他庆祝生日。”

他安静下来，沉默中却包含着万语千言。

“那一天永远也没有到来。”他啜泣道，“我常常想，等他七十岁的时候，我和哥哥会为他举办十年前没有办成的聚会。但是那时他已经生病了。外人让他紧张，所以那天只有我们三个人一起过，我们在山上散步来着。”

几乎是不知不觉地，阿尔玛哭了起来。亚历克斯仿佛看见了女朋友脸上滑下的泪水，他强作镇定。

“实现幸福的最佳日子就是今天。我们留待将来的事情也许我们将永远无法实现。谁知道一周之后我们会怎样！我的父亲四十八小时之前还想着今天将和每天一样要同护士斗争，然后你看……”

“亚历克斯，其实……”

“我希望萨拉的生日聚会能举办。她应该获得那些一点一滴的祝福。她已经期待了很久。”男孩似乎笑了，“从某种意义上讲，那也将是我父亲的生日聚会。他在六十岁和七十岁时都没有过的聚会。”

万水千山

我开始这次旅行，这次航海，不是为了赢得荣誉或者财富。

克里斯托弗·哥伦布
致天主教国王的信，1503 年

亚历克斯站在客厅中央，看着四周。和他小时候一样，波韦尼尔风景画、沙发和矮几都在那里。母亲在首府最好的商店购买的餐具柜和椅子在那里守卫着。

“一切都一样，一切却都不同了。”他嗫嚅道。

尽管他已经观察了十多分钟，但是他觉察不出哪里变了。那个舒适的、熟悉的空间让他感觉很陌生。他无法相信昨天他还把它当作自己的家。他想跑开，回到自己的家中，因为那个家已经不像他的家了。然而他做不到，他的双腿并不回应他内心的呐喊。

他感觉自己是风景画中的落难者，被抛弃在深山中的鲁滨逊·克鲁索。孤独啃噬着他的心。他在沙发上坐下，他的思绪从阳台逃了出去。

殡仪馆的人已经把父亲的遗体抬走了。几个小时之后，他将在灵堂守灵。萨拉送走了工作人员，在确定男孩情绪无碍之后，她拿着保险单据离开去办手续了。他刚刚和阿尔玛通过电话，他一时鼓起勇气，告诉她不必为他担心，应该继续准备邮差的生日聚会，不过他又有点后悔了。他哥哥还要几个小时才能从首府赶来。

他一生中第一次完全一个人待在家里。

他像个梦游者似的，开始挨个走进每一个房间，就在几个小时之前，这些房间还属于他和父亲两个人。厨房里几乎找不到父亲的痕迹。自从父亲开始失去记忆之后，为了他自身的安全，亚历克斯规定那里就是他的禁地了。他多次警告过父亲那里会非常危险，所以他不止一次地看见父亲抓着厨房与走廊分界处的门框，既害怕又好奇地看着，仿佛在等待随时有凶猛的狮子袭击他，或者一阵无法阻挡的风把他吹倒。

他走进父母结婚后住的房间。他打开衣柜，毛里西奥的气味躲藏在他的衬衫、裤子中间，不肯离开。他深吸了口气，让肺里填满那个疲惫的老人的气息，仿佛这样可以让他在自己身边多停留一会儿。他坐在床上，抚摸着父亲疲倦的身体躺过的地方。殡仪馆的人在匆忙之中没有抚平床垫。在那些褶皱中，他似乎辨认出了父亲的后颈、胳膊和腿。

经过洗手间的时候，剃须膏和剃须刀吸引了他的注意。他觉得这些物件比任何时候都更加悲伤、无用，他自己用的是电动剃须刀。

父亲一直讨厌那类器械，称它们为“坏机器”，他就一直尊重他的意愿，每天早上用传统方法给他刮胡子，直到他生命的最后一刻。

他用手扶着洗脸盆边缘，凝视着自己的脸，试图发现毛里西奥遗留的痕迹。他想起小时候母亲总说他的耳朵和父亲的一模一样。他仔细端详着它们，这么长时间里他第一次笑了，因为他想起有一天父亲因为他调皮捣蛋而揪了他的耳朵。他和学校里的几个朋友一起想了一个高明的主意：把邻居家的猫变成一只苏格兰格子猫。他们把它从鼻尖到尾巴尖都染上了红绿格子。那只动物永远也无法忘记那个不祥的下午，每次隔着墙一听见亚历克斯的声音就会绝望地喵喵叫。

好像不是在自己家里走了短短的七十米，而是走了一百公里似的，他筋疲力尽地倒在沙发上，看着天花板。他盖上父亲看电视时他给父亲盖腿的那条毯子。不知不觉间，他已无法抵抗前一天晚上被夺走的睡意。

听到门铃声他吓了一跳。他看了看手机：已经下午两点多了。他竟然睡了将近三个小时！他跌跌撞撞地起来去开门。会是谁呢？

他感觉自己还没准备好接待前来吊唁的邻居。最好等他哥哥赶到，这种情况下哥哥比他应付得好。他仍然心有余悸地记得为母亲守灵的事情，那时他还是个小孩子。所有那些穿着黑衣痛哭的女人和拍打他脸颊的神父都变成了他后来几个月中最恐怖的噩梦。

“亚历克斯，亚历克斯，请开门……”他听到门外有人说话，伴随着有力的敲门声。

他听出了这个声音是谁，犹豫了几秒钟才开门。

“托马斯。”跟希帕蒂娅的丈夫面对面之后，他腼腆地小声说。

男人伸出手。亚历克斯像个木头人一样重复了这个动作。在感觉到另一个人温暖的碰触之后，眼泪不听使唤地在他的眼睛里积聚起来。亚历克斯不好意思在他面前哭，所以在眼泪滑下之前转过了身，向客厅走去。

“如果你想进来……”他低声说。

他听到身后的门慢慢关上了，脚步声跟随他到了客厅。他又在沙发上坐下，不知道该说些什么。他从小就认识托马斯。他是他一位好朋友的父亲，所以从某种意义上说，这个男人是看着他长大的。因此他觉得托马斯比任何人都更能读懂他的内心。他摇了摇头，仿佛这样可以甩开他的目光。

两个人一直沉默着，不知道该做什么或者说什么。两个人都是话很少的人。托马斯知道那个悲伤的时刻刚刚到来不久，于是他鼓起勇气先开口了。

“今天早上，我们吃早饭的时候，你女朋友给希帕蒂娅打电话，把发生的事情告诉了她。”

“你女朋友”这几个字令他措手不及。他第一次听见有人这么说。他很喜欢这个称呼，于是向托马斯浅浅地笑了一下以示感谢。

“我很难过。你知道我们都在这里，无论你有什么需要……”托马斯缓缓地继续说道，似乎想让他记住这句话。

亚历克斯点了一下头，对他的这番话表示感谢。“或许他马上就走了。”他宽慰地想。他对托马斯的印象不坏，但是在那种情形下他觉得不自在。他宁愿继续一个人待着，在自己的记忆里、在自己的家中徘徊，直到阿尔玛或者他哥哥来解救他。现在却不然，一个在这种情形下和他一样局促不安的六十多岁的人在盯着他，似乎想再说点什么，却不知道该怎么说。

“他现在是要开始跟我说我父亲是个好人吗？又或许他想拍拍我的背，鼓励我要勇敢？”亚历克斯心想，没有丝毫嘲讽的意思。他既同情自己，又同情那个男人，肯定是好心的希帕蒂娅让他来陪自己的。

为了他们两个人，他决定挺身而出：

“托马斯，谢谢你，真的。明天举行葬礼，11点。我和我哥哥希望你们能来参加。”说着，他从沙发上起身，同时等着他的客人也起身。

那个男人没有动。亚历克斯主动说：

“如果你不介意的话，我想趁下午去殡仪馆之前休息一会儿……”他低声说道。

托马斯似乎要让步了。他把双手放到沙发扶手上好像要站起来，但是在最后一刻，他后悔了。他又坐了回去。

他把手伸进大衣口袋里，掏出一个信封递给亚历克斯，亚历克斯不明白这是怎么回事。

“我已经保存了它许多年了。一天，在你父亲得知医生的诊断结果之后，他来见我……”

托马斯突然不说话了，似乎为刚刚所说的话感到后悔。

亚历克斯凝视着那个信封。他把它翻过来翻过去，好像他从未见过信封似的。面对来客的沉默，他抬起头来，直到与对方的目光相遇。以前星期天的时候，托马斯和毛里西奥经常在波韦尼尔的酒吧玩多米诺骨牌。从他们的孩子们一起上学开始他们就认识了，虽然不是特别好的朋友，但是互相敬重。亚历克斯的父亲对那个沉默寡言、严肃、忠实的男人评价很好。“他像我们的冷杉树一样强壮。”提起他的时候，父亲常常这么说。

“他请求我，如果哪天他不在了，把这个交给你……我们那时都知道这只是个时间问题。我很难过，孩子，真的。”他松了口气。

亚历克斯明白那个秘密对托马斯来说很沉重，某种意义上说，它会让他觉得自己是帮凶。他背负着一个只有在死神带走毛里西奥之后才能兑现的承诺。他尽可能温和地对男孩说，他不喜欢这样的等待。但是他这么做，是出于对亚历克斯父亲和这个在他家吃过很多次午后点心的男孩的尊重。

托马斯告诉他，他一上午都在考虑在这个时候把信交给他是否最合适。他曾找了很多合理的借口来推迟这件事。但是几分钟前，当他正要吃午饭时，心里有某种东西动了一下。希帕蒂娅刚刚给他端来了一盘闻着很香的菜。她在他对面坐下，冲他微笑，然后对他说：“慢用啊。”

“我突然意识到，今天你将第一次一个人在这间厨房吃午饭，然后我不知道怎么了，有某种东西催促我拿起大衣出门，把你父亲写的话带给你。我希望你能原谅我的……”

一直站在托马斯对面的亚历克斯走到他身边。托马斯像是明白了他隐藏的请求似的拥抱了他。

亚历克斯：

如果你看到这些话，说明我已经不在了。

托马斯应该在我死后将这封信交给你。我知道他会这么做的，因为他是一个守信用的人。他既不会把信拆开，也不会弄丢，所以我才请求他做这件事。

几个月前医生们就已经给我们说得很清楚了：我有阿尔茨海默病。我没有发觉。我只是觉得非常害怕。很快我就将忘记一切。我曾要你离开，但是我知道你和我一样固执。从你的脸上我看出来了，无论我多么坚持，你都会寸步不离。你和我一样热爱波韦尼尔。而且，你的责任感和荣誉感都非常强，它们把你拴在了我身上。我希望它们不要成为沉重的锚，让你和我一起沉没。

人们都说人老的时候就像一个孩子。很快，你，我不到二十岁的儿子，就要来照顾我，你七十多岁的父亲，就像照顾婴儿一样。我将依赖你，就像你出生后依赖我一样。这就是循环。

你是我们意外得到的礼物！你出生的时候我年纪已经很大了，但是，即便如此，我仍然以为我可以陪你更长时间。我以为我可以看你大学毕业，在婚礼上为你祝酒，或者等你去国外旅行的时候收到你的明信片。但是现在这都不可能了。

医生们告诉我某一天我会连你都不认识了。我害怕失去我的记忆，但是我更害怕忘记你是谁，我的儿子。我们将变成生活在这个家里的两个陌生人，我们曾在这里度过了那么美好的时光。我希望等到那一天到来的时候，时间能过得快一些，这对你对我都好。我不想这样活着，我不想让你受苦。

我不想束缚你太久。你要开始你的生活。

如果你决定在波韦尼尔生活，并且是为了你自己，我会很高兴。我和你的母亲都很爱这个村子。我们一直希望你们留在这里。但是如果你决定离开，你要知道我们也会同意的。在你认为你会幸福的地方建立你的生活吧，把我们装在心里带走，这样无论你去哪里，都会感觉像在家里。

你从小就梦想去冒险。你还记得你曾让我一遍又一遍地给你读《金银岛》吗？我那时多么讨厌那本书啊！我想那些海盗的生活将成为我最后忘记的事情……然后是《沙皇的信使》《八十天环游地球》《马可·波罗游记》……我已经数不清你一共知道多少游记和英雄了。

你以为我不知道，其实我知道你整天在图书馆研究地图，晚上在家里如饥似渴地读一页页的历史和地理书籍。

为了照顾我，你放弃了去看所有那些地方。

你看到这个信封里有一把小钥匙吗？

等到我不在的那一天，也就是你看到这封信的那一天，我希望你拿上这把钥匙去银行，请人打开一个以你的名字保存的盒子。在那里你会找到另外一封信。没有神秘的东西，只有钱。那是给你的。离开银行，不要往后看，去车站，踏上你遇到的第一列火车，奔向你的梦想。快点，因为你已经延误了很多年。

我为你骄傲。

我爱你，儿子。在这段日子里我没有一天不爱你，我很肯定。

毛里西奥

亚历克斯把纸对折后紧压在胸前。他等着自己的心跳平静下来。然后他拿起电话，凭记忆拨了一个号码。不到半小时后，有人敲门。

门一打开，靠在门上气喘吁吁的阿尔玛差点摔倒。

“你怎么了？”她连门槛都没迈，担心地问道。

亚历克斯拉起她的手让她进屋，然后关上了门。

在昏暗的过道里，他猜测到了她不安的眼神，感觉到了她急促的呼吸。他摸了摸她因为大量运动而热乎乎的脸颊。她肯定是在接到他的电话后跑过来的。他在电话里让她过来，因为他有重要的事情告诉她。

他紧紧地抱住她，感觉到他的心碰撞着她的心。他问她：

“你和我一起去波韦尼尔吗？”

阿尔玛像磁石一样紧贴着他的身体，回答说：

“你是想说我是否想和你一起留在波韦尼尔……”

“不。我是想说，等这一切都过去了，你是否敢和我一起坐船穿越大西洋去看看世界另一端的波韦尼尔。”

阿尔玛的视线模糊了。她的腿马上要站不住了，她紧紧地抓住男孩。难得有这么一次，她觉得自己说不出话来。

亚历克斯笑了。他将嘴唇凑到她耳边，低声说道：

“我爱你，阿尔玛·梅亚斯。我要开始我的生活了，希望你陪在我身边。”

她张开嘴巴，但是还没来得及说出一个词，他就用一个吻封住了她的嘴唇，这个吻将他们送到了距离那个散发着孤独气息的过道数千光年的地方。

若不是大海离这片山地有几百公里远，阿尔玛肯定会发誓说她已经感到海风吹乱了她的头发。

举起手来：这是一场聚会

友谊让快乐加倍，让痛苦减半。

弗朗西斯·培根

“罗莎，你还好吗？”萨拉担心地问。

“你有什么事，姑娘？我好得很。”老太太回答道，一边扣着大衣的最后一粒扣子。

女邮差看着她，不知道发生了什么事情。她邻居脸上的那种神态不太寻常。她连续一个小时都没能说服她，她坚持要在这大晚上出门，而且还要萨拉和她的孩子们陪着她。什么事情这么紧急，非要在大冬天半夜十一点半把所有人都从家里拉出来呢？

“而且，明天还是我的生日呢。”女邮差想。

她需要为罗莎担心吗？她是脑子糊涂了吗？萨拉的后背轻轻地抖了一下。

“我向你提过几次这样的请求啊？几次？”罗莎试探性地责备道，一边用眼角偷瞄她。

“问题就在这儿，罗莎，你一直都是个讲道理的人，从未向我提过这种请求。”萨拉亲切地回答说，一边用一只胳膊搂着老太太的肩膀。

罗莎并不打算这么轻易让步。她已经答应了希帕蒂娅、费尔南多、亚历克斯和他的女朋友阿尔玛，要把女邮差带到为她举办的惊喜聚会那里。她看了看表：她只剩下不到三十分钟的时间来说服萨拉和她的孩子穿上外套跟自己一起出门。这是计划的第一部分，那天早上她还觉得挺简单的。第二部分是把他们都带到那栋房子里，这个会更难。

当毛里西奥的儿子告诉她聚会将在那个地方举行，她感觉有千万根针在她的心里和记忆里扎刺。她已经将近六十年没有再去过那里了。

对那天早上的情景她记忆犹新：路易莎的父亲没有让她跨进大门的门槛。他伤心地对她笑了一下，对于罗莎要去看她女儿的请求，他回答说女孩已经不在家里了。但她不相信，在门口时，她的眼睛捕捉到了一楼窗户的一处窗帘在动。她的朋友已经知道她和阿韦尔要结婚了。她从其他人那里知道了她最好的朋友无法告诉她的事情。她的鼻腔里涌上一股腐败的味道，罗莎知道那是友情开始瓦解的味道。

她一直认为自己不会再踏进那间客厅了。

亚历克斯没有告诉她，路易莎的孙女回来住在那里了，因为他不想让任何事情破坏萨拉的聚会。他说服她来做这件事。他对她撒谎说，看管房子的人把钥匙留给他让他帮忙照看菜园。他让她相信，最近几十年间一切都变了很多，也许这样可以彻底消灭她的心魔。

是最后这句话说服了老太太，让她相信这样一个日子正是一个与过去和解的机会。

自从她十一月写了那封信后，她没有哪天不想起她的童年伙伴。她知道有人看了她的信，因为接龙继续下去了。女邮差告诉她，波韦尼尔的书信流量多了起来，令人十分惊讶。“一封一封地，”萨拉告诉她，“但是多了起来。”

知道这个消息之后，罗莎的心情很矛盾，她既高兴又伤心。也许路易莎看了她的信，并按照她的请求也寄了一封信笺。但是，路易莎没有直接跟她联系。她确实没有这样请求，但是她内心希望她这么做，一封短信、一个电话或者通过照看房子的任何人捎个口信都行。但是什么也没有。也许此次聚会是让那个伤口愈合的最佳借口。“一个小偷会回到案发现场吗？”她心想。

“行了，行了。你怎么这样！我本想给你一个惊喜，可是弄不成了。”她无可奈何地说。

“终于说了！告诉我什么事情这么重要。你知道，为了你，我可以徒步穿越撒哈拉沙漠……但是你得给我一个这么做的理由！”

萨拉沉默了片刻，像是意识到自己的错误似的又补充道：

“一个有意义的、重要的理由。”

罗莎开始戴手套。她没有时间可以浪费了，因为她有关节炎，所以这样一个动作都很费力。她努力整理了一下思绪，以免泄露太多事情。

“明天是你的生日。”她吞吞吐吐地说。

“对啊。”萨拉专心听着。

“你知道，这对我来说是个非常特殊的日子。你出生时我就在那里！如果不是我，就不会有你明天的四十岁生日了。”

萨拉知道接下来会听到什么：回忆她父亲怎么晕倒，医生因为下雪赶不到，罗莎看着自己的双手，知道她应该全力以赴，让那个新生命顺利诞生。

老太太继续说着，一边戴上帽子，背上挎包。萨拉吃惊地看着她，有那么一瞬间，她觉得罗莎似乎涂了点彩色眼影。但她马上就否定了这种想法。罗莎只在重大场合才会化妆，而毫无疑问，这个时间上街不像是要去重大场合。

“那就让我任性一次吧。”

萨拉沉浸在自己的思绪里，没有听到最后两句话。罗莎说的任性是指什么？她只好又难为情地问她。

罗莎已经决定一不做二不休。

“我想跟你说，你来看看我给你准备的礼物对我来说有多重要，可是你都不听我说什么……”

萨拉没有注意到老太太将一根手指伸向了眼睛。一滴眼泪马上就要溢出她的眼角了，萨拉可受不了这个。她的心理防线马上就要裂开了。

“可是……不应该是一个惊喜吗？”

“可我不确定你是不是喜欢那个包，我想让你到橱窗那里看看。如果你满意的话，我一大早去买了拿回来给你。我希望你明天就能用上。”罗莎指着房门对她说。

还有十分钟，她们还得去楼上带上孩子们。幸好那天下午罗莎已经和老大串通好了，约定的暗号是罗莎晚上十一点的喊声。罗莎会让他们的母亲下楼去看她，然后他们必须迅速地穿好鞋和外套。

虽然事先已经知道必输无疑，但是萨拉还是做了最后的尝试，她问：

“要是我明天看呢？我在商店里试试，然后回来告诉你我觉得怎么样。这样你就可以下楼去买它，而我会去市场。”

“哎呀，”罗莎想，“这个姑娘总是有办法。我只好孤注一掷了。”她双手合十，希望她的表演不会太做作了。

“可是不行，我不行，想着你到底会不会喜欢它，我会睡不着觉的。”她吞吞吐吐地说，捂住了脸。

她知道萨拉最担心的事情之一就是她会患老年痴呆。有时她撞见萨拉在小心翼翼地偷窥她。她在心里恳请女邮差原谅她这么弄虚作假。

一打开自家的门，萨拉吓了一跳。三个孩子都已穿戴整齐在等她了，他们的脸上挂着微笑。

“可是，今晚你们都是怎么了，都想去大街上着凉啊？要是我还得照顾你们，你们就等着吧，就算感冒再轻……”她一边准备出门一边吓唬他们。

“罗莎，这太过分了。你听好了，按照你的请求，我们已经去普莉商店的橱窗看过了，而且我已经告诉你我很喜欢那个包了。我觉得现在该回家了。”她非常认真地说。

“不，还不能回去。还差十分钟十二点的钟声就敲响了。为什么不做点不一样的事情开始你的生日呢？”

“明天周六我八点半去市场的时候再开始，你看行吗？我答应你中午请你和孩子们去马斯坦吃比萨。幸好不是每天都是四十岁生日。”

“可是你的生日现在就开始了。记住你是凌晨生的，不是大白天生的。”

“求你了，妈妈……”她的大儿子插嘴了。

其他两个孩子也开始学他。

萨拉有点绝望地看着他们。“至少，”她心想，“今晚不太冷。”她决定答应他们，否则她知道那几分钟将让她付出很高的代价。

“你知道我真正想做的是什么吗？”罗莎反问道，她正挎着萨拉的胳膊走在主街上。

“不知道。”萨拉惊慌地回答。

“去那所大房子。”

“什么大房子？”

“梅亚斯家的大房子。”

萨拉蓦然停住了。她非常清楚将罗莎和那所石头房子联系在一起的那件陈年旧事。她年轻的时候，罗莎自己给她讲了她和梅亚斯家的女儿之间非同一般的友情，讲她们形影不离地一起长大，直到阿韦尔与她们的生活交汇。罗莎多次跟她坦白，她每天都想同路易莎聊天，想从她的嘴里听到她也一直很幸福，和她一样过着圆满的生活。“那些话是我尚未偿还的债。”罗莎伤心地说。

现在都半夜十二点了，她提出了这个请求。萨拉感觉大地在她的脚下颤抖。她的邻居已经八十多岁了，但是萨拉感觉如果现在就永远失去她仍然太早了。她的目光落在罗莎身上，罗莎正在等待她的答复，双眼充满了期待。她惊讶地从中看出，罗莎十分笃定她不会拒绝这么不合情理的愿望。

她说不清楚究竟是什么打动了她，让她不顾一切逻辑地答应了罗莎。是她在老太太身上看到了那种小女孩的期待？是担心那是她最后的愿望之一？还是对罗莎的感情的盲目信赖？

汽车停了下来。她想起了她在刚入冬时放在那里的那封信。她没有告诉罗莎，以免勾起她过去的痛苦，但是她想哪天她应该告诉她。罗莎和那所房子的关系似乎又密切起来，或许，在那封信里存在着某种线索。

与预料中的一样，房子一片漆黑、寂静。

尽管如此，孩子们和罗莎却毫不犹豫地打开车门，吵吵嚷嚷地下车了。她还没有反应过来，就看见他们穿过栅栏向入口走去。两个小一点的孩子像被魔鬼追着似的跑着，老大把自己的胳膊给老太太扶着，让她走得稳当些。两分钟之后，四个人消失得无影无踪，完全被大房子吞没了。

他们去哪儿了？

她的手掌刚扶在老旧的铁木门上，门就开了。她不敢跨过门槛，仔细地听了听，试图听到孩子们的声音。但是她唯一听到的就是远处教堂钟楼的钟响起的十二声钟声。她已经正式迈入四十岁了。

“罗莎？你在那里吗？”

萨拉从头到脚都在发抖。她打开包，以一种绝望的表情拿起手机，仿佛手机可以帮她抵御可能藏在那里的、来自这个世界或者其他世界的坏人。

“我在这里。”她的邻居回答道。

她松了口气。

“我也在。”她的小儿子说。

“还有我。”

“还有我。”

卡罗尔？希帕蒂娅？她似乎听出了他们的声音。

她正在失去真实感，她闭上眼睛，感到头晕目眩。她以为自己要晕倒了。就在这时，有人点亮了灯，一片掌声响彻了安静的夜晚。

她看了看四周，无法相信自己看到的一切。几十张熟悉的面孔在对她微笑，大声祝福她。他们围过来。她感受着他们的拥抱和亲吻。有的人试图揪她的耳朵，拿她的新年龄开玩笑。有的人把她推到客厅中央：她看到了图书管理员和她的家庭医生，自己的上司在他们身后冲她挤眼睛。这不可能是真的！

一种突如其来的喜悦涌入她的全身，仿佛快要让她的身体炸成碎片了。她像是着了魔似的笑起来。

萨拉不知道的是惊喜才刚刚开始。

有好几分钟的时间，她几乎说不出话来。她和每一位客人碰杯，品尝各种三明治和小吃，不停地笑着。等她稍微平静些了，客人们开始送上他们的礼物：书、丝巾、夹心糖果盒……

"我的礼物一点儿都不特别。"希帕蒂娅指着餐桌上一个硕大的盒子腼腆地说。

萨拉走了过去，几百双眼睛跟随着她的脚步。当她开始打开盒子的时候，她感觉到了大家的好奇。看到里面的东西，她不禁发出了一声惊呼。波韦尼尔最好的厨师为她做了一个信封样子的蛋糕，各种细节应有尽有。奶油上用巧克力字母写着她的名字和地址。邮票让她有种奇怪的熟悉感，她的二儿子凑过去闻了闻，解开了她的疑惑：

"是用糖做的你！"

说完，他鼓起掌来，感染了大厅里所有的客人。

萨拉走到激动的希帕蒂娅身边，希帕蒂娅正抓着托马斯的胳膊，好像害怕自己随时会摔倒似的。萨拉温柔地拥抱她，感谢她为自己所做的一切。萨拉在品尝的每一口食物里都尝出了她的专业水准。

卡罗尔上前一步。

"该我了，头儿。"她一边说一边递给她一个绿色的包装盒。

萨拉激动得像个孩子，毫不犹豫地撕开了包装纸。从客人们陆续送她礼物开始，她逐渐地兴奋起来。礼物一件比一件别致。猜想着他们怎么挑选、准备、包装礼物，她体会到了所有人的情意。

萨拉忽然感觉到矿物的那种冰凉，她冲卡罗尔笑了。秘鲁女人把东西从她手中拿走，放到逆光的地方，这时，黑黝黝的石头似乎迸射出五彩斑斓的光芒。

“它来自我家乡地底下。那里的矿工认为它能带来好运。我三年前把它带到这里，现在我想与你分享它，我的朋友。”

两个女人拥抱在一起。

她们好几分钟后才分开。萨拉想把那天晚上亲友们送给她的温暖和亲情全部送给她，似乎这样可以驱走一直萦绕着卡罗尔的乡愁。

她们周围充满了笑声、祝酒碰杯声、掌声和音乐声。

“这份礼物是亚历克斯和他的女友阿尔玛送的。”罗莎说，声音里带着悲伤，眼里盈满了泪水。

老太太自从走进那栋房子后，一直在努力克服沉重的回忆。尽管亚历克斯对她说了那番话，但是房子里面什么都没有变，至少对她来说没有改变。沙发确实不是原来的了，墙壁的颜色和椅套也跟原来不一样了。然而，从某种意义上来说，她感觉她的朋友路易莎、路易莎的哥哥和父母都在那里，和他们从前住在那里时一样。她沉浸在了那种氛围中，它在冰冷的石壁间保存了数十年。她知道路易莎的哥哥和父母都已经去世了，他们的遗体安放在波韦尼尔墓地的墓穴里，但是路易莎呢？她已经随他们去了还是仍然活着？

“《邮差和巴勃罗·聂鲁达》。”萨拉看着书的封面念道，又把书翻过去看封底，“诗歌不属于写诗的人，而是属于读诗的人。”

“好像，”希帕蒂娅说，“亚历克斯的女朋友写诗。”

“这个故事把我们带到1969年6月。一个叫马里奥·希门尼斯的十七岁少年很厌恶自己的生活，因为和他的父亲一样，他必须当渔民。一天，他决定成为邮差。他被派到了黑岛，并且只有一个客户，巴勃罗·聂鲁达。他每天给他送信，但是他们从不交谈。后来，他们因为有关比喻的闲聊而成了朋友。马里奥发现自己和偶像一样，他也想成为作家。他还遇到了自己的心上人，一个叫比阿特丽丝的姑娘。聂鲁达被派到巴黎当大使了。一段时间过后，聂鲁达寄给马里奥一台录音机，让他录下他想念的声音，其中包括他刚出生的儿子巴勃罗·内夫塔利·希门尼斯·冈萨雷斯的声音。最后，马里奥在诗歌比赛中获了奖，得知了诺贝尔奖诗人的病情。1973年9月11日，智利发生了政变。巴勃罗·聂鲁达的家被警察监视起来，因此信件无法送达。于是邮差把信件内容背下来告诉了诗人。诗人于同年9月23日去世。几天后，一辆汽车带走了马里奥。人们从收音机里听到军队占领了出版社和报社。”萨拉念道，她想明天她就要开始看这本书。

罗莎抚摸了一下她的头发，以引起她的注意。

“这是我的礼物。希望你永远记得我们，哪怕在我们相隔遥远的时候。”老太太的声音突然中断了。

她指着萨拉的三个儿子拉来的一个大包裹，脸上露出同谋者的笑容。

包装纸落地之后，几个被遗忘已久的笑容向她表示问候。那是一个漂亮的相框，里面是凝聚了她一生的照片。第一张照片是黑白的，她的母亲和罗莎正牵着她的手走在村子的主街上。在她们身后，两位丈夫似乎正在聊天，完全无视那个时刻的重要意义。萨拉穿着一件漂亮的蛋糕裙。她喜欢上面的粉色圆点。

第二张照片已经是彩色的了，风华正茂的萨拉第一天穿上她的邮差制服。她的父亲非常自豪，把自己的帽子让给她戴。帽子对她来说太大，帽檐遮住了她的眼睛，却阻挡不了那双眼睛放出的光芒，在二十年后也能看见。“她从哪里找出这张照片的？”萨拉想。她不记得以前见过。

第三张照片是去年冬天拍的。萨拉躺在一片草地上和儿子们一起数白云。小儿子蜷在她的左侧睡着了，另外两个儿子正指着天空开怀大笑。

最后一张照片整个都是黑色的。她很诧异地看看罗莎，罗莎正用一条旧丝巾努力擦干眼泪。

“这张？”

“这张照片得由你从你未来几年的照片中挑选。”

她的三个儿子交给她一张“世界上最好的母亲”证书，这是他们在罗莎的帮助下自己做的。萨拉一个一个地亲吻他们，试图把这个情景烙印在自己的记忆里，连同他们出生的瞬间、那些发烧的夜晚、他们上学的第一天以及他们自己的生日。

就在此时，从门口的花园里传来几声吉他的和弦。所有的人都向窗户跑去，他们马上惊喜地叫喊起来。孩子们打开门跑了出去，大人们也跟了过去。

萨拉走到门口，幸福得快要晕眩了。三位乐手、一位歌手和三个伴唱女孩收到了大家不顾寒冷提出的各种请求。

此时是萨拉四十岁生日的凌晨一点。她看着此刻陪伴着她的所有她爱的人。她不曾想到自己会有这么完美的一个生日。

就在这时，她感觉有人把手慢慢放在她的背上。

她幸福地转过身来。

她差点摔倒在地。

尽管经历了岁月的流逝、北方的寒风以及生活的打击，费尔南多的眼睛仍像她刚认识他时那样微笑着。她呆在那里不知所措。这一刻已经让她盼望了许久！

她脑子里首先闪过的是自己此刻的样子很丑。她试图抚平身上的格纹衬衫。她看了看脚上脏兮兮的雪地靴的鞋尖。她的手摸了摸头，惊恐地发现自己的头发仍然用一支铅笔别着。她既没有化一丁点儿妆，也没有戴耳环。

她眼睛看着地面，不敢抬起头来，直到一双饱经风霜的男人的手挑起她的下巴。

“生日快乐，红发女人。”

在她听来，这几个词是她一辈子所听过的最优美的词语了。萨拉的世界重新转动起来，她感到一切都终于找到了各自的位置。

“只差我的礼物了，不过我想在一个更私密的地方给你。”

萨拉的脸红了。她向花园看去：所有的人都在跳舞，没有注意他俩。

费尔南多事先告诉他的朋友们说他想来个绝妙的出场。他先躲在壁炉旁边的柴房里，既能听得到聚会的进展，也不会被别人看见。他告诉希帕蒂娅和阿尔玛，在黑夜中监视了这么多年的大海之后，他有的是耐心。他们不必为他担心。

一看到女邮差的脸，他就知道他的等待是值得的。她从惊讶转为激动，无疑又从激动转为难以抑制的喜悦。

他向她伸出手，她握住了。他拉着她穿过一分钟之前还人声鼎沸的客厅。他们进了厨房，他轻车熟路地打开木门进入小菜园。

李树光秃秃的树枝似乎在向凌晨的星星发出挑战。萨拉靠在树干上，双臂环抱，好像感觉自己没穿衣服似的。费尔南多把自己的外套给她披上。这时他离她那么近，萨拉似乎都闻到了他皮肤上的海盐味。

她感到一阵战栗，闭上了眼睛。

他吻了吻她的眼皮。她惊诧地睁开眼睛时，他正拿着一个小小的信封给她看。

萨拉两秒钟便认出了那个信封。二十四小时之前，她坐在邮局办公室地上打开了另外三十九个相同的信封。和其他信封不同，这个信封上没有马斯坦的邮戳。

她马上就明白了谁是她的暗恋者，谁是那个用三十九种方式告诉她他爱她的人。她笑了。她知道她会在那个信封里发现什么，但是，即便如此，在她试着打开它的时候，她的情绪还是出卖了她。她打不开信封，费尔南多只好笑着替她打开了。

“赠予我一克你的爱，我将回赠你一百箱同样的宝物。给我一个爱你的机会，我将还给你一千个机会。只要给我你的一天，我将给予你我所有的日子，我的每一天。”萨拉颤抖着念道。

每一个词语都轻轻地抚过她的喉咙，从她的唇间涌出。

她抬起双眼。

“这段话是谁说的？聂鲁达？拜伦？司汤达？”

“是 CASTAWAY 65 说的，一个终于游到目标海岸的落难者。”

意犹未尽，来日方长

一本打开的书是一个说话的大脑；
一本合上的书是一个在等待的朋友；
一本被遗忘的书是一个宽恕的灵魂；
一本被毁灭的书是一颗哭泣的心。

印度谚语

阿尔玛已经在图书馆门前站了五分钟，却不敢走进去。一种类似于临阵恐慌的感觉扭绞着她的胃。她感到身上冒出了冷汗。2 月 14 日，情人节。2 月 14 日，波韦尼尔读书俱乐部开幕的日子。

她感觉最近几个月一切都很匆忙。自从十一月初她逃离了服装店的工作，半夜来到波韦尼尔，事情便不受控制地仓促发生了。假如她相信命运的话，她会认为是宇宙而不是她自己做出了留下来生活的决定。

她的祖母尽管已经去世多年，却留给了她一件礼物：他们家的祖宅。她当初在那里住下是为了与世隔绝一个星期，思考自己以后的人生。她必须决定是回家过父母希望她过的那种朝九晚五的生活，还是顺从自己的心意从事诗歌创作。

但是自从那天晚上，她在大房子门前从出租车上下来以后，她几乎没花时间考虑过自己的窘境。似乎一跨过那个门槛，一切都获得了不同的意义，她将要不停地写呀写呀，不在乎是否有人出版，是否能养活自己，别人是否觉得她写得好。

她已经不知不觉地、顺其自然地成了村里的一员，参与到它的日常生活中来。她参加了拯救邮局的书信接龙，和希帕蒂娅、萨拉成了朋友，爱上了村里的男孩，并和他一起创办了村里的第一个读书俱乐部。

她自己戴上了把她和那些街道捆绑在一起的枷锁。

“在波韦尼尔，”她心想，“一切都可能发生，甚至是认识你最喜欢的美国女诗人，找到真爱，帮助你的前辈们解决他们没有解决的问题。”

她的床头柜上放着罗莎的那封信，旁边是她在杂物间找到的两个女孩骑自行车的黑白照片。这封信她已经看了很多次，几乎都能背下来了。她已经按照罗莎在信中提出的请求，把书信接龙继续下去，从而拯救萨拉。

然而，阿尔玛并不笨，她从信纸中看出了罗莎没有提出的一个请求，看出了她因为害怕或者惭愧而没有说出的话，字面意义之外的话。罗莎渴望知道一些只有阿尔玛·梅亚斯而没有其他人能告诉她的事情：无论如何，路易莎的一生非常幸福。刚开始，在愤怒之下，阿尔玛认为她没有资格得到答复。但是几个星期过去之后，她发现罗莎不是坏人、背叛者、自私的人。

通过亚历克斯，通过萨拉，通过希帕蒂娅……她渐渐发现了一个绝对更加符合罗莎的描述：一个好心的、勇敢的、慷慨的、忠实的、果断的人。一个她确信路易莎·梅亚斯曾经非常爱的人。到目前为止，她和路易莎都只是听别人提到对方而已。但是那天下午，她们将在图书馆碰面了。老太太会在阿尔玛身上看出她童年伙伴的某个特征吗？

她的祖母照看这座房子这么久，只是因为希望她来波韦尼尔，一开始阿尔玛不愿接受这一点。她拿出那张折叠的信笺，从她二十三岁生日那天起她就一直把它带在钱包里。她又看了一遍祖母写给她的遗言：

亲爱的阿尔玛，如果你正在读这些文字，那就说明我已经无法参加你的二十三岁生日会了。你不知道我多想聆听你的梦想，分享你的计划！但是人算不如天算。

不可能了。等我不在了，一位公证人将会把我的礼物——我家的祖宅——交给你。

我本想亲自把这些钥匙交给你，并陪你进行这次旅行，把每一个角落指给你看，给你讲述我遗忘在那里的每一个回忆，看看时光在它们身上留下了怎样的印记。我本想和你一起再次回到那里，让我的过去归于平静。

你替我做这件事吧。你一个人做。你必须自己做出决定。无论你的决定是什么，它都将是正确的。爱你。

“外面舒服吗？”

一个打趣的声音把阿尔玛从沉思中唤醒。她转过身来，看见一双调皮的绿眸正看着她。

“我听说进门不收费，”亚历克斯说，冲她挤眼睛，并且握住了她的手。

她笑了。自从他父亲去世之后，他俩几乎没有分开过。生日聚会的第二天，费尔南多就告辞了，他激动地说“只是暂时”。

萨拉和他决定给对方一个机会：“因为石油钻井平台不适合三个不安分的小鬼，我们觉得最简单的办法就是我回到村子里。我很想脚踏陆地！”他对他们说。等到夏天他就彻底搬回来了。

阿尔玛已经对费尔南多产生了好感，当两人问起他的工作时，费尔南多耸了耸肩：“最最重要的，是我们的爱情，然后再考虑其他的。”

费尔南多起程去挪威之后，房子顿时变得空荡荡的。她曾经喜欢了几个月的独处，但现在一个人待着让她觉得像是被判了刑。亚历克斯往背包里放了几件东西，第一天晚上便住在了那里。他也不喜欢一个人待在他的家里，因为那里的一切都会让他想起他的父母。

白天，他们准备年轻艺术家旅舍项目“住宿与初稿”。玛拉·波斯基变成了一个非常活跃的主办人。她已经跟他们保证弄到第一笔借款，并且已经开始联系一些教写作的朋友了。

既然这已经是一个无法阻挡的现实，两天前阿尔玛给父母打了电话，告诉他们她将留在波韦尼尔生活，创办公寓项目。她母亲和她预料的一样又哭又喊，而她父亲的回答倒是让阿尔玛颇感意外：

“我早就知道了！赢路易莎是不可能的。她终于得偿所愿，让我们中的某个人在波韦尼尔生活。”

一时间，她被昔日的情感所打动。那个冷酷的律师放松了戒备，但是很快，那个老练的专业人士就回来了，他要求她：

“把项目的材料寄给我。让我的律师办公室看看这个有没有意义。毕竟这也是我的祖宅，虽然路易莎祖母似乎忘了这件事。”

“但愿，”女孩想，“我能让他明白这里仍然是他的家。”

晚上，她和亚历克斯开始计划他们的巴塔哥尼亚之旅。男孩通过地图把自己的热情传染给了她。阿尔玛在一个布面笔记本上记下他们必须要去的所有村庄、山峰、河流的名字。

“我们等到明年冬天去，那是最好的季节。”男朋友向她承诺。她愉快地同意了，憧憬着“又一个特别的冬天”。

“我自作主张带来了一点餐饮。”希帕蒂娅接待了他们，给他们端来一个托盘，里面是火腿奶酪三明治。

阿尔玛亲了两下这位专业厨师。她想，她终于学会了这个英文单词[1]。亚历克斯看到她摆在那里的一大片东西笑了起来。

“一点？要我说，这像是迦拿的婚宴[2]。可是我们顶多只有几个人……”他指着正在靠墙的桌子上静候的一盘盘炸丸子、面包夹西红柿和土豆鸡蛋饼说。

图书馆的地下室很小，但是很温馨。尽管没有自然光，但是一组布局合理的纸质灯具给房间提供了温暖的照明。在屋子中间，图书管理员已经把各式各样的椅子和单人沙发摆成了一圈。

“它们就像是这个读书小组的成员一样，每个人都很不一样。”诗歌学徒想。天然石墙上挂着各种裱起来的干花。阿尔玛凑近去看用精美的字体写成的识别当地各种花卉的说明。

她正背对着房门，突然听见亚历克斯说：

“罗莎！你不知道你决定来这里我有多高兴。”

此时阿尔玛希望自己变成那些花中的一朵，默默地被困在一个小小的木框里。

“我怎么能不认识一下偷走了你的心的那个特别的姑娘呢！读书俱乐部就是个借口，我趁机来看看热闹，尝尝希帕蒂娅一贯不可思议的厨艺。”老太太亲切地回答道。

阿尔玛知道，她只能在亚历克斯和那个女人走到她那里之前先转身了。她双手相握，好让人看不出她在发抖。

[1] 指“餐饮”这个词，原文为“catering”，在西班牙语中被视为外来词。

[2] 来自《圣经》的典故。在迦拿的一场婚礼上，酒用尽了，耶稣就把水变成了酒，使之无穷无尽。

“罗莎，这是阿尔玛。”亚历克斯自豪地说。

她感觉到罗莎把手放在了她的手上。她的手很小，布满了皱纹，但很柔软。她抬眼看到了老太太富有感染力的笑容。

“很高兴认识您。”她羞涩地说。

“我更高兴认识你。”罗莎愉快地答道，并在她的脸颊上响亮地亲了两下。

读书俱乐部慢慢地组织起来了。

希帕蒂娅把托马斯也拉来了，她威胁他说如果不陪她来，他将一整年都没有油炸蛋皮面包片吃。厨师不希望俱乐部里只有亚历克斯一个男性，尽管她费了很大功夫才让丈夫相信文学不只是女人的事情。不过，希帕蒂娅所说的惩罚却是促使他前来的决定性因素。

坐在他们身边的是不安的罗莎。她带来一个红皮本子做笔记。这个小小的举动让阿尔玛很感动。

萨拉冲女孩挤了挤眼睛，给她看了看手里的信封。阿尔玛惊讶地心想，既然这是一个书信主题的读书俱乐部，萨拉大概就以为带着信去很合适。

萨拉旁边是邮局的女清洁工卡罗尔，是女邮差提议请她的。经过最近的一些事情之后，她们两人之间的关系越来越密切了，她俩甚至还和萨拉的孩子一起在周日吃了几次饭。卡罗尔自己还邀请了一个亚历克斯和阿尔玛都不认识的中年女人。

“只差玛拉·波斯基了。”阿尔玛心想，感到非常难过。

直到最后一刻，她一直在期待女诗人接受他们的请求，出席俱乐部的开幕式。但是显然，最终她认为这种活动级别太低了。

“我叫曼努埃拉。我在波韦尼尔生活两年了。我是在这里出生的。小时候，父亲去世后，我和母亲就头也不回地离开了村庄。后来我又回来了。我离婚了。我在休闲行业工作。”萨拉伊像背诵课文似的说道，“年轻时我很喜欢读书，但是我已经很长时间都不怎么看书了。不过，在我家干活的卡罗尔说服了我，她说我应该来。”

她沉默了几秒钟。她看着卡罗尔，试图露出一个微笑，但是因为她不习惯笑，最后变成了一个怪异的表情。

“按照她的说法，我欠她一个人情，所以为了还债，我来参加这次开幕式。坦白说，我不认为我第二次还会来。一点都不个性化，是吧？多人活动不适合我。”曼努埃拉 / 萨拉伊说，一边反复地抻一只袖子。

“那么信呢？”罗莎亲切地问，“有信就够了。”

“是的，最近我的信真是不少。”曼努埃拉 / 萨拉伊嘲讽地说。

就在此时，她想起了她收到的两封信：一封是厨师希帕蒂娅和她的孙子写的，另一封是一个思念家人和故土的女人写的，从中不难认出她就是卡罗尔。即便如此，说不清楚为什么，她决定履行信里的协议，对接龙的事情保持沉默。她脑中浮现出她的第一封回信，她把它寄往她童年梦中的房子了。显然有人收到了这封信，因为接龙继续下去了，她又收到了第二封信。现在，事情又悬在了她这里：她还没有决定要给谁写信。

“读书俱乐部的某个成员似乎是理想的收信人。”她心想。

曼努埃拉 / 萨拉伊在心里承诺那天晚上要给某人写信。

“现在既然我们都到了，”亚历克斯说，他知道几乎所有的人都已经相互认识多年了，“我们可以开始了。你们都知道，这个俱乐部的目的是让我们每个月聚一次来了解书信文学，一起阅读、评论书信作品。重要的不是鉴赏水平，而是我们的兴趣和快乐。重要的是过程愉快，学到东西。”

远处传来一声叫喊，紧接着是飞速跑下木质楼梯的脚步声。

“哦我的上帝！这么说这个国家仅有的准时的人就是读书俱乐部的成员了……偏偏就是你们。”玛拉·波斯基成功进入大厅后风趣地说。

阿尔玛激动地鼓起掌来：她来了，玛拉·波斯基出现在那里了。俱乐部的其他成员对她的反应非常惊讶，不知该怎么做，于是也跟着鼓掌。

美国女诗人按照中世纪的方式风趣地鞠了个躬。她灰色的长发编成了一个辫子，垂在后背上。她几乎没有化妆，一对镶着黑色宝石的银耳环格外显眼，与之相配的是高领毛衣以及宽松的长裙。一件彩虹色的马甲为整个穿着增添了色彩。

萨拉咽了口唾沫。她对那个女人的印象不是很好。她以为她已经离开村子了，但是没有。她还在，而且即将成为读书俱乐部的一员。女邮差不由得看她的脚，她宽慰地发现她既没有光着脚，也没有戴铃铛。

像是看懂了她的心思似的，玛拉·波斯基把双手放在萨拉的肩膀上，背对着女诗人的萨拉紧张起来。

“我迟到了是因为……可以说是文化的过度同化。任何人都不要怪罪威士忌、白兰地或者葡萄酒，虽然有时它们确实很坏事。”她按着萨拉的肩膀说，“应该怪我爱睡午觉。我刚才睡着了！”

希帕蒂娅看了看表，露出一个宽容的笑容：此时是晚上七点。“这些外国人总是走极端。”她想。

“玛拉·波斯基同意当我们的主办人了。”阿尔玛指着坐在她右侧的女人高兴地说。

如果一年之前有人告诉她，她自己将会把她最喜欢的诗人介绍给大家，她会笑出来的。

她用了十五分钟一口气介绍了诗人丰富的人生，从她是一个生活在纳粹统治下的德国的犹太女孩开始，最后讲到她的现在，包括她一路追逐着缪斯来到波韦尼尔以后的日子。阿尔玛是用女诗人自己的话介绍的，她重新使用女诗人写过的诗句，让那些“线”完整、有意义：“这巨大壁毯上所有的线，不仅仅是我的生活，也是所有前人的生活，我希望用它做件漂亮的东西，让后人可以欣赏我。”阿尔玛念了玛拉·波斯基十年之前的一次访谈中的一段话。

诗歌学徒引用了塞萨尔·巴列霍的诗：“一首诗，如果删掉其中的一行、一个单词、一个字母或者一个书写符号，那么它就死了。”

“玛拉·波斯基的作品和生活也是这样。如果有人试图抹去一个形象，一个地方、一个人物，那么就会让她残缺不全，就等于杀了她。她是壁毯上所有图案的总和，是组成每幅图案的所有线的总和，是组成每根线的所有纤维的总和。加西亚·洛尔卡说过，‘我将在这本书里 / 留下我所有的灵魂。/ 这本书曾经和我一起 / 欣赏风景，/ 经历神圣的时刻’。”

小小的地下室里笼罩着一种凝重的寂静。诗歌的魔力使得来自不同地方的男女老少都觉得那些诗句谈到了他们自己的斗争、痛苦和渴望。也许他们不懂阿尔玛所朗诵的诗句的含义，但是他们体会到了隐藏在那些形象后面的力量。

玛拉·波斯基闭着眼睛，低着头，和他们融为一体，感觉她的自我伴随着每一次呼吸在逐渐地恢复力量。

阿尔玛结束讲话之后，读书俱乐部的成员爆发出热烈的掌声。玛拉·波斯基缓缓地抬起头，好像那是一个约定的觉醒的信号。她的目光注视着那个铿锵有力地谈论诗歌的女孩。她冲阿尔玛微笑，同时向她摊开空空的手掌。她把手放在自己的胸口上，接着又把它们放在额头和嘴唇上。她合上双手，仿佛这个动作可以保护封闭在心中的激情、大脑里的思想和她没有说出口的话。她把自己的手放在阿尔玛的手上，把她手里攥着的无形的一切都放在了那里，然后她温柔地合上阿尔玛的手掌以便保护她的馈赠。

接下来，玛拉·波斯基开始讲话。她努力让在森林中迷路的听众燃起希望，就像她曾在世界各地的大学或者大厦里所做的那样。她像是一只孔雀展开了五彩斑斓的尾羽：她激情洋溢地讲述书信的起源，解释它们不仅表现了大历史也表现了小历史。

“在信中，人们表露了灵魂的日常状态。他们的日常生活，他们的烦恼……他们最真实的面孔。”她对听得如痴如醉的众人说，“一天，保罗·奥斯特收到了诺贝尔奖得主J.M.库切的一封信，信中有一个具体的提议：加入一个‘我们互相激发火花”的共同计划。这个建议是什么呢？正是通信。这些书信被收到一本书里，书名叫作《此时此地：2008—2011书信集》。信中谈的是什么呢？什么都谈，又没谈什么：危机、为父之道、体育、童年、爱情……”

玛拉·波斯基从包里拿出一个小本子。

“我想给你们念念第一封信的开头，谈的是一个我们往往没有给予足够重视的话题：‘亲爱的保罗：我一直都在思考友谊的问题，思考它们形成、持久的原因，有的友情持续的时间如此长久，甚至超过了那些强烈的依恋，以至于它们有时被（错误地）认为是苍白的模仿。我曾打算给你写一封信谈谈这个，先说说我注意到，尽管友谊在社会生活中至关重要、对我们来说意义非凡，特别是在童年时期更是如此，但是令人惊讶的是，关于这个话题的文字寥寥无几。’”

自从阿尔玛请求她主持以书信为主题的波韦尼尔读书俱乐部开幕式以来，她的脑子里就一直萦绕着她参加的书信接龙。某个无疑非常爱萨拉的人、某个也许就坐在听众中间的人，在开始写信的时候并不知道，他/她的举动已不仅仅是请求大家帮助邮差，而且也正在用语言建造一座友谊的丰碑。

“1917年，阿拉伯的劳伦斯[1]在和阿拉伯军队一起穿越内夫得沙漠时写了一系列的信。这些信讲述了一次历史壮举，但是也表明了那个说这番话的人的素质：‘有两种人：一种人晚上睡觉做梦，一种人白天醒着做梦……这种人很危险，因为他们不看到自己的梦想成真绝不罢休。’通过我们写的每一封信，我们展现了真实的自己。”玛拉·波斯基又说道。

看到罗莎已经不知不觉地红了脸，她很吃惊。女诗人暗暗地笑了：罗莎大概和她一样都参加了接龙，她突然意识到了自己在信中多大程度上褪去了自己的外衣。玛拉·波斯基没有想到的是这位老太太就是这项活动的发起人。

“书信让我们度过悲伤的时刻。伟大的作家和记者胡里奥·科塔萨尔在切·格瓦拉去世时，给自己的一位朋友罗伯特写了一封信，因为他已经没有词汇来写任何文章或者随笔了。这封信实际上就是两个相隔遥远的人之间的对话，而不是写作练笔。‘我想告诉你：每当我碰到这么难过的事情，我都不知该写些什么，我不是，也永远不会是一个准备按照人们的期望、要求或者自己绝望的要求来创作的职业作家。实际上，现在面对这种情况，我觉得写作是所有艺术中最平凡琐碎的，它是一种躲避，近乎伪装，是对不可替代者的替代。切·格瓦拉去世了，我只剩下了沉默……我在巴黎这边发现了利桑

[1] 托马斯·爱德华·劳伦斯（Thomas Edward Lawrence，1888—1935），英国军官，因在1916年至1918年的阿拉伯起义中作为英国联络官的角色而出名。

德罗·奥德罗发来的一封电报，请我为古巴写一百五十个字。没错，一百五十个字，好像一个人可以从口袋里像掏硬币一样掏出这些字似的。我不认为我能写出来，我的内心是空荡干涸的，我将在修辞中阵亡。’”

玛拉·波斯基还谈到了文森特·梵高和他的弟弟提奥之间的通信。这位荷兰艺术家体弱多病，被自己的思想所困扰。他和弟弟通了二十年的信，在书信中留下了他对绘画、色彩和风景的理解。1890年7月的一天，面对如此多的痛苦，绝望之中，他在田间朝自己开了一枪。美国女诗人说，在他外套的口袋里，人们找到了他没写完的最后一封信。

看到听众脸上露出的悲伤，她决定换个话题，谈谈情书，然后结束她的发言。

“马克·吐温说，‘人类的大脑和心脏最坦诚、最自由、最私密的产品就是情书。’因此，我最后想朗诵几封最著名的情书。首先是弗朗茨·卡夫卡的一封情书，他曾给他的恋人费丽丝寄过很多信。在1913年的一封信中，他坦白了他对她和文学的爱：‘亲爱的：我举起双手请求你不要嫉妒我的小说。如果书中的人物意识到你的嫉妒，他们就会从我这里逃走，特别是在我才刚刚抓住他们的衣角时。你要知道，假如他们从我这里逃走，我就得跟在他们后面追，哪怕一直要追到他们真正的家——迷雾的世界。小说就是我，我写的故事就是我。因此，我请求你，你哪有一丁点嫉妒的理由呢？实际上，当其他一切都秩序井然，我的人物就会手挽着手迎着你跑过去，为了最终为你效劳……感谢写作，因为写作我才有了生命，我紧紧抓住那艘小船，里面有你，费丽丝。’你们不觉得这是一段不可思议的表白吗？”

想到最近收到的四十封微型情书，萨拉笑了。而阿尔玛也笑了，想象着将来某一天亚历克斯会给她写情书。

“不过不是只有作家才能把他们的情感以这么美的方式呈现于纸上。物理学家阿尔伯特·爱因斯坦曾给他的挚爱米列娃寄过一封信，信中说：‘在全世界我找不到比你更优秀的女人，现在在我认识了其他人之后，我清楚地认识到了这一点。……如果不是考虑到你也为我、为我的工作感到高兴，我甚至觉得连我的工作都毫无价值、毫无必要。’”

五分钟后，玛拉·波斯基在热烈的掌声中结束了她的发言。罗莎和卡罗尔流下了泪水，她们两人虽然不是很熟，但是在努力相互安慰。这时亚历克斯开始讲话，提醒大家下一次聚会的时间以及所有人都要看《给米莱娜的信》，以便发表评论。

就在告别之前，萨拉突然像弹簧一样站了起来。

亚历克斯好奇地看向她。

“我想补充几句……”女邮差清了清嗓子，“请玛拉·波斯基允许。我觉得她的发言很精彩，但是我想念一封另一种类别的信，既不是有关艺术、政治或历史的，也不是关于友情或者爱情的。”

“是圣诞信吗？”托马斯饶有兴致地问道。在此之前他一直都没有讲话，他刚说完，他的妻子就用胳膊肘推了他一下。

萨拉清了清嗓子。她打开了在会议刚开始时她给阿尔玛看的那张纸。那张纸皱得厉害，她不得不理了几次才能念。

“2月10日，萨拉·冈萨雷斯收。邮政总局办公室。”

她咳嗽了一下。

“我们通过此函与您取得联系，是为了正式通知您，由于您所管辖的波韦尼尔地区信件量增加，我们暂时不会关闭您所在的邮局。因此我们请求您继续管理该邮局，在没有新的通知之前，我们会暂停圣诞节前通知您的调任安排。”

希帕蒂娅看了看罗莎，然后打断萨拉，问她：

“什么，萨拉，您留下来了？不去首府了？”

罗莎笑了。那天早上萨拉收到那封信后就已经告诉了她这个好消息。听到这个消息后，她觉得自己的心都快要从胸膛里跳出来了。她们相互拥抱，又哭又笑了好一阵子。每个人都默默地感谢所有写信的人，“创建一个接龙，让它长达首府，坚固得让那里无人能够切断”。

此刻，看到村民们心满意足的脸，罗莎明白了，他们中的很多人都参与了接龙。但她一刻也不曾想到的是连玛拉·波斯基都参与了。她是在女诗人情不自禁地跳起来向萨拉走去的那一刻发现的。女诗人亲了萨拉两下，对她喊道：

“我早就知道了，红发女人，我早就知道了。我们成功了！一个女人的文字接龙把你留在了这里，留在了波韦尼尔，留在了你的岗位上。我们赢了！”

在众人惊讶的目光中，亚历克斯举起一只手：

“一个女人和男人的文字接龙，玛拉·波斯基。在这个国家，亚历克斯是男人的名字。”看到美国女人那张惊诧的脸，他大笑起来。

亚历克斯冲她挤了挤眼睛，做了一个拉拉链似的动作闭上了嘴巴。玛拉·波斯基明白了他的动作后宽慰地笑了。

“萨拉，你大概听不懂我们在说什么，可是……”希帕蒂娅开始解释，所有的人都认同了她的想法。

女邮差纠正了他们的错误想法。她告诉他们有一天她收到一封无法投递的信，她坐在一栋豪宅的台阶上不知道该怎么办：豪宅的窗户已被封死，柱子破败，树木萧条。她请求大家原谅她打开了那封信，但是她向他们坦承，她不愿让给她重新带来希望的任何一封信投递不出去。

“那棵棕榈树还在吗？池塘里还有鱼吗？”曼努埃拉/萨拉伊用悲伤阴郁的声音问道。

萨拉马上明白了那封信是她写的。她想起了认识她的那一天，曼努埃拉态度恶劣、咄咄逼人地走进邮局。她仿佛再次看到她打开信箱，两年来第一次在里面发现一封信时的情景。萨拉对她感到同情，走过去对她说：

“是的，那棵棕榈树还活着，非常漂亮，在那个大花园里遮天蔽日。你应该去那边走走，重拾你留在那些栅栏上的梦。重新拥有那些梦吧。”

很长时间以来，曼努埃拉/萨拉伊用很低的声音第一次说出了

“谢谢”。她说了两遍：第一遍是看着女邮差说的，第二遍是看着卡罗尔说的。卡罗尔马上就明白了曼努埃拉 / 萨拉伊收到了自己的信，此刻正在分享自己的梦想和激情。

波韦尼尔图书馆充斥着一种合谋的气氛：希帕蒂娅承认她也在孙子的帮助下写了一封信，一脸惊诧的托马斯是在场者中唯一一个对这些事情一无所知的人。五十年来他的妻子第一次将他排除在重大事情之外，为此他嘟囔了好几分钟。在所有接龙成员的解释下，在希帕蒂娅向他承诺，再也不会跟他隐瞒这类美好的事情后，他才不情愿地接受了希帕蒂娅的道歉。

只有两个人仍然沉默着：阿尔玛和罗莎。

女孩沉默是因为她感觉自己还没有力量来面对祖母的过去。老太太沉默则是出于谦逊。她不想让萨拉知道她是接龙的发起者，但是要躲开她的邻居萨拉的问题并不容易。萨拉一直在密切地观察她，她很少这么缄默。女邮差诧异地暗自思忖，她每天见面的罗莎怎么会隐藏着两个这么大的秘密：她的生日聚会和书信接龙。

“你永远不能完全了解身边的人。”她幸福地想。

“我真正想知道的是谁想出了这么妙的主意。”玛拉·波斯基开心地喊道，亚历克斯正在关图书馆的大门。

大家都认为第一次会议结束了，有好几个参与者已经回家了，只剩下负责俱乐部的两个年轻人和激动不已的玛拉·波斯基、萨拉以及沉默的罗莎。

“我们应该给她立个纪念碑！是不是，萨拉？”诗人再次说道，“我们必须找到她。”

“或许不用去远处找。”女邮差说，因为她非常了解罗莎紧张时的表现。

老太太的目光望着远方。她开始把她的结婚戒指取下又戴上，她的动作微妙但是重复不断，萨拉透过她的大衣袖子猜到了。

“你说这话是什么意思？”亚历克斯问道。

不知不觉间，阿尔玛的目光定在了老太太身上。罗莎感觉到了那道目光以及萨拉的目光的分量。

“咦？你没有什么要说的吗，罗莎？”她的邻居催促道。

老太太叹了口气，用极低的声音咕哝道：

“这个村子没法保守秘密。我都八十岁了，还是没学会……”

如同每天晚上一样，那天晚上睡觉前，萨拉下楼去罗莎那里提醒老太太关煤气、跟她道晚安。她像往常一样连着敲了三下门，把钥匙插进锁孔，然后径直走向厨房。

罗莎给自己准备了一杯热牛奶打算拿到房间去。看到她的朋友进来，她笑了。

萨拉什么都没有说，无比温柔地拥抱了她。

她俩之间所有的话都已不言自明。

最后一环

我们每个人都终有一死，但是我们在一起便是永恒。

阿普列尤斯[1]

“罗莎，你有时间吗？”阿尔玛小声说道，眼睛一直盯着自己的靴子。

雨正慢慢吞吞地下着。

雨滴像眼泪落在墓地的大理石和水泥上。老太太出神地望着那片熟悉的景色。她凝视着离她最近的那个墓穴上写的名字：“索莱达·加西亚，1912—1990。愿你进入上帝的怀抱。”她曾给索莱达买了四十年的面包。她感到一阵战栗，她在墓穴里的朋友比在波韦尼尔大街上散步时遇到的朋友多。

在旁边的墓穴上，几个闪闪发光的字母宣告着最新搬来的人。尽管神父一再让亚历克斯陪他进入教堂里面，但是他仍然站在那里，他的背挡住了她再熟悉不过的名字，但是没有挡住上面的题词：“安

[1] 阿普列尤斯（Apuleius，约 124—约 170），古罗马作家。

息吧，在那里回忆已经不再重要，只有圣父的怀抱和您妻子永恒的微笑。”

毛里西奥已经去世一个月了。

开始起风了。她发现参加缅怀弥撒的其他人正在匆匆散开，向出口走去。“活人既不喜欢死人，也不喜欢坏天气。”她叹道。

阿尔玛又问道：

“我可以和你谈谈吗？”

罗莎看向她。她感觉到了女孩声音中的迫切，意识到那个请求不容耽搁。

“当然。咱们一边往出口走着……”

阿尔玛在亚历克斯耳边说了些什么。一抹悲伤的笑容从男孩的脸上掠过。他握紧了女朋友的手，有那么一瞬间，罗莎突然觉得他在从眼梢偷偷看她。

神父又叫亚历克斯了。他把大衣领子竖起来，跟着神父走了。离开父母长眠的地方，他终于感觉到了寒冷和雨水。

两个女人目送着他穿过墓地，这里是由墓穴、坟墓和塑像组成的又一个波韦尼尔。

村子建立之后不久，第一位村民就搬到了教堂后面能看得见高山的那一小块地方了。有人匆匆地挖了一个坟墓，里面长眠着一个不足两岁的孩子。孩子的名字已经看不清了，但是死亡原因仍然可见：流感。

两百多年以后，牧羊人、农民、老师、医生、村长和小偷以一种生前从未有过的和谐在那个迷宫里共眠。尽管墓地里的小径修得杂乱无章，但是那种无序的状态却让前来为亲人祈祷的人们感到安宁。草地和几棵由风播种长成的大树在某种程度上让这个地方变得亲切起来。

罗莎和阿尔玛撑着一把五颜六色的雨伞慢慢地走着。

“你对这个墓地很熟吗？”诗歌学徒问道，尽管她很清楚答案。

“我也不想这样。”老太太用悲伤的语调回答道。

罗莎的记忆里重新浮现出一首歌的歌词：“事实并不悲伤，只是无可奈何。”这个想法令她感到安慰，她找到了力量，对着一直认真观察她的女孩微微一笑。

“别跟我说你想让别人带着你参观。”她说，一边用胳膊比画了一下景色。

“差不多是这样。”阿尔玛用不安的声音回答道。

“我很遗憾地告诉你，我们只在晴天的时候参观。”

罗莎挎着阿尔玛的胳膊走着。“她看上去多么脆弱！”女孩想。老太太仿佛能读懂她的心思似的，将她紧紧拉向身侧。

罗莎不止一次地想，这个女孩的到来非常神奇。恰好在毛里西奥生命垂危之际，她出现在这里陪伴亚历克斯。罗莎还注意到她跟图书馆的读书俱乐部也大有关系，这是许多年来波韦尼尔发生过的最激动人心的事情。因为这一切，她对阿尔玛充满感激。

阿尔玛忽然停住了。她默默地、目不转睛地看着布满石子和水洼的小径，好像在试图救回无可避免地沉入其中的一些话语。要么现在说，要么永远不说——这句话在她心里不停地回响。

“我好像认识了你一辈子了，阿尔玛，多奇怪啊！”罗莎想，“可能是年龄的缘故，所有的人最终都会让你想起某个人。”

她决定给她点时间。如果说她活了八十年学会了些什么的话，那就是欲速则不达。要想找到合适的语言、减轻沉重的负担、让深深的伤口结痂或者分享巨大的喜悦，都不能操之过急。

“但是必须是今天。”阿尔玛激动地小声说。

罗莎歪了歪头，把脖子上的围巾整理好。

“如果是短途参观的话就有例外……现在，准备好了，因为费用会很贵！”她笑了。

阿尔玛抬起头来，她的脸因为某个秘密的迫促而显得很急切。她那双蜜色的眼睛像天色一样阴暗。一绺桀骜不驯的刘海不愿离开前额，尽管它的主人一遍又一遍地朝它吹气想要赶走它。“她是想赶走自己的烦恼吗？”罗莎想。

“我只想让你帮我找到一座坟墓。”

阿尔玛突然不说话了，松开了罗莎的胳膊。她把伞递给罗莎，好让自己离开伞的保护，似乎试图跟她保持距离似的。她眺望着保护着墓地的高山。

“梅亚斯家的坟墓。”

时间停滞了。

雨点悬在了天地之间的某个地方。罗莎感觉死去的人屏住了呼吸，空洞的眼窝盯着她的心脏，试图读懂她心中的纷纷情绪。

她用极细的声音问道：

“为什么是梅亚斯家的坟墓？亚历克斯跟你提起过他们吗？”她在逆流而上，明知道答案不可能在那里。

阿尔玛试图回答，但是一句话也没说出来。她拼命地想做个动作，但是唯一能想到的就是打开自己的包。她在那些乱七八糟的东西里一通乱翻，然后拿出一张硬纸片。

她看都没看就把它递到罗莎颤抖的手中。迎面而来的是两个兴高采烈的女孩的微笑。六十年后，罗莎不到一秒钟就认出了她们。

她任由雨伞从手中掉落，阿尔玛赶紧捡起来重新给她撑上。

老太太用食指指尖摩挲着她心爱的自行车和母亲给她缝制的格子裙。她一遍又一遍地抚摸着那张黑白照片上她最好朋友的脸，她小心翼翼，仿佛生怕抹去了她某个温柔的地方。她看着那抹令她如此怀念的微笑。

罗莎家里有她的照片，但是因为害怕她的责备，她已经有好多年不敢看它们了。那个未经邀请恰在此时映入眼帘的形象，唤醒了她以为早已被遗忘的情感。

罗莎的目光流露出疑惑，阿尔玛开口回答道：

“我是阿尔玛·梅亚斯，路易莎唯一的孙女。”

两秒钟之后，就在阿尔玛拥抱罗莎的时候，时间又不知不觉地重新转动起来。

女孩惊讶地发现，在她的曾祖父母和曾祖父母的父母长眠的坟墓前，有一个小小的花瓶，里面的鲜花靠在花瓶上方的大理石十字架上。她抚摸花瓣，发现触感柔软。墓碑上一字不缺，上面有她所有先辈的名字，唯独没有路易莎祖母。

“我每次去上面我父母和丈夫的墓地时，都会路过这里。”罗莎说，她因为能够与人分享秘密而轻松了不少。

阿尔玛的目光一直没有离开那个简朴的坟墓。她想象着罗莎放上白色康乃馨、和孤独地留在波韦尼尔的梅亚斯家的亡灵聊天。“他们没有留下一个活人来看望他们。”阿尔玛想。

一时间，她再次因为在二十三岁生日那天收到了祖母那封信而感到欣喜。那封信将她带到了那里。但是这次她的欣喜不是因为认识了亚历克斯，不是因为写了诗或者认识了新朋友，而是因为她可以陪伴那些在她出生之前就盼望着她的人。

“你为他们祈祷吗？”女孩擦干脸颊上的一滴泪水问道。

好像犯了错被人发现一样，罗莎的脸红了。

“是的，我还跟他们说话。不应该让他们感到孤单。我猜你会觉得这是老太婆才做的疯事或者傻事，可是……”她耸了耸肩膀。

她觉得这既不疯狂，也不傻，而是一种宝贵的举动。她跟他们说什么？村里的情况怎么样，圣诞节她做什么或者那天她的骨头疼不疼？

一个非常肯定的想法闪过她的脑海。罗莎一定也向他们提出了一个问题，就是此刻她心中应该正在想但不敢说出口的问题，就是罗莎在阿尔玛保存在包里的那封信中所写的问题：她最好的朋友路易莎过得幸福吗？她的背叛给她造成的痛苦消除了吗？

阿尔玛笑了，因为她知道自己知道这些问题的答案。与她逝去的亲人不同，她可以将答案告诉罗莎。

她掏出刚入冬时她收到的那封紫红色的信。信上已经不再留有薰衣草的味道。她把它递给了心情激动的罗莎，罗莎连看都不用看就知道是什么了。她把信装进自己的口袋，好保护她们仍然温柔的友情，让它避开那些亡灵冰冷的目光。

于是阿尔玛一言不发地继续走路。她走了几米，来到一座两层的墓穴前。她看了十二个墓碑，然后停在最右边离地面最近的一个墓碑前。

“路易丝·瓦卢瓦。巴黎，1995。逝者的生命活在生者的记忆里，在死亡中安度生前无法实现的安宁。”

转过身之后，她看见罗莎正在向那里走去。雨已经停了，一缕羞涩的阳光似乎在为她指引道路。她大声喊道：

“你知道我的祖母去巴黎生活了吗？她结了两次婚。第一次是和一位和她一样的移民，丈夫去世后，她又和一位非常非常爱她、比她年长的法国糕点店老板结了婚。对了，她像年轻时梦想的那样学会了跳探戈！她生了一个儿子，叫拉蒙，就是我的父亲，他是律师。年轻时他决定回到我们的国家，我在这里出生。我的祖母一直管理着糕点店，直到她干不动了。她非常非常幸福。”

她握住了老太太的手，罗莎在她的身边颤抖着。她们一起看着墓碑。她知道泪水正在罗莎的眼眶里打转，所以她尽量让自己的声音显得开心些。

“她在十五年前去世。她一直想回到这里，于是选择以她在第二次人生中使用的身份回到这里。

罗莎伸出手来。她轻轻触摸着她朋友的法语名字。

“这么说你一直都离我这么近……”

她们两个人都以自己的方式跟路易莎·梅亚斯说了几分钟话。

阿尔玛感谢她送给她的礼物：一栋房子，但是远不止一栋房子，因为那里有她的根。

罗莎告诉她，自己如何爱上了阿韦尔，而他也没能改变他的感情——她坦承他们相爱了一生。她请求路易莎原谅他们在幸福方面太过自私，没能为她考虑。她真心为她圆满的人生感到高兴，并且嘲笑了她跳探戈的事情。

当她触碰到阿尔玛的皮肤时，她感觉像是触碰到了路易莎。

时光蓦地倒转，回到了她保存在口袋里的那张照片拍摄时。那是一个阳光明媚的下午，她和路易莎出去郊游，那时她们之间还没有任何阴影。

六十年后，她又在那一刻重拾她们的友情。

听到有人喊她们的名字，她们抬起头来：亚历克斯正在远处给她们打手势。两个女人心照不宣地看着对方，用微笑抹去了她们的代沟。

“该吃午饭了。我们走吧？”罗莎指着男孩笑眯眯地说。

“是的，但是你觉得要不要先……”阿尔玛指着路易莎墓前的一块草坪说。

她没有必要把话说完，罗莎就明白了她的提议。

她点了点头。

风用力地吹着，似乎想要带走那两个女人的欢声笑语，她们似乎不尊重它王国中那块土地恒久的沉默。两个女人——一个女孩和一个老太太——一起向出口的栅门走去，一个瘦高个男孩正在等他们，那双绿色的眼眸含情脉脉。风又吹起来，因为它也想让他远离那里。

但是面对路易莎·梅亚斯几不可见的笑容，风儿只是吹走了躺在草地上的一个紫红色的信封。

它连信封都没能带走很远。

那个信封是比时间更牢固的友谊接龙的第一环，它在一个冬天里把全村的人都联系在了一起。这个冬天就快结束了。

致谢

感谢所有给我写信或者读我的信的人。这个故事是向我们在远程交谈中所度过的所有那些时光致敬。这于我而言就是一封信：一场在纸上发生的关于友情、爱情、乡愁、梦想的对话。它是用墨水封存的我们生活的片段。

然而，这本小说不只关乎书信，也涉及了友谊和做小事的勇气。卡里·纪伯伦曾说过："在琐事的露水里，心找到了它的清晨。"因此，在这里，并且永远以这种方式，我要将这些零乱琐碎的文字献给那些赠予我珍贵友情的人们。

感谢弗朗西斯科·米拉雷斯老师，他构思了我小说的名字。感谢埃丝特·桑兹，她是第一位对我的写作充满信心的人。感谢桑德拉·布鲁纳，让这个梦想成真，感谢玛丽萨·托内兹敢于做我的编辑。感谢玛丽亚·盖拉和埃琳娜·梅亚多阅读我的初稿并亲切地鼓励我继续前进。感谢阿尔瓦·德·弗雷克和贝阿，他们将来会拍一部电影，因为他们爱上了我的故事。感谢何塞·曼里克·德·拉腊，他透过他的相机镜头看到了我隐藏的美。

感谢我儿时的朋友，他们在三十多年前出现，并一直留在我的记忆里：卡门、米莱娅、安娜、埃琳娜、特蕾莎。感谢卡米娜，因为大写的友情跟时间无关。感谢埃斯特在我身边。感谢伊内丝和马里奥娜，感谢玛丽亚·M.，因为生活又把她们带回我的身边。

感谢伊格纳西奥为我所做的一切。感谢彼埃达和雷耶斯，因为需要感谢。感谢卡洛斯·P.、朱迪斯·R.和贝伦·V.，不是为了什么具体的事情。感谢奥雷娅、安娜和玛拉，因为其中一个人物的名字由此而来。感谢大洋彼岸的莎莉和雨果。感谢马尔塔、埃琳娜、恩卡娜、露西亚、马克和纳乔。感谢冒险92中所有不可或缺的人。感谢那些已经成为我的亲友的他们的亲友。感谢他们向我证实了，时间和距离对于忠诚者来说并不重要。感谢那些朱顶雀，难以想象没有它们的世界会怎样。

感谢“克劳蒂娅”们在我们的文学冒险中留下的欢笑。感谢纯朴的努玛。感谢达尼·S.和我一起散步，虽然还有一些未能成行。感谢费尔南多和达尼，他们因为工作来到我身边，并且留了下来。感谢约兰达、马克·R.、安娜·B.、安娜·G.、安娜·T.、特蕾莎、埃丽、桑德拉、伊莎贝尔、阿尔纳乌、罗莎和托尼……他们从同事变成了朋友。感谢“慈善学校派教友”，我觉得这就是他们的专名。感谢豪麦·P.，因为我们马上就要通信了。感谢我的劳莉、玛丽·卡门、罗伯特和阿特奈村庄的其他人。

感谢所有这里没有提及的朋友，因为下一本书我将献给他们。

感谢我的教母，我从小就给她写信，因为她听不见我说话。

感谢全家人，永远感谢他们。感谢每一个人，感谢所有的人。

文
景

Horizon

社科新知 文艺新潮

高山上的小邮局

［西班牙］安赫莱斯·多尼亚特 著

蔡学娣 译

出品人：姚映然

责任编辑：李 琬

装帧设计：周伟伟

出　　品：北京世纪文景文化传播有限责任公司

(北京朝阳区东土城路8号林达大厦A座4A 100013)

出版发行：上海人民出版社

印　　刷：山东临沂新华印刷物流集团有限责任公司

制　　版：北京大有艺彩图文设计有限公司

开本：890mm × 1240mm 1/32

印张：12.125 字数：223,000 插页：2

2018年6月第1版 2018年6月第1次印刷

定价：49.00元

ISBN：978-7-208-15178-9/I·1720

图书在版编目（CIP）数据

高山上的小邮局/（西）安赫莱斯·多尼亚特著；蔡学娣译. —上海：上海人民出版社，2018

ISBN 978-7-208-15178-9

I. ①高… II. ①安… ②蔡… III. ①长篇小说-西班牙-现代 IV. ①I551.45

中国版本图书馆CIP数据核字（2018）第087370号

El invierno que tomamos cartas en el asunto

by Ángeles Doñate

Published in agreement with Sandra Bruna Agencia Literaria S.L.,

Through The Grayhawk Agency Ltd.

Cover design by Pedro Aires Pinto